공지영의 수도원 기행 2

공지영의 수도원 기행 2

ⓒ 공지영, 2014

2014년 12월 3일 초판 4쇄

지은이   공지영
펴낸이   박현동
펴낸곳   성 베네딕도회 왜관수도원 분도출판사

등록   1962년 5월 7일 라15호
주소   718-806 경북 칠곡군 왜관읍 관문로 61
전화   054-970-2400(왜관 본사) · 02-2266-3605(서울 지사)
팩스   054-971-0179(왜관 본사) · 02-2271-3605(서울 지사)
홈페이지 www.bundobook.co.kr

ISBN 978-89-419-1420-4 03810
값 16,800원

공지영의
수도원
기행 2

분도출판사

먼저 이 글은 내가 이제까지 써 왔던 모든 글과 다름을 밝혀 둔다.

지금 내가 시작하려고 하는 이 글은 아마도 가장 사적이고 가장 주관적이며 어쩌면 믿음을 갖지 않은 이들에게, 혹은 믿음을 가졌다 하더라도 하느님이 인간에게 주신 가장 큰 선물은 이성이라고 믿는 이들에게는 황당한 판타지 같은 글이 될지도 모른다.

그러므로 이제까지 내가 발표했던 작품에 대한 기대만을 가지고 이 책을 선택하신 분은 이 서문만 읽고 그냥 이 책을 내려놓기를 권한다. 이 책은 당신을 아주 당황하게 만들 수도 있다. 이곳에 내가 써 내려가게 될 체험들을 할 당시 내가 그랬듯이 말이다.

그렇다.

이 글은 우주보다 큰 존재가 초라하고 불쌍한 여자에게 접촉해 온 기록이다. 그 여자는 그때 늘 울고 있었다. 불안하고 방황하고 또 분노하고 있었다. 어쩌면 인생을 다 망쳤다고 생각해서 이제 미치거나 죽거나 하는 일 외에는 아무것도 남아 있지 않다고 체념하고 있기도 했다. 여자는 날마다 생이 자신의 심장 언저리에 총구를 겨누고 있다고 느꼈다. 심장 언저리, 한 방에 생을 잠재울 위력을 가진 심장이 아니라 죽지도 못하는 나를 오래오래 고통스럽게 만들 그 언저리.

여자는 두려움과 증오에 떨고 있었다. 그렇게 한 발자국씩 뒤로 물러서다가 드디어는 그것이 벼랑인 줄 알면서도 한 걸음 더 물러섰고, 그리고 떨어져 버리고 말았다. 이것은 그리하여 깊은 구렁에 빠진 여자가 그 깊은 구렁의 가장 낮은 곳에서, 보이는 것은 오직 바늘 끝만 한 하늘뿐이어서 처음으로 하늘을 향해 소리쳤는데 그때 갑자기 모든 대륙이 뒤집어지고 시간이 멈추고 거대한 해일이 일어나면서 죽음과 절망과 비탄의 검은 바다에서 불 뿜는 화산이 분출하듯 새로운 땅이 돋아난 이야기다.

고통의 배를 가르고 솟아 나온 그 세계는 여태까지 여자가 알던 행복을 불행으로, 여자가 생각한 성공을 재앙으로, 대화를 소음으로, 적막을 아름다운 침묵으로, 여자가 생각한 사랑을 거짓으로 만들었다. 거꾸로 여자가 생각한 비참을 영광으로, 여자가 생각한 외로움을 축복으로, 여자가 생각한 모욕을 영화로, 여자가 두려워한 가난을 풍요로 만들며 모든 가치를 전복顚覆하기 시작했다.

이 글은 그 낡은 세계가 새로운 세계에 점령당해 가는 이야기다. 그것은 새벽처럼 신선했고 눈보라처럼 한 치 앞도 보여 주지 않았으며 장마보다 길었고 혁명보다 격렬했으며 당연히 아팠다. 그러나 그 모든 것을 무릅쓰고 절룩이는 내 발을 내디뎌 보기에 충분히 아름다웠고 매혹적이었다.

이 책은 그 걸음걸이, 그 전복, 그리고 상상할 수 없는 인내로 나를 이끌어 주신 그분과 나의 실랑이, 열렬한 반항과 큰 사랑에 대한 이야기다. 그 첫발은 당연히 죽음과 절망에서 시작된다. 마치 천지창조가 어둠과 혼돈에서 시작되었듯이 말이다.

그렇다. 그것은 내 생의 첫 천지창조였는지도 모른다.

들어가는 글

『수도원 기행 1』 개정판 서문에서 나는 그때의 이야기를 이렇게 썼다.

나는 아직도 그날을 기억하고 있다. 그날, 아마도 1999년 12월 크리스마스를 앞둔 어느 날이었다. 그날 구원은 내게로 왔다. 그것은 벼락처럼 커다란 소리를 내며, 눈 깜짝할 사이에 오지도 않았고, 천둥처럼 온 세상을 뒤흔들며 오지도 않았다. 그것은 소낙비처럼 쏴아 하는 소리를 내지도 않았고, 흰 눈처럼 밤새도록 소록거리며 쌓여 조용히 모든 풍경을 바꾸어 놓지도 않았다. 구원은 우리가 구원을 생각할 때 의당 그것이 갖추어야 한다고 생각하는 모든 것을 팽개친 채로 왔다. 그것은 절망의 모습으로 왔으

며, 모욕의 이름으로 왔고, 학대와 구렁과 선조들로부터 이어 온 성향과
음란과 그리고 배반하기 좋아하는 얕은 마음의 피로 왔으며 나를 완전히
벼랑 쪽으로 밀어내어서 이제 더 이상 죽을 수도 없게 반쯤만 목을 조른
채로 그렇게 왔다. 그런 상황을 펼치도록 주관한 이는 바로 하느님이었는
데, 그는 그렇게 나를 밀어붙이고 나서, 눈물을 글썽이며 늦은 봄날 산들
바람보다 더 고요하게 내게 말했다.

그때 나는 울고 있었다. 울어야 하는데 울 장소가 없어서 일부러 집에
서 차를 몰고 나와 닥치는 대로 운전을 하고 있었다. 정돈된 아스팔트의
연회색 길도 나무도 반짝이는 크리스마스 전구들도 보이지 않았다.

'새 천년이 온다! 새 천년이 온다!'라는 소리가 내게는 '미친년이 온
다! 미친년이 온다!'라는 소리로 바뀌어 들리고 있었다. 무엇보다 나는 나
자신을 경멸하고 있었기에 겨우 빨간불에는 서고 파란불에는 액셀러레이
터를 밟을 수 있는 분별력 외에 아무것도 남아 있지 않은 상태였다. 당황
스러운 것도, 허둥대는 것도, 공포와 경악과 자기 멸시와 증오도 머릿속에
서 이미 하얗게 사라진 지 오래였다. 고시 공부를 하는 것보다 더 성심을
다했던 나의 세 번째 결혼 생활이 산산조각 나고 있는 걸 나는 두 눈을 말
가니 뜨고 바라보고 있어야 했던 것이다. 집 안의 모든 유리집기가 찬란히
부서져 내리고, 창 넓은 집, 햇살이 좋아 택한 그 집 거실에 점점이 흩어진
유리의 투명한 파편들은 카펫에 돋은 소름들처럼 반짝거렸다. 겁에 질린
아이들이 대낮부터 울기 시작했고 나는 피 흐르는 맨발을 끌며 아파트 밖

으로 뛰쳐나왔다. 커다란 대추를 물고 있는 것처럼 부어터져서 다물어지지 않는 입술 사이로 찬바람이 자꾸 스며들어 나는 이를 딱딱 부딪치며 떨고 있었다.

시간이 지나 공권력에 의해 상황은 종료되었다. 나는 돌 지난 막내를 포대기에 둘러업고 다섯 살짜리를 걸려 경찰서로 갔다. 그리고 내가, 누구인지 아는 모든 사람이 호기심을 감추지도 않고 빤히 바라보는 앞에서 진술서를 썼다. 아이들은 더는 울지도 않았다. '부끄러워해야 할 것은 내가 아냐'라고 생각한 것은 머리였고, 수치심 때문에 손가락이 굽어지지 않아서 글씨를 잘 쓸 수가 없었지만 '왜 폭력은 당할 때보다 드러날 때 더 수치스러울까' 하는 분석을 하면서 나는 겨우 발광하지 않고 버틸 수 있었다.

이 이야기를 꺼내는 이유는 누군가를 비난하기 위해서는 아니다. 내게 있어 구원은 고통과, 그것도 깊은 고통과 연관을 가지고 오기 때문임을 말하기 위해서이며, 내가 세웠던 모든 계획과 희망이 믿을 수 없을 만큼 다 부서져 버릴 때 온다는 것을 말하기 위해서이며, 원망도 그칠 때, 비명조차 더 지를 수 없을 때 온다는 이야기를 꺼내고 있는 것이다.

물론 구원이 다른 이에게도 꼭 이렇게 온다는 것도 아니다. 다만 내게 구원은 이렇게 벼랑에 몰린 연후에야, 강도에게 위협당하는 부녀자와 같이, 납치된 지 한 달이 지난 인질과도 같이, 고문에 지쳐 모든 희망을 버린 소년원 출신 고아와도 같이 두 손을 모아, 인간으로서의 모든 자존심을 다

팽개치고 오직 생명에 대한 본능만 남은 채로 두 손을 모아 어떻게든 목숨만 살려 주시면 무엇이라도 하겠다고, 시키시는 것은 무엇이라도 하겠다고 가장 비굴한 자세로 땅바닥을 기어 다니며 하느님이라는 그에게 항복을 하고 만 연후에 왔다는 그 이야기를 하려는 것이다.

그렇다. 구원은 내게 강도와도 같이, 납치범과도 같이, 고문자와도 같이 왔다. 그때를 생각하면 나는 세상에 태어나 다시는 그렇게 진심이 담긴 소리를 낼 수는 없다는 생각을 한다. 다시는 그렇게 간절한 기도를 바치지 못할 거라는 것을 안다. 그 기도는 이것이었다. 나는 자동차 안에서, 아무도 없는데, 아무도 없는 것을 알기에, 목젖이 보이도록 악을 썼다.

"주님! 주님! 어디 계세요!"

그러고 나서 나는 더 할 수 없이 큰 소리로 울었다.

그런데 그 말을 뱉은 이후 내 울음소리 속으로 다만 슬픔과 다만 경악과 다만 억울과 다만의 공포 말고 다른 무엇이 스며들고 있는 것을 나는 그 와중에도 희미하게나마 알았다. 그것은 빗발치는 총탄 속에서 백기를 올리는 자가 언뜻 얻는 무욕의 평화 같은 것, 오래 수배당해 온 자가 경찰과의 대치 끝에 자신의 총에 더 이상 탄알이 없는 것을 안 순간 느끼는 그런 맥 빠지는 안온감 같은 것들, 안간힘을 써서 벼랑에 매달려 있던 조난자가 제 삶을 포기하고 이제 움켜쥔 손을 놓는 그런 종류의 평화였다.

그때 나는 이런 소리를 들었다. 소리는 침착했으나 너무나 오래 자신의 차례를 기다렸다가 이제야 이름이 호명된 자 특유의 격정을 억누르는 듯했고 그리고 이런 표현이 허용된다면, 얼마간 울먹이고 있었다. 가까운 곳에서 들려온 마음의 소리는 이런 것이었다.

"나 여기 있다. 애야, 난 단 한 번도 너의 곁을 떠나지 않았다."

첫 번째 들었던 생각은, '이제 드디어 내가 미치기까지 하는구나' 라는 것이었다. 머리가 그랬다. 그렇지 않으면 이 이상한 '들림'을 어떻게 내 자신에게 (아니, 그것이 꼭 내 자산이었을까. 어쨌든 들은 것은 나였는데) 설명할 수 있을까 싶었던 것이다. 하지만 그때 마음 한구석에 오래도록 아무렇게나 구겨져 돌돌 말려 있던 연한 귀가 쪼긋쪼긋거리며 펴지는 아픈 기미도 함께 느껴졌다. 그러고는 멀리서 조금씩, 한 번도 들리지 않던 소리가 들리기 시작했다. 심연이 심연에게, 창공이 창공에게, 밤이 낮에게, 낮이 밤에게, 빗방울이 시냇물에게, 시냇물이 강물에게, 강물이 바닷물에게 소곤거리는 소리들. 그 침묵의 소리들 ⋯. 나 혼자 그 소리들 속에서 귀먹은 채로, 혼자만 귀먹은 줄도 모르고, 귀먹은 자들이 늘 그렇듯 소란을 피우며 목젖이 다 보이도록 악을 쓰고 있었던 것이다. '당신은 어디에 계시나요?' 하고.

아주 오랜 시간이 지난 후, 나는 다음과 같은 글을 읽었다. 하느님은 우리를 사랑하신다. 얼마나 사랑하시느냐 하면, 우리를 다 부서뜨려서라도 구원하기를 원하실 만큼 그렇게 사랑하신다.

그날 이후로 나의 삶은, 아마도 영원히, 바뀌어 버렸다.

집에는 그 흔한 성경 쪼가리 하나 없었다. 커다란 방을 가득 메운 책장을 다 뒤졌으나 하느님은커녕 그 기미가 있는 글씨가 적힌 책자 하나 없었다. 그런데 책장 뒤쪽 구석에서 먼지를 뒤집어쓴 책이 하나 발견되었다. 성경이었다. 언니가 언젠가 울며 내게 두고 간 것이었다. 반가운 마음에 그것을 펼쳤으나 솔직히 무슨 말인지 알아들을 수가 없었다. 어릴 때부터 가톨릭 수업을 받았던 내게 개신교 성경의 어투는 너무 어려웠다. '가라사대'라든가, '하매'라든가. 그러나 그 성경을 천천히 읽고 있기에는 나는 너무 조급한 상태였다. 미국에 있는 언니에게 전화를 걸었다. 언니는 처음부터 끝까지 내 이야기를 들어 주었고, 그리고 나보다 많이 울었다. 나로 말하면 아무 감각이 없었다.

내가 하느님 공부를 시작한 것은, 그 발단을 이야기하기 위해 아마도 내 언니의 이야기를 하지 않을 수 없을 것 같다.

언니는 개신교 신자였다. 소녀 시절 가톨릭 학교를 다녔던 언니는 결혼을 하고 형부 집안의 관습에 따라 개신교 신자가 되더니, 어느 순간, 열렬한 개신교 신자가 되어 있었다. 형부의 근무지 때문에 오랜 시간 외국 생활을 하느라 나와 아주 가까이 지내지는 못했던 언니는 그런데 틈만 나면 나를 '예수 환자'를 만들지 못해 안달이었다. 자주 국제전화를 했고 형부가 본사 근무를 위해 한국에 돌아왔을 때는 자주 나를 찾아왔다. 어떤 날은 성경을 들고 왔고, 어떤 날을 꽃다발을 들고 왔다. 어떤 날은 너를 위해 발견한 성경 구절이라면서 내게 편지를 보내기도 했다. 그렇게 고전적인 방법이 통하지 않자 나중에는 꾀를 내어서 내가 제일 힘들어하는 일인 우리 아이들을 봐주겠다는 제안을 하기도 했다. 주일 예배에 한 번만 나가주면 그 주일에는 종일 우리 아이들을 봐주겠다는 것이었다. 언니가 건네준 성경은 받았다가 구석에 처박아 버리고, 꽃다발은 식탁에 꽂아 두었다가 시든 후에 쓰레기통에 버렸으며, 건성으로 주일 예배에 참석한 후 언니에게 아이를 맡겨 두고, 맘속으로 쾌재를 부르며 하루 종일 놀러 다니기도 했다.

하지만 마음은 미동도 하지 않았다. 언니도 미동이 없었다. 나는 고집 센 그리스도교 선교사에게 시달리는 원주민 같은 기분이었다. 드디어 마지막 순간, 나는 언니에게 예수의 '예' 자를 꺼내거나 기독교의 '기' 자를 꺼내려거든 다시는 나를 볼 생각을 하지 말라고 선언했다. 내 생각에 언니는 나를 만나고 싶은 것이 아니라, 선교할 대상 하나를 만나고 싶어 하는 것 같았다. 나를 사랑하는 것이 아니라, 자신의 신앙심이 깊음을 맘속으로 사랑하고 있는 것 같았다. 나만큼 언니도 끈질겨서, 그러면 예수의 '예' 자 대신 주님의 '주' 자를 쓰면서 교묘히, 기독교라는 '기' 자를 쓰지 않고 그리스도교의 '그' 자를 쓰면서 내게 접근해 왔다. 솔직히 지긋지긋했다. 나는 언니와 만나면 내 책의 판매 부수와 소소한 일상과 그보다 더 깊이 삶에 대해 자꾸 허망해지는 내 맘속 깊은 곳의 갈등에 대해 이야기하고 싶었지만 그녀는 오직 예수 주님뿐이었다. 사람과 사람이 만나 몇십 년을 살아 내는 이 복잡하고 미묘한 생애들이 어떻게 그 두 단어로 귀결될 수 있는지 솔직히 바보들 같았고 그 단순함을 차라리 부러워하는 나는 델리케이트한 인텔리겐치아 같았다.

그렇게 이 년이라는 세월이 흘러갔다. 그리하여 언니와 나는 서먹해지고 말았다. 언니도 더 이상 내게 아무 말도 하지 않았고 가끔씩 걸려 오는 전화에서 그저 심드렁하게 안부만 물었다. 나중에 들으니 언니는 나에 대해 모든 것을 포기했기에 입을 다문 채, 그저 나를 위해서 기도만 하기로 결심했다고 했다. 단언컨대, 언니가 나를 말로 설득하려 했던 그 이 년의 세월이 없었더라면 나는 적어도 이 년 먼저 하느님을 만났을 거라고 나는 아직도 언니에게 비아냥거린다. 그러면 언니는 씩 웃고 만다.

그러나 우리는 자매였고, 언니는 나보다 훨씬 더 성정性情이 선한 사람이어서, 나는 아무에게도 털어놓을 수 없는 내 인생 역정을 언니에게 자주 토로했다. 언니는 이제 입을 다물고 끝까지 내 말을 들은 다음, 마지막에 이렇게 말했다.

"두려워하지 마, 내가 기도할게."

내가 그렇게 싫어하는 그 '예수'에게 하는 기도라는 것을 알았지만 신기하게 그 말이 전혀 싫지 않았다. 아니, 오히려 어느 날의 통화에서 언니가 그 말을 하지 않으면 나는 언니에게 "기도해 줄 거지?" 하고 묻곤 했다. 그러면 언니는 긴 한숨을 쉬며 대답했다.

"당연하지, … 당연히 기도하지."

나는 언니에게, 아니, 언니의 기도에 전적으로 의지하는 사람이 되어 가고 있었다. 이제 언니는 예수가 아니라 나를, 선교가 아니라 그냥 나를 사랑하고 있는 것 같았다.

그날, 자동차에 올라타, 머릿속이 하얗게 된 채로 차를 운전하면서 나는 다급하게 휴대전화의 발신 장치를 눌러 언니를 불렀다. 미국의 휴대전화는 오래 울렸으나 언니는 전화를 받지 않았다. 그 무렵 내 상황이 다급하게 돌아가고 있는 터여서 친정 식구들은 모두 내 전화에 신경을 곤두세우고 있었다. 나는 마음속으로 언니를 불렀다.

"언니, 기도해 줘. 무서워! 기도해 줘." 만일 언니가 전화를 받으면 언니는 으레 그렇듯 울먹이며 내게 말할 것이다.

"두려워하지 마. 내가 기도하고 있어. 두려워하지 마."

하지만 언니는 전화를 받지 않았다. 다시금 머릿속이 하얗게 변하기 시작했다. 물에 빠져 잡으려던 지푸라기조차 보이지 않는 것 같았다. 그때 누군가가 내게 속삭이는 것 같았다.

'네가 기도하지그러니.'

속삭이는 그 누군가가 누구인지 생각할 겨를도 없이 머릿속으로 그런 생각이 스쳐 지나갔다.

'이렇게 좋은 생각이 있을 수가!'

바보가 아니고서야 있을 수 없는 일이었지만 나는 내가 기도하면 된다는 생각을 18년 만에 했다. 18년 만에 내가 기도할 수 있다는 것을 깨닫게 된 나는, 그러나 기도하는 법을 완전히 잊어버린 후였다. 입술만 삐죽여질 뿐 말이 나오지 않았다. 무어라고 그분을 불러야 할지, 첫마디를 어떻게 꺼내야 할지 알 수 없었다. 그러나 더 이상 참을 수 없는 마음의 압력들이 나의 내장들을 치솟아 올라 목구멍을 넘어 토악질처럼 거슬러 올라왔다. 나는 기도를 한 것이 아니라 비명을 질렀던 것이다.

"주님! 주님! 어디 계세요!"

언니와의 통화는 그날 밤이 지나고 다시 다른 아침이 오고서야 이루어졌다. 18년 동안 내가 내 손으로 내다 버린 성경과 십자가였다. 그런데 그날 성경 구절 한 토막 없이 그 흔한 십자가 하나 없이 지내는 하루가 고통스러웠다. 나는 그저 두 손을 붙들고 '주님, 주님, 저를 살려 주십시오' 하고 되뇌다가 다시 머리를 흔들었다. 또 하나의 내가 내게 물었다. '정신 차려. 하느님이 밥 먹여 주고 하느님이 나쁜 일을 막아 주니?'

언니는 내 말을 듣고 있다가 울음을 그치고 한 번도 그런 적이 없는 위엄 있는 목소리로 말했다.

"당장 일어나서 교회로 가거라. 지금 당장!"

그리하여 나는 18년 만에 교회로 갔다. 그리고 18년 동안 흘리지 못해 몸속에 고인 눈물을 그 후로도 오랫동안 쏟았다.

상황이, 고통이, 혼란과 광기가 기적처럼 정리된 것은 물론 아니었다. 나는 아이가 젖을 떼고 이유식을 하듯이 조금씩 조금씩 성경을 공부했고 궁금한 책이란 책은 다 찾아 읽었다. 그러면서 그날 내게 대답한 신이 내가 오해하고 있던 그 찰거머리 같은 그 신이면서 또한 그 신이 아니라는 것을 깨닫게 되었고, 내가 사는 동안 한 번도 내게 올 거라 믿지 않았던 평화가 찾아오기 시작했다. 평화! 돈도 명예도 사랑도 내게 주지 못했던 그 귀한 것을 거저 얻게 된 것이었다.

　　최소한, 그날 이후 나는 좁고 작고 유한한 인간이 크고 위대하고 영원한 것을 마주쳤을 때 일어나는 모든 혼란을 겪었으며 지금도 또한 그것을 겪고 있다. 외로움이 완전히 사라진 것도 아니고 고통이 사라진 것은 더욱 아니며 모욕도 모함도 분노도 예전과 똑같이 찾아왔다.

　　어쩌면 내 단점은 고쳐지기는커녕 더욱 커지고 있기도 하다. 그러나 이제는 불러야 할 이름이 있다는 것을 알기에, 그리고 또한 그리 크게 부르지 않아도 그가 내게 귀 기울이고 있다는 것을 알기에, 적어도 나는 허둥지둥하지 않으며, 저질러 놓고 돌아가 사죄를 할 곳이 있는 그만큼은 삶에 대해 공간을 느낀다. 그런 나를 두고 예수도 의인이 아니라 죄인을, 성한 사람이 아니라 병자를 부르러 왔다고 했을 것이다. 그런 의미에서 나는 더할 나위 없이 딱, 그리스도인이다. 그래서 어느 쓸쓸하고 눈물 나는 저녁에 나는 다만 이렇게 기도하는 것이다.

이 위대한 밤의 주인이신 하느님

숲이 보이십니까?

숲이 외로워한다는 소문이 들리십니까?

숲의 비밀이 보이십니까?

숲의 고독을 기억하십니까?

제 영혼이 제 안에서 밀랍처럼

녹기 시작하고 있는 것도 보이십니까?

― 토머스 머튼 「숲」 전문

1999년, 그분의 목소리를 듣고 처음 찾아간 곳은 분당의 요한 성당이었다. 그때 그 성당은 신축 중이었다. 가자고 간 것은 아니었다. 무작정 차를 몰고 그냥 하염없이 가다가 한적한 길로 들어서게 되었는데 그게 그 성당 앞이었다. 나는 공사 중인 성당 밖 한길에 차를 세웠다. 하필이면 공사 중인 성당 앞에 왔으니 어디가 입구인지 알 수 없었다. 그리고 들어가면 이 공사 중인 건물에 성당이 있는지도 확실치 않았다. 그런데 나는 왜 거기 차를 세웠을까? 모르겠다. 문득 도로 집으로 가고 싶었다. 아무래도 내키지 않았다. 생전 하느님을 부르지도 않던 내가, 이렇게 아쉬워지자 그를 찾아왔다는 것은 내가 생각해도 염치가 없었다. 지금 돌아갔다가, 잘되면, 평화로워지면, 살 만해지면, 그때 찾아오는 것이 인간으로서 최소한의 예의인 것 같았다. (인간은 아무튼 이상하다. 생전 하느님에게 차리지 않았던 예의를 꼭 이런 때 차리려고 한다. 지금 생각해 보면 이건 명백히 유혹이다. 그것도 몹시 나쁜!)

도로 돌아가려는 마음을 막은 것은 그때까지 한 번도 들어 보지 못했던 언니의 단호한 목소리의 기억 때문이었다.

"당장 가라! 당장 교회로 가!"

집으로 가면 밤에 언니가 전화를 할 텐데 '성당 안으로 차마 못 들어갔어' 하면 언니가 너무 슬퍼할 것 같았다. 나 때문에 밥도 못 먹을 정도로 상심하고 계신 부모님의 얼굴도 떠올랐다. 나는 주변 사람들에게 괴로움만 주는 존재, 아무 데도 쓸모없고 이 세상 사람들을 괴롭히기 위해 태어난 존재처럼 느껴졌다. 이럴 때 사람은 자신에 대해 살의를 느낀다. 나도 그랬다.

그때 텅 빈 길 저쪽에서 누군가가 이리로 걸어오고 있었다. 문득 외투를 입고 있던 여자의 손끝에서 반짝하고 빛나는 것이 보였다. 묵주였다. 어디가 입구인지, 이 성당에 지금 사람이 들어갈 수 있는 것인지도 알 수 없는 상황이었는데 '만일 저 여자가 건물로 들어간다면 거기 기도할 데가 있다는 거구나' 하는 생각이 기특하게도 들었다. 나는 차에서 내려 그녀를 따라 걸었다. 그녀의 걸음은 몹시 빨랐다. 서둘러 따라 들어갔는데 그녀는 없었다. 창문도 없는, 아직도 공사 중이라 바람이 몰아쳐 들어오는 넓고 황량한 성당 로비에 나는 잠시 서 있었다. 성당이 어디 있는지 문도 찾을 수가 없었다. 다만 위층으로 향하는 원형의 난간만이 높은 곳을 향하여 오르고 있었다. 나는 조심스레 그 난간을 따라 올라갔다. 네 번쯤 원을 돌아 올라갔을까. 그러자 대성당으로 들어가는 듯한 문이 나타났다. 잠시 망설였지만 침을 한번 크게 삼키고 나는 문고리를 잡았다.

그런데 문이 삼분의 일쯤 열렸을 때 나는 불에 덴 것처럼 손잡이에서 손을 뗐다. 문이 다시 닫혀 버렸다. 나는 뒷걸음쳤다. 온몸이 부들부들 떨리고 있었다. 얼마 후 등에 차가운 기운이 닿았다. 온몸에 힘이 다 빠져나가고 다리는 몸을 지탱할 수 없어 후들거리고 있었다. 나는 차가운 시멘트 벽에 등을 대고 그 자리에 주저앉아 버렸다. 참아 보려고 했던 통곡이, 그렇다. 통곡이 터져 나왔다.

나는 느꼈다. 분명, 처음 문을 열었을 때 어떤 무엇과 눈이 마주쳤다는 것을. 눈이 마주친다는 것은 그리 평범하고 예사로운 시각적 활동은 아니다. 우리의 눈은 보통 무엇을 볼 때 두 눈을 사용하여 한 지점을 응시한다. 그때 내 두 눈동자와 사물은 90도 안쪽의 예각을 이룬다. 두 눈과 한 지점이 크든 작든 삼각형을 이루게 되니까 말이다. 그런데 보통 눈이 마주친다는 것은 두 눈이 있는 어떤 존재와 나의 두 눈이 90도의 각도를 유지하여 각각 나를 보는 그 두 눈동자를 동시에 보는 것이다. 이것은 사각형에 가깝다. 그런데 문을 여는 순간, 내가 그 안에 십자가나 제대나 꽃이나 성모상이나 그 무슨 형상이 있다는 것을 인식하기도 전에 나는 어떤 존재와 두 눈이 마주쳐 버렸고 그것은 내 심장을 불화살처럼 찔렀다. 실제로 나는 통증을 느꼈다. 그러니 내가 헛것이라도 본 것처럼 뒷걸음을 쳐 벽에 등을 기대고 주저앉은 것은 어쩌면 당연했다.

정체를 알 수 없는 통곡이 계속 터져 나오고 있었다. 그렇게 얼마를 울었을까. 문이 열리는 소리가 들렸다. 누군가가 대성당 문 밖에서 울고 있는 내 꼴을 볼까 참담했다. 그러나 통곡을 멈출 수는 없었고 나는 겨우 울음소리를 멈추고 무릎에 얹은 두 팔에 얼굴을 묻은 채 그가 지나가기만 을 기다렸다. 그때 누군가의 손길이 어깨에 느껴졌다. 그러더니 내가 고개 를 들기도 전에 말했다.

"자매님, 왜 여기 앉아 계세요? 어서 안으로 들어가세요."

대개는 '왜 그러시느냐? 어디 다쳤느냐?' 뭐 이런 질문이 당연할 텐 데 그녀는 다 알고 있다는 듯이 말했다. 그 와중에도 질문이 참 이상하다 싶었다. 당황한 내가 엉거주춤 몸을 일으키자 그녀는 친절하게 성당 문까 지 열어 주었다. 그리하여 나는 성당 안으로 들어갔다. 18년 만에 말이다.

넓은 성당에는 아무도 없었다. 차마 앞으로 갈 수가 없어 맨 끝자리에 앉아 있었다. 제대 위, 예수님이 십자가에 매달려 계셨다.

"미안해요. 예수님 정말 미안해요…."

이 말밖에는 아무 말도 생각나지 않았다. 그리고 다시 나는 울었다.

얼마나 시간이 지났을까? 어느 정도 눈물이 그치고 나서 마음을 진정 시키고 나자 뜻밖에도 성당 안이 몹시 추운 게 느껴졌다. 눈물이 흘러내린 뺨이 얼 듯 시렸고 턱이 덜덜 떨려 왔다. 아까 들어와, 십자가에 달리신 예수님께 미안하다고 해 놓고 눈물이 그치자마자, '음 … 그럼 추우니 이만 가야겠어요' 해야 한다고 생각하자 내 자신이 한심했다. '어떻게 하지' 하며 앉아 있는데 누군가 저 앞에서부터 나를 향해 걸어오고 있었다. 그러더니 모든 것을 안다는 듯이 내 앞에 멈춰 서서 다시 내게 말했다.

"자매님, 추운데 왜 여기 앉아 계세요? 저기 들어가서 기도하세요. 저기는 따뜻해요."

그러고는 망설이는 내가 일어설 때까지 내 앞에 서 있었다. 춥기도 했지만 그 말투가 너무 당연하게도 내가 일어나서 저 안으로 가야 한다고 말하는 것 같아 나는 얼결에 일어나 그녀가 가리키는 곳으로 걸어갔다. "여기 말이죠?" 하고 뒤를 돌아보았는데 그녀는 이미 없었다.

검은 커튼이 쳐져 있는 곳으로 들어가자 한 여자가 꿇어앉아 있었다. 거기가 성체조배실이라는 것을 안 것은 나중이었고 나는 그녀가 하고 있는 그 자세대로 엉거주춤 무릎을 꿇었다. 그곳은 정말 따뜻했다. 꼭 고향의 아버지 집에 온 듯 따뜻한 온돌이 나의 떨림을 진정시켜 주었다.

"하느님, 저 왔어요."

마음속으로 내가 그를 불렀다. 신기하게 하느님이 나를 보고 미소 짓는 것이 느껴졌다. 미소 짓는 것이 아니라 두 팔을 벌려 나에게 와서 안기라고 하는 듯 느껴졌다. 앞서 이야기한 대로 나는 내 자신이 미치거나 너무도 큰 환상 속에 빠졌을 거라고 생각했다. 하기는 그게 그거였다. 그러나 이상하게도 마음은 진정되었고 따스하고 평화로운 느낌이 들었다. 나는 오래전부터 나를 사랑해 온 아버지 앞에 앉아 있는 것처럼 곧 스스럼없어졌다.

"아버지!"

하고도 불러 보았다.

"저 너무 많이 우는 거 부끄러우니 저 여자분 나가게 해 주세요. 당신하고 나하고 둘만 있고 싶어요."

내 기도 때문은 아니겠지만 그 여자분이 조금 있다가 일어나 밖으로 나갔다. 그러자 비로소 나는 고개를 들었다. 무슨 말인가를 하면 마음속으로 그분의 응답이 끊임없이 울려 나왔다. 목소리는 귀로 들을 수 있는 종류의 것은 아니었다. '나 여기 있다'라는 그 말처럼 단전쯤에서 들려왔고, 마치 단전 어디쯤, 접혔다 열렸다 하는 귓바퀴가 있는 것처럼 말씀이 오기 전에 막혀 있던 그것이 열리는 촉감을 느낄 수 있었다. 나를 둘러싸고 있는 기압이 약간 바뀌듯 귀가 약간 멍해졌고 뜨고 있는 두 눈의 시야는 희뿌옇게 변하며 십자가 혹은 성상聖像 한 점만 남았다. 마치 카메라가 한 대상만 남기고 모두 줌아웃시켜 버리는 것과 비슷했다. 그게 나의 환청이든 아니든 신기했다.

'당신은 정말 존재하십니까? 아니면 인간이 만들어 낸 환상에 불과합니까?' 사춘기 시절 그렇게 목 놓아 부를 때는 왜 이런 응답을 주시지 않았을까, 하는 의문이 지나갔다. 내가 당신과 씨름하며 얼마나 격렬한 사춘기를 지냈는지 기억 못하시느냐고 묻고도 싶었다. 내가 당신을 떠나가던 대학 2학년 무렵에 지금처럼 나를 잡아 주셨다면 떠나지 않았을 것 같다는 생각이 옅은 원망과 함께 밀려들었다. 그러나 그것은 얼핏 지나가는 생각이었고 그냥 아버지 품으로 돌아온 것처럼 나는 편안했다.

나도 모르게 이런 기도가 흘러나왔다.

"아버지, 저를 봉헌합니다. 저를 다 가지시고, 그리고 당신 뜻대로 이루어 주소서."

그렇게 말하고 나자 주인 무릎을 베고 누운 고양이처럼 나른해지기까지 했다.

한참의 침묵이 지나갔다.

"당신은 사랑의 신이시라 알고 있습니다. 하느님, 사랑이 무엇인가요? 저는 알지 못합니다. 전 아무도 사랑해 본 적이 없는 것 같습니다. 남편이야 그렇다 쳐도 제가 낳은 자식도 사랑하지 않는 것 같습니다. 아니 저 자신까지도요. 저는 누구도 사랑해 본 적이 없는 것 같습니다. 아버지, 제게 사랑이 무엇인지 가르쳐 주십시오."

이번에 그분은 침묵하셨다. 그러자 별로 더 드릴 말도 없었다. 그래서 나는 한 번 더 말했다.

"아버지, 저를 봉헌합니다. 온전히 봉헌합니다."

그러자 마음속에서 그분의 목소리가 들려왔다.

"아까 다 봉헌했는데 뭘 또 봉헌을 한다는 말이냐? 그럼 아까 봉헌할 때 네 것을 조금 남겨 둔 거냐?"

나도 모르게 풋, 웃음이 나오려고 했다.

18년 만에 처음 찾아온 성당. 처음 들어와 보는 성체조배실. 나는 세 번째 이혼을 앞두고 있었다. 아직 폭력의 흉터가 얼굴에 남아 입술은 부어 있고 얼굴의 시퍼런 멍 자국은 두꺼운 화장 아래로 시커머죽죽 드러나 있었다. 그런데 그 부어터져 딱지 앉은 입술로 웃음이 나왔다. 순간 왠지 지금이 웃을 때가 아닌 것 같다는 생각이 들어 나는 다시 말했다.

"저기요, 이제 백 속에 휴지가 없어요. 아시다시피 저는 울면 코를 팡팡 풀어야 하는데 이제 그만 울게 해 주세요. 만일 또 콧물이 나온다면 집에 가야 할 거예요."

그리고 침묵 중에 나는 앉아 있었다. 잠시 후 울컥하는 감정이 다시 올라왔다. 눈물이 흘러나왔다. 그런데 콧물이, 늘 울기만 하면 눈물보다 많이 쏟아지는 콧물이 코끝에 살짝 매달리더니 마치 보란 듯이 방울방울하다가 쏙 들어가 버렸다. 신기했다. 그러자 울다 말고 나도 모르게 웃음이 피식 나왔다. 웃음은 내 입가로 더 번져 갔다. 그리고 하느님께서 내가 웃는 것을 보고 너그러이 빙그레 웃고 계시는 것을 알았다. 그때 나는 느꼈다. 이 모든 것이 하느님의 유머임을.

하느님의 유머!

어린 시절 나는 교리경서대회에 나가 상도 탈 만큼 성경을 읽었고 신앙서적도 많이 읽는 소녀였다. 성당의 강연, 포콜라레Focolare(이탈리아어로

'벽난로'라는 뜻으로, 1943년 이탈리아 트렌토에서 시작된 가톨릭교회의 영성 운동 가운데 하나다) 모임, 피정도 빠지지 않았다. 남들이 겨우 미사만 나오는 고3 때도 나는 주일이면, 하루 종일 가야 하는 빈민촌 봉사를 빠지지 않았다. 그런데 거기서 한 번도 '유머의 하느님'에 대해서는 들어 본 일이 없었다. 어떤 신부님도 그런 강론을 하신 적이 없었다. 그런데 그 순간 하느님의 유머를 느끼자 이상하게도 내가 지금 겪고 있는 현실이 환상이 아니라는 확신이 왔다. 하느님은 내 예상을 완전히 빗나가게 하시는 분, 우리의 상상을 뛰어넘는 분이다. 고정관념이랄까 하는 것이 깨어져 나가는 것처럼 통쾌하기도 했다. 고개를 들어 보니 하느님도 웃고 계셨다. 아버지 집에 돌아와 지난날을 부끄러워하며 울고만 있는 내게 웃음으로 위로를 주시는 분. 아, 이건 멋진 일이었다. 물론 머릿속으로 가시지 않는 의문도 있었다.

"대체 왜? 이 죄 많은 나를, 당신을 떠나는 것도 모자라 모욕하고 조롱하고 배반해 왔던 나를, 왜 이토록 따스하게 받아 주시는 겁니까?"

그렇게 앉아 있는 내 머릿속으로 18년 동안 한 번도 들춰 보지 않았던 성경의 한 이야기가 참으로 선명하게 떠올랐다. (신기한 일인데 18년 혹은 20여 년 전 읽었던 성경 내용은 그 후로도 계속 선명하게 떠오른다. 마치 오래 덮어 두었던 책을 다시 펼치는 것처럼, 낡았으나 선명히.) 아버지에게 받은 재산을 탕진하고 돼지 먹이조차 먹지 못해 아버지 집으로 되돌아온 둘째 아들의 이야기 말이다. 그때 아버지는 결코 그를 찾아 나서지 않았다. 다만 집 앞에서 날마다 기다리다가 그가 오자 버선발로 뛰쳐나가 그때부터는 적극적으로 그를 끌어들인다. 나는 내가 여기까지 온 그 여정이 그냥 비유가 아니라고 느꼈다. 내가 18년이 걸려 성당 문 앞까지 오자 그때부터 누군가 나타나 적극적으로 나를 끌어들였다. 성당 앞에서, 성당 문 밖에서, 추운 의자에서, 그리고 이 따스한 성체조배실 안까지.

도로 집으로 갈까 망설이던 내 눈앞에 나타났던 묵주를 든 여자와, 쭈그리고 울고 있는 나를 성당 안으로 인도해 준 여자와, 떨고 있는 나를 이 안으로 안내해 준 그녀들. 그리고 방금 내 기도를 듣기라도 한듯이 이곳에서 조용히 나가 준 그녀까지. 이 글을 쓰고 있는 지금도 나는 그들이 하느님이 보내신 천사들이었다는 것을 믿는다. 그 천사는 아마도 이 글을 읽는 당신이었을지도 모른다고.

경상북도

·왜관

대구

성 베네딕도회 왜관수도원

많은 수도원을 다녀 보았지만 실은 한국의 남자 수도원 방문은 거의 처음이었고 아는 분도 없었다. …
수도원의 첫 인상은 내가 다니던 고등학교를 연상시켰다.
단아했고 군더더기가 없었고 깔끔했다. 그래도 나는 떨고 있었다.
언제나 첫 만남은 떨린다.

나는 알고 있었다
내가 왜 여기 왔는지

　　　　　　　　　　작가가 하나의 작품을 시작하기 위해
서는 몇 가지의 복합적이고 아주 절절한 동기가 필요하다. 한 권의 책을
탄생시키기 위해서는 일 년 혹은 그 이상을 오직 그 작품과 함께 살아야
하니까. 일 년 동안 나의 모든 것을 쏟아부을 대상을 아무렇게나 결정할
수는 없지 않은가 말이다. 친구를 만나는 것도, 좋아하는 일도 모두 다 작
품 뒤로 미뤄야 하고, 심지어 인간관계가 끊어지는 것도 각오해야 한다.

　　물론 한 작품을 쓰는 동안 작가가 24시간 책상 앞에 앉아 있는 것은
아니다. 오히려 글을 쓰는 데 걸리는 시간은 하루에 한두 시간이면 족하

다. 때로는 하루 종일 한 문장도 쓰지 못하는 날도 있다. 그러나 그 한두 시간을 위해 이십여 시간이 필요하다. 그것도 타인의 침범 없이, 온전히 홀로인, 솔기 없이 통째로 이어지는 시간 말이다. 왜 회사에 다니면서 출퇴근을 하고 글을 쓰는 소설가가 그토록 귀한지 혹시라도 이해가 되었으면 한다. 그 이십여 시간 동안 작가는 몹시 고독해야 하고, 줄을 치는 거미처럼 이기적이어야 하며, 착륙을 앞둔 비행사처럼 집중해야 한다. 그렇지 않으면 한 줄의 글도 뽑혀 나오지 못한다.

나는 왜 글을 쓰기 시작했을까? 나는 모른다. 초등학교에 들어가기 훨씬 전부터 혼자 글씨를 쓰고 놀았다. 아무도 가르쳐 주는 이도 없고 그러라는 이도 없었는데 나는 그것이 그리 좋았다. 우리 집에는 당시로서는 그리 흔하지 않은, 뉘어 놓으면 눈을 감는 인형도 있었고 소꿉도 있었다. 그런데 나는 모든 놀이 중에 글씨를 쓰거나 보며 흉내 내는 게 제일 재미있었다. 사춘기 때는 노트를 서너 권 사서 하나는 시집, 하나는 장편소설 연재 그리고 하나는 단상이나 일기 혹은 수필을 썼고 그 안에 삽화까지 그리고 놀았다. 식구들이 모두 잠든 밤 노트를 어루만지며 글을 쓰는 일은 황홀하게 행복했다. 나는 자주 외톨이였고 심지어 왕따까지 당하곤 했지만 꿋꿋이 헤쳐 나갈 수 있었던 많은 이유가 그 노트 속에 들어 있었다. 글쓰기는 내게 친구, 애인, 고해신부 혹은 하느님이었다.

그리고 등단 후에는 돈을 벌기 위해 글을 썼다. (돈을 벌기 위해 글을 썼다는 말을 처음 기자들 앞에서 했을 때 그들은 몹시 경악했다. 벌써 십

오륙 년 전의 일이다. 그때까지 왜 글을 쓰냐는 질문에 그렇게 대답하는 작가는 없었다. 내 대답에 경악한 그들이 많이 수군거렸다는 소리를 들었다. '공지영 작가, 역시 돈만 보고 글을 쓰는 거야' 하고. 하지만 그렇지는 않다. 나는 직업이 작가이기에 돈을 벌기 위해 글을 쓰지만 돈만을 위해 글을 쓰지는 않는다. 다른 모든 직업을 가진 사람들처럼 나도 똑같다. 그들도 돈을 벌기 위해 기자 일을 하지만 오직 돈 때문에 기자 일을 하지는 않는 것처럼 말이다. 그러나 누가 뭐라고 하든 역시 가장 중요한 이유는 그것이 나의 밥벌이 수단이었다는 것이다.)

『봉순이 언니』를 끝으로 칠 년 동안 글을 쓰지 못한 때가 있었다. 어린 시절도 아니고 나이 마흔 무렵이었다. 내가 다시는 글을 쓰지 못할 거라 모든 사람이 수군거렸다는 그때, 우리나라에서 가장 빨리 소설을 완성하는 축에 들었던 내가 단편소설을 시작한다며 첫 줄을 한 줄 써 놓고 육 개월 동안 식은땀만 흘렸던 그때, 어떻게든 다시 글을 쓰게 만들었던 것도 돈 때문이었다. 단언하건대 내게 막대한 위자료가 있었다거나 빚이 없었다거나 혹은 아이들이 없었다면 나는 당연히 그것을 포기했을 것이다.

아이들이 모두 잠든 밤마다 소주 한 병을 탁자 위에 놓고 달랑 한 채 있는 이 집을 팔아서 시골로 가고, 남은 돈으로 아이들을 키우고 … 이런 되지 않는 셈을 했던 것은 이제는 내게 주어졌던 재능이 내 손을 떠나 버렸을지도 모른다는 두려움 때문이었다. 그러나 어떻게든 써야 했다. 그때 초등학교에 막 입학한 막내를 비롯해 나만 바라보고 있는 세 아이가 나를 글 쓰게 했다. 아이들만 없었다면 나는 있는 집 한 채를 팔아 빚을 갚고 그저 세상을 떠돌고 싶었다. 내게는 해외에 있는 친구들이 많았다. 스페인에서 육 개월, 하와이에서 육 개월, 독일에서 육 개월 그리고 사막으로 간 은수자들이 묵었다는 거처에서 완벽하게 침묵을 지키며 육 개월, 생각만 해도 멋진 인생이었다. 그러나 내 등에 매달린 듯한 아이들 때문에 그건 완전히 불가능했다. 침묵은커녕 아이들에게 잔소리를 하고 고함을 지르고, 마늘 냄새 묻히며 국을 끓였다. 그리고 밤이 되면 출산 휴가 후에 어렵게 복직한 주부 사원처럼 나는 노트북 앞에서 진땀을 흘렸다. 스물두 살에 대학을 졸업한 이후 나는 줄곧 가장이었다. 내게는 늘 아이들이 있었다. 나는 그들을 먹이고 교육해야 하는 단 한 사람의 어버이였다. 게다가 나는 다른 걸로 돈 버는 재주가 전혀 없었다. 나는 아직도 이보다 더 신성한 노동의 이유를 알지 못한다.

왜관수도원을 찾아간 이유는 소설 『높고 푸른 사다리』를 쓰기 위해서였다. 십여 년 전쯤인가 송봉모 신부님의 책을 읽다가 흥미로운 구절을 발견했던 것이 그 시작이었다. 어떤 책인지 기억나지 않는데 책 속에 삽입된 이야기는 짧았고 대충 이런 내용이었다.

한국전쟁 중 미국의 어떤 배가 미군이 철수하는 흥남 부두에서 인민군과 중공군에게 쫓기는 피난민들을 구출한다. 그가 배 한 척에 태워 구출

한 인원은 만사천여 명. 그것은 기네스북에 기록될 만큼 많은 인원이었다. 그런데 놀랍게도 그 배는 화물선이었고 배의 정원은 열두 명이었다. 이건 세계 항해사에 기록될 만한 기적이었다. 그 선장은 전쟁이 끝난 후 홀연히 자취를 감추었다고 했다.

그로부터 51년 후인 2001년 어느 날 왜관의 수도원으로 제의가 들어왔다. 노후한 미국의 수도원을 인수해 달라고 말이다. 왜관수도원은 미국의 수도원까지 인수하면 너무 힘이 들 것 같아 거절하려고 했다. 그런데 일단 탐사차 거기 도착한 수사들은 한 늙은 수사님이 한국 수사들을 보고 싶어 한다는 걸 알고 그를 만났다. 노老수사는 한국전쟁 이후 종적을 감추었던 바로 그 선장이었다. 늙어 병든 그가 바로 그 한국 사람들이 왔다는 소식을 듣고 뜻한 바 있어 처음 자신의 입으로 이야기를 꺼낸 것이었다.

왜관에서 파견된 수사들은 깊은 감동을 받았다. 그리고 거짓말처럼 이틀 후 선장 출신의 노수사는 숨을 거두었다. 마치 그 이야기를 하려고 살아 있기라도 했었다는 듯이.

이야기는 참으로 드라마틱했다. 인터넷으로 레너드 라루Leonard LaRue 라는 선장의 이름을 검색해 보니 정말 놀라운 자료들이 쏟아져 나왔다. 나는 그 모티브를 마음의 파일 하나에 저장했다. 작가로서 내 마음속에는 이런 파일들이 열 개쯤 들어 있다. 그것은 씨앗의 형태로 잠자고 있는 것이다. 씨앗이 발아할 조건을 만나면 싹이 트듯, 가슴속에 저장해 놓은 글감

왼쪽 2007년 수도원 화재 후 2009년에 완공된 수도원 새 성전. 1949년에 떠나올 수밖에 없었던 북한 덕원수도원의 종탑 모양을 본떠 지었다.

들도 적당한 때가 오면 한 권씩 소설로 탄생하는 것이다. 『우리들의 행복한 시간』의 소재가 그랬고, 『도가니』라는 소설의 제목이 그랬다.

그랬다. 그래서 나는 그곳을 방문했다. 『공지영의 수도원 기행』이라는 책을 썼고 또 많은 수도원을 다녀 보았지만 실은 한국의 남자 수도원 방문은 거의 처음이었고 아는 분도 없었다. 트위터를 통해 공지를 하고 세 다리쯤 건너 건너 겨우 인영균 클레멘스 신부님을 소개받았다. 그날은 크리스마스 다음 날이었다.

김천구미역에서 인 신부님이 나를 기다리고 계셨다. 시간은 한 시 반이 넘었는데 식사를 했느냐고 물으시기에 기차 안에서 샌드위치를 먹어 괜찮다고 말하자, 나 때문에 점심을 거르셨다며 식사를 제안하셨다.

"오늘이 축일 다음 날이라 지금 가도 아무도 없을 거예요. 식사하고 천천히 갑시다" 하는 말씀도 하셨다.

신부님의 차를 타고 읍내의 작고 깨끗한 식당으로 갔다. 교구 소속 신부님이 아닌 수사 신부님은 처음 뵙는지라 긴장이 많이 되었다. 서양에서 보았던 금욕적인 신부님, 수사님들의 모습도 떠올라 더욱 그랬다. 그런데 신부님이 사 주신 다슬기가 들어간 수제비는 놀랍게도 아주 맛있었다. 이제껏 먹어 본 것 중 최고였다. 수사 신부님도 이렇게 맛있는 것을 먹고 다니신다는 것을 알고는 약간 긴장이 풀어지는 느낌이 들었다. 더구나 나중에 디저트로 커피와 맛있는 크리스마스 쿠키까지 주셨다!

위 수도원 대성전 입구에 있는 베네딕도 성인 조각상. 뒤편으로 1928년에 건축된 옛 성당의 종탑이 보인다.
아래 베네딕도 성인은 수도원을 '주님을 섬기는 학원'이라고 불렀다.

왜관수도원의 첫 인상은 내가 다니던 고등학교를 연상시켰다. '주님을 섬기는 학원'이라는 비석에 더욱 그런 기분을 느꼈는지도 모르겠다. 곧 종이 울리면 학생들이 '와아' 하고 뛰쳐나올 것만 같은 분위기랄까? 단아했고 군더더기가 없었고 깔끔했다. 그래도 나는 떨고 있었다. 언제나 첫 만남은 떨린다. 내가 잘할 수 있을지 걱정도 많이 되었다. 취재한다고 실컷 폐만 끼치고 결국 소설 자체를 포기하는 일도 물론 있었으니까.

수도원은 고요했다. 크리스마스 다음 날이라 모두 쉬신다고 했다. 인영균 신부님은 나를 손님의 집 입구로 데려가 열쇠를 하나 건네주시며 가서 쉬고 있으면 저녁때 다른 신부님이 전화를 하실 거라 말씀해 주셨다.

지금이야 많이 느물느물해져서 그 짧은 시간에 잠도 자고 씻기도 하고 휴대전화를 만지작거리며 놀지만 그때만 해도 수도원이, 그 방이 하도 낯설어 외투도 안 벗고 그냥 앉아 있었다. 방에는 침대와 책상이 전부였다. 와이파이는 물론 되지 않았다. 책상 위에는 검은 『성경』이 놓여 있었다. 시간이 느리게 흘러갔다.

나는 알고 있었다. 내가 왜 여기 왔는지. 내가 왜 『높고 푸른 사다리』를 쓰려고 하는지. 마음속에 있던 여러 개의 소설 파일 중 왜 하필 지금 이 것이 싹을 내밀려고 하는지. 그 씨앗이 발아하는 객관적 조건이 무엇인지. 그러자 눈물이 차오르는 대신 풍선처럼 뺨이 부풀어 올랐다. 나는 허름한 손님의 집 벽에 달린 십자가를 바라보았다.

"왜입니까? 주님, 대체 왜죠? 왜? 나는 바보가 되었습니다. 나는 망신을 당했고 상처를 입었고 조롱거리가 되었습니다. 내게 돌아온 것은 멸시와 배반과 수치 그리고 통렬한 외로움입니다. 주님, 나는 도저히 당신을 이해할 수도, 용서할 수도 없습니다. 왜 그러셨나요? 대체 왜요!"

그 무렵 나는 몹시 지쳐 있었다. 이토록 나쁠 수 없는 일만 내게 닥쳐왔다. 태풍으로 치면 초대형급들 서너 개가 몰려오는 형국이었다. 시작은 외부에서 왔다. 『의자놀이』와 관련해 소동에 휘말렸고, 믿었던 선배에게 돈 문제로 피소를 당했다. 생각해 보면 그때 나는 좀 울었어야 했다. 그러나 매사에 너무 결백하고 억울하다는 생각이 나를 더 뻣뻣하게 했다. 혼자 있는 시간에 더욱 그랬다. 나는 사실 어려운 고비들을 넘어왔고, 또 잘 넘어왔으므로 이런 정도의 어려움 가지고 울고불고한다는 걸 인정할 수 없었다. (지금 생각해 보면 이런 생각 자체도 결국 기도의 부족에서 오는 것 같다. 이게 무슨 오만이라는 말인가? 결국 언제나 마음이 흔들리고 상황이 나빠지는 것은 잘 살펴보면 기도의 부족 때문인 것 같다는 생각이 요즘 점점 확신으로 굳어 간다.) 상황은 점점 더 안 좋아졌다. 나는 특별히 기도도 하지 않았다. 그러면서 당연히 하느님이 내 편을 들어 주실 거라 생각했다. 진실을 밝혀 주실 거라고 말이다. 이런 말도 안 되는 일들로 상처받는 내가 견딜 수가 없었다. 나는 그래서 그것이 내게 얼마나 큰 상처인지 인정하지 않았다. 아마도 그게 제일 큰 실수였던 것 같다. 강한 사람이란 자기가 얼마나 약한지 아는 사람이다. 그래서 약한 나는 스스로 강하다는 착각 속에서 산산이 부서지고 있었다.

잠을 이루지 못했고 잠이 들었다 해도 소스라치며 벌떡 일어나 앉았다. 자다가 벌떡 일어나 벽을 잡고 서서 자신의 맨발을 내려다보는 그 비참함을 아는지. 얇은 이불도 아팠다. 창으로 들어오는 소슬바람도 아팠고 모든 것이, 나 아닌 모든 것이, 어쩌면 나 자신마저도 아팠다.

친한 친구들은 나를 위해 싸우다가 심한 부상을 당한 채 절룩이며 내게 와서 이 전투에서 그만 물러나겠다고 말했다. 그들은 사람들이 이야기하는 나에 대한 씁쓸한 소식을 전하며 그들이 너를 무어라고 이야기하고 다니는지 알려고 하지 말라고 충고했다. 그런 말을 들을 때 인간은 이루 말할 수 없이 비참해진다. "무슨 말인데?" 하고 물을 수도, 가만히 있을 수도 없다. 이건 난데없이 구정물을 맞듯 그냥 견뎌야 하는 일이었다. 많은 시련을 거쳐 온 나였지만 그건 사적인 일들이었다. 내 작가 생활 25년 만에 공적으로 닥쳐온 최대의 위기였다. 내 영혼이 발가벗겨지고 모욕당하고 길거리에서 집단 구타라도 당하는 기분이었다. 나는 연이어 덮쳐 온 시련에 여지없이 쓰러졌고 앙심과 복수로 이를 갈았다.

원수가 나를 모욕했다면 참아 주었을 것을.
나를 미워하는 자가 맞서 왔다면 비켜나 숨었을 것을.
그러나 너였도다, 내 동배, 내 동무, 내 친구
정다웁게 서로 같이 사귀었던 너,

축제의 모임에서 주님의 집을 함께 거닐던 너였도다(시편 55,13-15).
– 『시편과 아가』 중에서

아침에 성무일도를 하다가 이 구절이 나오면 숨이 가빠졌다.

그리고 그중 가장 나빴던 것은 내가 그동안 그토록 마음 공부를 했음에도 이 시련 속에서 나 자신에게 칼날을 들이밀었다는 것이다. 이렇게 나쁜 일이 있을 때는 이상하게도 주변에 '그건 결국 너의 잘못'이라고 강력하게 주장하는 이들이 나타났고, 이상하게도 그럴 땐 다른 어떤 말보다도 귀는 판단력을 잃고 그리로 쫑긋거리며 귀 기울이고 싶어 한다. 그리고 이미 외부로부터 공격당해 아픈 나 자신을 아무도 없는 밤, 혼자 앉은 방에서 다시 찔러 대는 것이다. 이렇게 쉽고 나쁜 코스, 결국 '넓은 문'으로 들어선 내게 처음으로 죽음이 아주 가깝게 느껴졌다. 이건 그동안의 죽음의 유혹과는 달랐다. 내가 더 산다고 한들 별 좋은 꼴을 볼 수 없을 것 같았다. 같은 상황이 오면 내가 또 속을 것은 뻔했다. 그러면 또 분노하고 또 자책하고 그러는 게 상상만 해도 끔찍했다. 세상에서 언제나 나는 무능했다. 글 쓰는 거 외에는 아무 재주가 없었다. 친구들에게 더 이상 내가 피해자였다는 말을 하기도 창피했다. 내 곁에는 아무도 없었다. 세상이 칼날을 세워 나를 할퀴고 있는 것 같았다. 앉아 있어도 서 있어도 눈물이 나왔다.

"하느님, 어떻게 이럴 수가 있어요? 제가 무엇을 잘못했기에 이토록 저를 괴롭히시는 겁니까? 나는 출판사를 옮길 때, 책을 하나 쓸 때 모두 당신께 기도했습니다. 잘 인도해 달라고 요청했어요. 나는 돈 욕심도 버리고 당신이 말한 불우한 이웃을 위해 헌신했어요. 그런데 이게 뭡니까? 그 결과가 이겁니까? 사람은 그렇다 쳐도, 어떻게 당신이 저를 …. 어떻게 이러실 수가 있어요?"

그분은 말이 없으셨다.

그 무렵 이해인 클라우디아 수녀님을 만날 일이 있었다. 밥을 먹다 말고 난데없이 눈물이 나왔다. 수녀님이 당황해하셨다.

"수녀님, 이상해요. 광야에 혼자 서 있는 거 같아요. 너무 무섭고 외롭고 힘들어요."

수녀님이 말씀하셨다.

"에이, 그럴 리가 있나? 맘이 약해져서 그렇지. 마리아, 혹시 성령 예언 기도 받아 본 일 있어요? 그거 받아 볼래? 너무 아파 보인다."

마침 성령기도를 하신다는 수녀님이 가까운 데 계셨고 나는 두 손을 모으고 그분의 전언傳言을 기다렸다.

"사랑하는 나의 딸아"로 시작한 기도는 여러 가지 말을 거쳐 이런 말로 끝났다.

"그러니까 마리아 자매님, 주님께서는 당신이 광야에 홀로 서 있기를 원하세요."

나보다 먼저 이해인 수녀님 얼굴에 철렁하는 기색이 지나갔다.

"네?"

내가 되물었다. 최소한 위로라도 해 주실 줄 알았다. '내가 네 마음 안다', 그러실 줄 알았다. '두려워하지 마라, 마리아야. 내가 너와 함께 있다. 모두가 오해를 풀게 될 거다. 조금만 기다려라'까지는 아니어도, 그래도 뭔가 따스한 그런 단어들이 나올 거라 생각하고 있었다. 그런데 '광야에 홀로 서 있음!'이라니. 그러면 내가 느꼈던 그 감정, 그 감정을 두고 내가 생각해 낸 그 단어 '광야', '홀로', 그 단어가 우연이 아니란 말이 되는 것인지. 실은 다른 무엇보다 그게 더 놀라웠다.

첫 번째 마음을 스쳐 지나간 단어는 '싫어요!'였다. 마음을 가다듬고 다시 생각하자 두 번째 단어가 마음을 스쳐 지나갔다. '정말 싫어요!' 그리고 세 번째 단어도 지나갔다. '싫어요. 싫다고요! 대체 왜요?'

나는 이 모든 일의 배후에 그분이 계시다는 것을 깨달았다.

전화벨이 울렸다. 잠깐 잠이 든 모양이었다. 고진석 이사악이라고 자신을 소개한 신부님이 수도원 안내를 해 주신다고 했다. 나는 주섬주섬 짐을 챙겨 대성당으로 갔다. 검정 수도복을 입고 뾰족한 검정 두건을 뒤집어 쓰고 있는 신부님은 얼굴까지 거뭇해서 흑백영화로 보는 똘똘이 스머프 같았다.

나는 소설을 쓰고 싶다는 이야기를 하고 도와주실 것을 청한 후 신부님과 함께 수도원의 여기저기를 안내받았다. 성 베네딕도회 왜관수도원. 왜관 본원에만 70명의 수사님들이 사시는 수도원의 규모는 아주 컸다. 뉴튼, 서울, 부산, 화순, 금남 그리고 지금은 독립한 요셉 수도원까지 모두 여섯 개의 분원을 둔 수도원으로, 왜관수도원이 속해 있는 성 베네딕도회 오틸리아 연합회에서도 규모로 1, 2위를 다투는 큰 수도원이다. 베네딕도 성인의 제자인 성 마오로와 성 플라치도를 주보성인으로 모신다고 해서 정식 명칭은 '성 베네딕도회 왜관 성 마오로 플라치도 수도원'이지만 그냥 '왜관수도원'으로, 혹은 한자의 음을 빌려 '분도芬道수도원'으로 불린다.

일반적으로 성 베네딕도회는 이탈리아 누르시아Nursia 출신의 베네딕도 성인이 저술한 『수도 규칙』Regula Benedicti에 따라 수도 생활에 전념하는데, 근대 이후 설립된 대부분의 수도회와는 달리 베네딕도회는 어떤 특별한 창립 목적이 없다. 굳이 하나를 들자면 일정한 장소에 정주定住하면서 공동체 생활을 통해 '하느님을 찾는 삶' 자체가 목적이라고 할까.

수도원에서의 일상은 하루 다섯 차례의 기도와 오전·오후 노동으로 이루어진다. 이 기도는 모든 수도 생활의 중심이다. 비록 아무리 다양한 활동을 한다고 해도 이러한 것은 그 자체가 목적은 아니다. 노동은 수도공동체의 자급자족을 위한 것일 따름이다. 나중에 또 생각한 것이지만 이 자급자족이라는 대목은 상당히 중요했다. 결국 밥그릇을 좌지우지하는 이에게 인간이 예속당한다고 할 때 탁발과 다른 점이 이 지점인 것 같다. 당당하되 겸손하게 가난할 수 있는 것이며, 수도원의 살림살이를 외부 사람들의 도움에 의지하지 않게 되어 언제나 떳떳하게 일할 수 있게 하는 절대적 조건이 바로 이 노동인 것 같았다. 베네딕도 수도회가 전 세계에 널리 퍼지고 장구한 역사를 이어 온 이유가 어쩌면 이것일 수도 있겠다 싶었다.

노동은 기도 다음으로 신성하게 여겨지는데 이것이 주는 또 하나의 유익은 영혼의 고양이다. 베네딕도 성인은 '한가함은 영혼의 원수'라고 했다. 작가 박경리도 소설 『토지』에서 비슷한 말을 했다. 수많은 시련을 겪는 여인들이 빨래터에서 빨랫방망이를 두드리며 말한다. "일이 보배다. 일이 보배야." 물론 나도 안다. 마음이 교착상태에 이르렀을 때 육체를 움직이는 것이 얼마나 중요한 일인지 말이다. 결국 노동은 건강한 구원이며 치유라는 말이었다.

베네딕도 수도회는 때때로 교회의 요청과 선교 목적으로 이외의 여러 일을 하기도 하지만, 그것은 궁극적으로 하느님을 찾는 삶의 핵심인 기도 생활을 위한 것이다. 요지는 하느님을 찾는 삶이다.

그리하여 물리적으로도 수도원은 성당을 중심으로 여러 개의 작업장으로 이루어져 있었다. 전국 성당의 성작, 성반, 감실, 촛대 등 여러 성물을 만드는 금속공예실, 성당에서 사용하는 온갖 가구, 제대, 의자, 탁자 등을 만드는 목공예실, 성당의 스테인드글라스를 만드는 유리공예실, 독일식으로 만들어진다는 소시지 방, 텃밭, 분도출판사와 인쇄소 등을 둘러보았다. 여기서 조금 더 가면 논도 있다고 하셨다. 거의 모든 것이 자급자족 되는 터였다. 이뿐이 아니었다. 순심 중·고등학교와 양로원인 분도노인마을 등도 운영하고 있었다. 이렇게 일을 하다가 종이 울리면 모든 작업장은 일을 중단하고 기도를 하러 대성당으로 모인다. 기도는 하루에 다섯

수도원의 작업장들을 둘러보면 '기도하고 일하라'Ora et Labora라는 베네딕도회의 모토가 그대로 체현된 듯하다.

번, 보통 일과는 새벽 5시에 시작되어 저녁 8시 40분에 끝난다. 고진석 신부님은 어려운 것을 모두 쉽고 단순하게 설명해 주셨다.

"우리 수도원은 베네딕도회 수도원이죠. 서방 가톨릭교회에 가장 큰 영향을 끼친 수도원입니다. 베네딕도 수도원이라고 이름 붙인 곳이 아니라고 해도 베네딕도 성인의 수도 규칙에 따라 수도 생활을 하는 수도회가 많습니다. 이해인 수녀님이 계신 부산 올리베따노 성 베네딕도 수녀원은 우리와 같은 베네딕도 수도원인데 바로 형제자매는 아니고 그러니까 우리 사촌쯤 돼요."

유럽의 수도원들을 다닐 때 베네딕도 성인의 수도 규칙에 대해 체험이 있기는 했다. 다섯 번의 종소리에 맞추어 (일곱 번 하는 곳도 있다) 성당으로 달려가는 일만 해도 손님으로 머무르는 내게 실은 조금 벅찼다. 그런데 그 와중에 노동까지 하신다니 말이다. 갑자기 이해인 수녀님의 말씀이 떠올랐다. 하동에서 독자들과 함께 다도 체험을 하는 자리였을 것이다.

"차를 이렇게 주전자에 넣고, 찻물을 이렇게 끓이고, 요렇게 붓고, 요렇게 마시고 …."

강사의 설명에 따라 녹차를 넣고 물을 끓이고 우리고 기다리고 마시는데 내 앞에 앉아 계시던 수녀님께서 말씀하셨다.

"세상에, 스님들은 좋으시겠다. 이렇게 다도에 따라 요리조리 우리고, 천천히 드시고. 우리는 땡 치면 가고 땡 치면 가야 하니 그냥 티백으로 먹어요."

그때 베네딕도 성인의 수도 규칙을 생각하며 많이 웃었었다. 솔직하고 거침없고 소녀 같은 이해인 수녀님을 좋아하게 된 순간이기도 했다.

베네딕도 수도원. 나는 베네딕도 수도원이 처음에는 너무 수가 많고 특색이 없고 밋밋해서 솔직히 별로 재미가 없었다. 한마디로 드라마틱한 요소가 너무 없다고 할까. 고행도 없고 헐벗음을 지향하지도 않고 특별히 엄격하지도 않았다. 그런데 이곳을 드나들면서 나는 베네딕도회의 매력에 빠져들기 시작했다. 인간에게 정말 얇은 규칙서 한 권을 쥐어 주고 극단적인 고행을 지향하지 않지만 절제가 규칙이라는 것을 말하는데 그것이 그렇게도 객관적이고 구체적인 용어로 써 있었다. [예를 들어, 당가 수사(수도원 재정 담당 수사)의 자격에 대해 다른 여러 좋은 말을 한 다음 "많이 먹지 않는 사람"(『수도 규칙』31,1) 혹은 식탐이 없는 사람(『베네딕도 이야기』)이어야 한다고 못 박는다. 그러면 나 같은 사람은 당가 수사는 절대 못한다. '술을 절제해야 한다'는 말 대신 "하루에 한 '헤미나'의 포도주"(『수도 규칙』40,3)를 마셔도 된다고 한다. 한 헤미나는 0.3리터에서 0.5리터 정도로 그리 적은 양은 아니다.] 알면 알수록 베네딕도 성인이 인간을 이해하는 방식이 놀라웠다. 나는 그가 인간을 꿰뚫어 보았다는 것을 느꼈다.

우리 아이에게도 "공부 열심히 해야 한다. 학교를 가는 것이 학생의 본분이다", 뭐 이런 말을 하는 것보다 "일곱 시에는 일어나야 한다. 최소한 너의 숙제는 하고 놀아야 한다", 이런 말이 훨씬 더 효과적인 것과 같다고 하면 지나친 단순화일까? "회사를 사랑하자. 일을 열심히 하자"라고 이야기하는 사장보다 "여덟 시 반까지 나와 청소를 해야 한다. 특별한 사유 없이 한 시간 이상 근무지를 이탈하면 안 된다" 같은 규율이 훨씬 효과적인 것과 같다. 그러나 학교도 회사도 아니고 신을 섬기고자 하는 일에서 추상을 마음껏 사용하여 규칙을 정하고픈 유혹을 물리치고 이런 단순화한 규칙은 웬만한 내공이 아니고서는 힘든 일이다. 그러니 베네딕도 성인이 유럽의 수호자로 선포된 것도 당연하게 느껴졌다. 결국 그리스도교의 수도원에서 유럽의 거의 모든 문화가 만들어지고 보존되고 전파되었으니까. 그의 규칙서가 결국 유럽 문화의 모태가 되었던 것이며 천오백 년이 지나도록 규칙서는 힘을 조금도 잃지 않고 있다. 놀라운 일이다. 아마도 그것은 구체성의 힘 그리고 중용의 힘, 너무 강요하지도 너무 느슨하지도 않은 길을 제시했기 때문일 것이다. 수도란 일생을 가는 길, 장자莊子의 말처럼 "발돋움으로는 결코 오래 서 있을 수 없는 법"이니까.

서울에서 남쪽으로 자동차로 세 시간 거리인 왜관수도원의 겨울 낮은 따스했다. 우리는 천천히 걸었다.

"원래 우리 수도원은 함경남도 덕원에 있다가 한국전쟁 때 피난 내려와 왜관에 정착하게 되었어요. 그래서 독일인 신부님과 수사님들이 처음 내려와 공장을 세우셨죠. 이 수도원에 정착한 독일인 신부님과 수사님들은 독일인의 특성을 많이 가지고 오셨어요. 그분들은 뭐든지 모자라면 공장을 세워 만들어 냈어요. 수사님들이 경영하는 인쇄소도 출판사도 그 당시로서는 획기적인 것이었지요.

어떤 수사님은 1970년대에 유리 온실을 세우고 당시로서는 엄청 고가인 바나나를 키우셨어요. (기억난다. 1980년대 초 바나나 큰 것 한 손에 이십만 원이었다. 그때 최저임금이 십만 원 하던 시절이었다.) 그 바나나 나무 밑에 땅의 지력을 돋운다는 지렁이를 키웠죠. 그리고 그 지렁이를 이용해 토룡환인가 하는 약을 만드셨어요. 그게 말하자면 대박이 난 거예요. 당시 돈으로 수억 원어치나 팔렸다고 해요. 돈도 엄청 벌었는데 어느 날 고용인들과 불화가 생겼어요. 일이란 게 그렇듯 일단 갈등이 시작되면 갈등을 일으킨 본질보다 그것을 둘러싼 감정이나 인간관계 이런 게 더 문제가 되는 법이죠. 그때도 그랬다고 해요. 당시 아빠스Abbas(대수도원장)께서 결단을 내리셔서 수도원이 그 업체에서 손을 떼게 하셨어요. 돈 벌자고 신자들과 싸우고 노동자들과 불화하고 …. 수억을 번다고 해도 이건 수도자들이 할 짓이 아니다! 이러곤 그게 '끝!'이셨다지요."

"… 그 수사님 너무 상처받으셨겠다."

내가 물었다. 나의 상황도 겹쳐졌다. 그러자 고 신부님이 대답했다.

"그러셨겠죠. 그런데 그분, '인간이 다 그렇다!' 한마디 하시고는 그냥 조건 없이 손을 떼셨어요. 그 후 그 노동자분들이 회사를 맡아 계속 이어 가셨고 지금도 아마 그 공장이 계속 있을 거예요."

언 땅이 녹아 수도원 뒷길은 폭신했다.

'인간이 다 그렇다.'

머리가 서늘해졌다.

"그 사업체만 가지고 있어도 우리는 지금 돈 걱정 안 하고 살 수도 있었는데, 잘된 거죠."

돈 걱정 안 하고 살 수 있는 기회를 남한테 줘 버리고 '잘된 거죠' 하고 덧붙이시는 게 이상해서 내가 다시 물었다.

"잘된 거라고 그러셨나요? 아까운 거잖아요?"

고진석 신부님은 잠시 걸음을 멈추더니 웃었다.

"잘된 거죠. 수도원이 돈 많으면 안 좋아요."

성 베네딕도회 왜관수도원. 수도원에 들어가 지원기 일 년, 청원기 일 년, 수련기 일 년을 거쳐 유기서원기 사 년을 마치고 종신서원을 하려면 모두 칠 년이 걸린다. 그 기간 동안 평생 여기서 하느님만을 바라보고 살 수 있을지 시험하는 것이다. 또한 이 기간 동안 기존의 수도원 식구들은 이 새로운 사람을 식구로 받아들일 것인지를 결정한다. 종신서원에 이르러 그분들은 수도원 안에 평생토록 정주하고, 아빠스의 뜻에 완전한 순명을 하고, 자신의 약함을 매 순간 고쳐 수도자답게 살아가겠다는 정진의 약속을 한다.

이분들은 교구 신부님들과는 달리 사유재산을 가질 수 없다. 이분들이 일한 노동의 대가는 고스란히 공동체의 몫이다. 나중에 더 알게 되었지만 이분들의 삶은 내가 젊은 시절 동경하던 원론적 의미의 공산주의를 꼭

한국전쟁 때 순교한 '덕원의 순교자 하느님의 종 38위' 시복시성 절차 가 진행 중이다. 대성전 입구에 이 서른여덟 분의 소임과 특징을 묘사 한 아름다운 벽화가 있다.

닮았다. 원론적 사회주의가 '능력껏 생산하고 일한 만큼 가져간다'라면 원론적 공산주의는 '능력껏 생산하고 필요에 따라 분배한다'라고 했었다.

대학 1, 2학년이었던 81, 82년 무렵 학교 옆에 있는 세브란스 병원에서 수술비 백만 원이 없어 아이가 죽을 줄 뻔히 알면서 돌아서던 가난한 노동자 부부를 본 적이 있다. 의료보험이 아직 국민 모두에게는 없던 시절이었다. 간호대에 다니던 친구를 만나러 갔던 길이었다. 실습차 병원에 있던 친구가 울먹이며 말했다.

"저 사람들 울지도 않아. 나 같으면 억울해서 못 살 거 같은데. 돈 없다고 죽어 가는 애를 받아 주지 않는 법이 어디 있느냐고 떼라도 쓸 거 같은데, 저 사람들 그냥 죽어 가는 아이 안고 돌아서더라. 지영아, 난 그게 더 끔찍해."

나는 아빠의 등에 축 늘어진 채 업혀 가던 그 아이의 얼굴을 잊지 못한다. 돈이 없다고 사람이 죽다니. 돈이 있으면 살릴 수 있는 아이를 죽여야 하다니. 나는 이 세상이 끔찍했다. 그때 친구와 같이 울면서 나는 '누구나 능력껏 일하고 필요한 사람이 가져가는' 천국 같은 그런 공산주의가 '우리 힘으로' 올 수만 있다면 얼마나 좋을까 꿈꾸었었다. 그런데 삼십 년이 지난 후 수도원에 오니 내가 혁명으로만 이룰 수 있다고 배웠던 그 공산주의가 여기 있는 것이었다. 젊은이들은 일하고 나이 든 사람들이나 병든 사람은 배려받는 그런 세상 말이다.

"여기 꼭 마르크스가 말한 공산주의 이상향 같아요."

나중에 박현동 블라시오 아빠스님과 인터뷰를 하면서 내가 말한 적이 있었다. 아빠스님은 잠시 의아한 표정을 지으시더니 웃으며 대답했다.

"아하, 그건 우리가 공산주의를 닮은 게 아니고요. 마르크스가 수도원에서 자신의 이상향 모델을 차용한 거죠. 수도원이 먼저였으니까요."

그러고 보니 그랬다. 베네딕도 성인이 수도원을 세운 것이 벌써 1500년 전인 6세기, 마르크스는 19세기 사람이니 말이다. 두 사람의 세대 차이는 약 1300년이나 난다. 마르크스는 스스로 "인류의 아편"이라고 칭하며 그토록 혐오하던 종교, 바로 수도원에서 그 자신의 이상理想의 궁극을 차용한 것이었다.

어쨌든 그렇게 가난을 지향한 이분들은 지금 "수도원이 돈 많으면 안 좋다"라는 말씀을 태연하게 내게 하고 있는 거였다.

그러자 어떤 책에서 가난과 순결에 대해 정의했던 구절이 떠올랐다. 회심 초기 성경을 읽어 나가며 내가 가난하지도 않고 순결하지도 않다는 사실에 괴로워하던 무렵이었다.

성경에서 말하는 가난은 그가 지금 가지고 있는 재산의 유무와 아무 상관이 없다. 가난한 자도 가난하지 않을 수 있고, 부자도 가난할 수 있다. 가난이란 이 모든 것의 주인이 자신이 아니라 하느님이라는 것을 아는 것이다. 가난한 자는 그러므로 가난하게 살든 부자로 살든 물질에 구애받지 않는다.

순결이란, 육체적 관계의 문제만은 아니다. 우리가 순결하지 않다는 사람도 순결할 수 있고, 우리가 순결하다고 말하는 사람도 순결하지 않을 수 있다. 하느님 안에서의 순결이란 피조물에게 집착하지 않는 것이다.

그러니 순결이라는 대목을 구어체로 설명하자면 "인간이 다 그렇다! 끝!"일까?

다음 소설을 수도원을 배경으로 하기를 잘했다는 생각이 들었다. 그냥 여기 있는 것만으로도, '기도하지 않을래?' 하는 듯한 종소리를 듣는 것만으로도, 그 종소리에 이끌려 기도하러 가는 것만으로도 내 상처에 소독약이 발라지고 있는 것 같았다. 내 머릿속은 너무나 복잡하고, 내 가슴에는 아직도 배신감의 가시덤불이 무성하고, 내 심장은 분노로 쿵쾅거렸지만, 종소리가 울리면 그 소리를 따라 날 성당으로 이끄는 발바닥이, 서늘한 그레고리오 성가에 맡겨진 내 귀가 나를 조금씩 치유해 가는 듯했다. 내가 지금 어떤 심정인지, 어떤 상태인지 그분들은 전혀 모르셨고, 그냥 '작가가 소설을 쓰러 왔구나' 하고 생각하셨겠지만 나는 무언가 삶이 방향을 틀고 있는 것을 느꼈다. 나를 향해, 나만을 향해 가던 내 삶이 아래로 내리꽂히던 거였다면, 내가 가진 모든 것을 빼앗기고 잃어버린 후 머리가 그 바닥을 치고 다시 하늘로 고개를 드는 듯하다고나 할까.

그러자 그 무렵 시골집이 있는 강원도에서 시골 본당 신부님과 면담을 하면서 나눈 말이 떠올랐다.

"다른 건 어쩌면 다 참을 수 있어요. 그러나 하느님께 배반당한 이 느

역시 군더더기 없고 깔끔한 대성전 내부

낌, 이건 참을 수 없어요."

내 말에 그분은 난감한 표정을 지으시다가 말했다.

"마리아 씨, 회심한 지 십 년 정도 되셨죠?"

내가 의아해하자 그분이 다시 말씀하셨다.

"그러면 이제 그때가 되었는지도 몰라요. 당신이 이제껏 알던 하느님
이 그 하느님이 아니라는 것을."

무언가가 내 가슴을 쳤다. 그게 무엇인지 모르지만 진리는 내게 늘 그
렇게 왔다. 이해하기 전에 가슴을 치며.

미국

뉴튼 · 뉴욕

뉴튼 세인트 폴 수도원

하느님을 알아 버리고 느껴 버리고 보아 버린 사람이 택할 일은 많지 않았을 것 같다.
아, 어떻게 이것을 설명해야 할까.
멀고 깊은 우주의 신비를 본 사람이
사람들이 북적이는 유흥지를 보러 다닐 필요가 없듯이.
오케스트라의 웅장함에 젖은 귀가 길거리 유행가를 굳이 들을 필요가 없듯이.
명화의 깊이를 알아 버린 사람이 이발소 그림을 더 볼 필요가 없듯이.

그는 그저 여기가
좋다고 했어요
조용히 있는 게 좋다고

뉴욕은 처음이었다. 언니가 십 년을
살고 있고 사랑하는 조카들이 사는 곳인데도 그랬다. 공항에는 조카 부부
가 마중을 나와 있었다. 조카는 만삭이었다. 호텔에 들 수도 있었지만 첫
밤을 조카네 원베드룸 아파트에서 보내기로 하고 그리로 갔다. 가난한 유
학생과 그 아내. 그리스인들이 주로 사는 동네였다. 집은 작고 낡았지만
소박했고 신혼집 특유의 신선한 기운이 감돌고 있었다. 살다 보니 조카네
집에서 하룻밤을 묵게도 되는구나 싶었다. 그냥 아무것도 묻지 않아도 조
카는 행복해 보였다.

십여 년 전쯤 조카는 많이 방황했었다. 언니가 신앙으로 키운 아이가 그렇게 방황하는 것을 나는 처음에는 믿을 수 없었다. 삶을 포기하고 싶어 할 지경에 이르렀다는 소식을 접한 날, 내가 국제전화를 걸었다.

아이가 "이모 …" 하고 부르는데 나도 더 할 말이 없었다. 우리는 전화기를 사이에 두고 그냥 서로 조용히 눈물만 흘렸다. 내가 겨우 말했다.

"이 나쁜 것아, 우리가 너를 얼마나 사랑하는데 …. 할머니, 할아버지, 이모, 외삼촌이 너를 얼마나 사랑했는데, 네가 얼마나 예쁜 아기였는데, 이 나쁜 것아. 우리들 사랑을 그렇게 배신하려고 그런 생각을 했어! 절대 안 돼! 그것만은 절대 안 돼!"

한참을 울다가 조카가 겨우 말했다.

"이모, 알아. 그런데 하느님이 나를 사랑하지 않는 것 같아."

내 가슴이 철렁했다. 그래, 절망의 원인이 거기 있었는지도 모르겠다는 생각이 들었다. 모든 절망은 사랑의 상실에서 온다는 것을 나도 알고 있었다. 그때 나는 무어라 할 말이 없었다.

"그렇지 않아. 하느님이 널 얼마나 사랑하시는데."

내가 말하자 조카가 대답했다.

"다들 그렇게 말하지 …. 하느님은 우리를 다 사랑하신다고. 하지만 나는 아닌 거 같아. 느낄 수가 없어."

말문이 탁 막혔다. 그래, 조카는 나보다 더 오래 신앙생활을 했다. 태어나서 한 번도 교회에 빠진 적이 없었다. 빠지기는커녕 열렬한 신자였으며 방학 동안에는 아프리카에서 선교와 봉사 활동을 하는 모범생이었다. 나보다 성경도 많이 읽고 나보다 기도도 많이 했다. 아직도 조카는 교회에 간다. 잘 간다. 그런데 저 아이가 말하는 것이다. 하느님이 '우리는' 사랑하지만 '나를' 사랑하지는 않는 것 같다고.

그러자 조카의 절망이 내게 다가왔다. 나라도 그런 생각이 든다면 죽을 수도 있겠다 싶었다. 아니 나도 그럴 것이 틀림없었다. 어떻게 그 절망을 견딜 수 있을까. 내가 그녀의 이름을 불렀다. 말이 소용없을 줄 알지만 그래도 어떻게든 무슨 위로라도 한 조각 주고 싶었다. 하지만 할 말이 없었다. 사랑의 확인은 말로 하는 것이 아니기 때문이었다. 사랑은 느껴야 하는 것이기 때문이었다. 나는 그 아이의 절망을 막을 수 없었다. 무슨 말로도 그 아이를 기쁘게 해 줄 수 없었다.

그때 나는 알았다. 내가 무력하게 느껴질 때, 어떤 노력도 부질없을 때, 세상이 모두 내게 등을 돌리고 있다고 느껴질 때, 눈물이 터지기 직전, 바로 이런 때 우리는 기도해야 한다는 것을. 나중에서야 그때 내가 아무것도 할 수 없었던 것이 축복이라는 것을 알았다. 그 아이를 위한 내 기도가 길고 깊어졌던 것이다.

나는 이제 그녀가 착하고 좋은 남편을 만나 알콩달콩 살아가고 있는 것이 감사했다. 둘은 교회에서 만난 커플이었고 배 속의 아이도 건강했다. 우리 셋은 함께 기도했다. 그러자 뜻밖에도 가슴 한편이 울컥거렸다.

이런 말이 어떻게 들릴지 모르나, 나는 삶의 남은 날들에 대해 별로 기대가 없다. 그걸 좋은 말로 하자면, 그러니까 한마디로 여한이 없다. 나는 누구보다 많은 고통을 겪었고 지금도 겪고 있다. 많은 즐거움과 영예를 누렸고 지금도 그렇다. 하느님의 가호加護로 굶지도 않고 살고 있다. 나이가 들어가고 있는데 젊음도 조금도 부럽지 않다. 연애도 남녀 간의 사랑도 섹스조차 이젠 그립거나 아쉽지 않다. 그것들은 한때 내게 위안을 주는 듯했으나 한여름 밤의 꿈처럼 허망했다. 가끔 나를 울먹이며 기도하게 하는 후회, 나의 세 아이들을 제대로 사랑해 주지 않은 것도 그럭저럭 나를 위로하며 넘어갈 수 있었다. 아직 시간이 남아 있다고 말이다. 그러나 세 아이들에게 어린 시절 종교교육을 제대로 시키지 않은 것은 언제나 크나큰 후회로 남아 있다. 큰 아이는 하느님의 섭리로 지금은 아주 좋은 신자가 되었지만 나머지 두 아이들을 생각하면 가슴이 늘 아팠다. 지금도 그 아이들의 마음에 하느님을 심어 줄 수 있다면 다시 돌아가 그 고통들을 다시 당하라고 해도 할 수 있을 것 같다. 나는 조카의 배 속에 있는 아이를 위해 기도했다. 기도하는 엄마의 배 속에 있는 행복한 녀석을 위해. 그리고 이 모든 것을 다 아울러 선을 이루시는 하느님께 다시 의탁했다. 이것 역시 내가 할 수 있는 것이 아무것도 없는 일이니 말이다.

그 후로 나는 많은 생각을 했다. 믿는다는 것은 무엇일까? 우리는 무엇을 믿는다는 것일까? 주 예수가 그리스도, 그러니까 나의 주인임을 믿는다고? 그건 믿는다. 내 맘대로 할 수 있는 일은 내 생애 전체를 통틀어 2퍼센트도 되지 않았다. 나는 엄청난 내 생의 소용돌이 속에서 그것을 깨달는 행운을 누린 사람이었다. 그러니까 그분이 나의 주인이 맞다. 그러면 그게 다일까?

한참 후에 나는 깨달았다. 믿는다는 것은 그분이 우리를 사랑하신다는 것을 믿는 것, 설사 내 눈앞에서 믿을 수 없을 만큼 나쁜 일이 벌어진다 해도, 사랑한다면 이런 일이 어떻게 생겨날 수 있을까 싶게 나쁜 일이 벌어진다 해도, 산 같은 고통이 닥쳐온다 해도, 설사 내가 어이없이 죽는다 해도, 내 식구가 내 자식이 죽는다 해도 그분이 우리를 사랑하고 구원하여 벗을 삼고 싶어 하심을 믿는 것이라는 것을.

내가 싫다는 아이를 억지로 데리고 가서 아이가 그토록 싫어하고 두려워하는 예방주사를 맞히듯이, 내가 아이를 위해 아이가 좋아하는 장난감을 빼앗듯이, 내가 싫다고 해도 그분이 시키는 그것, 내가 아프다는데 그분이 나를 그 아픔으로 밀어 넣는 그것, 그것이 결국 끝끝내 그분이 나를 두고 하시는 사랑의 행위임을 믿는 것이라는 것을, 아마도 그것을 믿음이라고 부른다는 것을.

그 무렵 나는 늘 샤를 드 푸코Charles de Foucauld의 「의탁의 기도」를 적어 가지고 다니며 힘이 들 때마다 들여다보았다.

하느님 아버지,
이 몸을 당신께 바치오니
좋으실 대로 하소서.

저를 어떻게 하시든지 감사드릴 뿐,

저는 무엇에나 준비되어 있고

무엇이나 받아들이겠습니다.

아버지의 뜻이

저와 모든 피조물 위에 이루어진다면

다른 것은 아무것도 바라지 않습니다.

제 영혼을 당신 손에 도로 드립니다.

당신을 사랑하옵기에

이 마음의 사랑을 다하여

하느님께 제 영혼을 바치옵니다.

하느님은 제 아버지시기에

끝없이 믿으며

남김없이 이 몸을 드리고

당신 손에 맡기는 것이

어쩔 수 없는 저의 사랑입니다.

아멘.

－『샤를 드 푸코』 중에서

다음 날 나는 전철을 타고 맨해튼으로 나갔다. 나는 서울이라는 대도
시 한복판에서 태어난 사람. 대도시를 좋아한다. 누군가 "어떤 도시에서

살아 보지 않을래?" 하고 물으면 "내가 살 도시에는 백화점이 최소 다섯 개는 있어야 해" 하고 대답할 정도다. 그것은 백화점의 문제가 아니라 그렇게 인구가 많아서 익명성과 다양성이 보장되어야 한다는 이야기였다. 나는 남의 집 숟가락이 몇 개 있는지 다 안다는 공동체를 싫어한다. 지리적으로 가깝다는 이유만으로 초인종을 누르는 것을 극도로 혐오한다. 그런 건 생각만 해도 싫다. 그래서 대도시에서도 단골을 만들지 않는다. 내가 원하지 않는데 누군가가 나를 알아보고, 안다고 생각하는 것이 싫어서이다. 나는 성질도 좀 급하고 빠릿빠릿한 편이었다. 머리도 잘 돌아갔고 남들에 비해 걸음도 빨랐다. 세계의 웬만한 대도시들은 거의 다 다녀 보았다. 다들 서울과 비슷하다고 느꼈기에 큰 불편은 없었다.

그런데 뉴욕 전철에 오르는 순간, 나는 뭐랄까, 다른 속도를 느꼈다. '엄청난 속도'라는 단어가 내 머릿속에 떠올랐다. 환승역에서 내리자 속도는 더해졌다. 나에게는 다른 사람들 모두가 뛰고 있는 것 같았다. 마음이 급해졌다. 뭐랄까, 세게 흐르는 여울물에 휩쓸린 듯한 리듬을 느꼈던 것이다. 조카가 근무하는 빌딩 앞으로 갔다. 조카의 회사는 애플사가 신제품을 발표할 때마다 그걸 사려고 사람들이 장사진을 이루는 애플 매장이 있는 지엠GM빌딩이었다. 이미 거기까지 가는 동안 나는 사람들의 엄청난 속도에 힘겨워하고 있었다. 점심시간이 되자 맨해튼은 다시 그 물결에 휩싸이는 듯했다. 정신이 하나도 없었다. 내가 요즘 몸이 약해져 있나 싶기도 했다. 아니, 그랬을 것이다. 함께 간단하게 점심을 먹고 헤어지면서 조카는 뉴욕에서 보면 좋을 곳을 알려 주었다. 바로 앞에 블루밍데일 백화점도 있었고 센트럴파크도 있었다. 나는 그냥 이 근처에 성당이 있나 물었다. 조카는 여기서 조금만 가면 큰 성당이 있다고 했다. 나는 쇼핑을 하려던 마음도, 맨해튼을 더 걸어 다니고 싶다는 생각도 접고, 조카가 가르쳐 준 성당을 향해 걸었다. 성당은 놀랍게도 맨해튼 한가운데 블루밍데일 백화점에서 꽤 가까운 거리에 있었다. 세인트 패트릭 대성당이었다.

성당 문을 열고 들어가자 부드러운 어둠과 차분한 적막이 나를 감쌌다. 어지러웠다. 시골에서 서울로 올라온 사람들이 느끼는 멀미가 이런 것이겠구나 싶었다. 나는 촌뜨기처럼 자리에 주저앉았다. 세상이, 문명이 어지럽다고 느낀 것은 태어나서 그때가 처음이었다. 나는 그 부드러운 어둠과 차분한 적막으로 조금씩 회복될 수 있었다. 다시 심장이 나의 속도로 뛰기 시작했고 급류처럼 솟구치는 듯한 피돌기도 잦아들었다. 그러나 밖으로 나가고 싶지 않았다. 그제야 아까 전철과 거리에서 느낀 것이 무엇인지 생각이 났다. 그건 '다들 무엇을 위해 이토록 뛰는 거지?' 하는 의문이었다. 내 영혼이 그 사람들에게 휩쓸리지 않으려고 '왜요? 왜죠? 왜 그리로 가요? 가면 그 끝에 뭐가 있는 줄 당신들은 아나요?' 하며 안간힘을 썼다는 것을 알았다. 관광도 흥미가 없어졌다. 아름다운 것, 맛있는 것, 예쁜 것, 비싼 것, 귀한 것들을 찾아다니는 것은 결국 우리가 저도 모르는 사이에 그것들이 하느님인 줄 알고 찾아다니는 것이라는 걸 내가 알아 버린 탓일까? 아름다운 것, 맛있는 것, 예쁜 것, 비싼 것, 귀한 것은 그 자체로 다신의 한 부분을 구현하는 것일 뿐 신은 아니기에 우리는 거기서 결국 허무 외에 아무것도 찾아낼 수가 없다. 약처럼 생긴 약은 아무리 먹어도 약효가 없는 것과 같다. 어떤 신부님은 심지어 섹스 중독자나 알코올중독자도 실은 그 안에서 그들이 하느님을 찾는 것이라고 말씀하셨다. 나는 그 후로 무언가에 탐닉하는 사람들을 그 시선으로 바라보게 되었다. 그러자 보이지 않던 많은 것들이 보이기 시작했다. 심지어 나 자신에게도 말이다.

어쨌든 나는 세인트 패트릭 대성당의 어둠 속에서 참으로 편안히 머물러 있었다. 여행 중에 이런 일은 처음이었다. 늘 나를 몰아세우던 관광객의 호기심도 사라지는 것을 느꼈다. 겨우 일어나 조카의 집으로 돌아왔을 때는 수십 킬로미터의 장정이라도 끝낸 사람처럼 피곤했다.

꿈이 어지러운 잠을 자고 난 다음 날, 나는 바로 뉴튼 수도원으로 떠났다. 마리너스 수사, 아니 그 전에 레너드 라루, 메러디스 빅토리호SS Meredith Victory의 선장이었던 그 사람의 자취를 찾기 위해서였다.

뉴욕 시내에서 자동차로 한 시간 반 정도 떨어진 뉴튼 세인트 폴 수도원St. Paul's Abbey의 첫인상은 아주 소박했다. 유럽의 호화롭고 웅장하며 고풍스러운 수도원들만 보다가 미국의 수도원은 처음이라 더 그랬다. 수도원은 그러니까 유럽의 수도원에 비해 아주 미국적이었다. 넓고 낮고 한적하고 실용적이며 목가적이었다. 나는 여기 처음 들어섰을 마리너스 수사님의 눈으로 그 모든 풍경을 느껴 보려고 애썼다.

레너드 라루. 1950년 당시 35세. 그는 처음으로 선장직에 올라 배를 하나 공급받는다. 그 배의 이름은 메러디스 빅토리호. 건조한 지 오 년 된 7,600톤급의 그 배는 선원 십여 명을 태우고 물자를 공급하는 화물선이었다. 선장이 된 후 그에게 내려진 첫 명령은 샌프란시스코에서 배를 몰아 일본으로 가라는 것이었다. 요코하마항에 정박한 후, 그는 연료를 가득 채운다.

우리 배는 특명을 받고 있었고 특명 조항에는 '선장이 지시하거나 미국 정부 혹은 정부의 어느 부처, 위원회 부서가 지시하는 세계 어느 지역, 어느 항구든지'라고 적혀 있었습니다. 12일의 항해 후 요코하마에 도착해 우리는 전투 장비를 실었습니다. 아직 가야 할 곳을 모른 채 우리는 항구를 떠났습니다. 명령서는 도쿄만을 떠난 후 개봉하도록 되어 있었습니다. 도쿄 앞바다를 떠나 푸르고 검은 바다 위에서 우리는 밀봉이 된 명령서를 개봉했지요. 거기에는 이렇게 적혀 있었습니다.

목적지: 동해 한반도 흥남

한국전쟁의 상황에 대해 자세히 알지 못한 채 그는 흥남으로 떠나 1950년 12월 19일 흥남에 정박한다. 그리고 거기서 그는 자신의 운명, 그리고 만사천여 명의 운명을 바꾸어 놓는, 어쩌면 한국의 인물 지형을 바꾸어 놓는 운명을 만난다.

흥남 부두에는 더 이상 발을 디딜 수 없을 만큼 피난민들이 몰려 있었다. 기온은 영하 이십 도. (대체 영하 이십 도의 추위는 어떤 것일까? 모피도 오리털 파카도 없는 그때 그들이 느낀 고통은 어떤 것일까? 아아, 나는 상상조차 할 수 없다.) 살을 에는 듯한 강풍이 불고 있어 체감온도는 그보다 훨씬 낮았다. '자동차 엔진이 얼어 터지는' 추위라고 미군들은 당시를 기록했다. 그 사람들은 바람막이 하나 없이, 심지어 아이들을 업고 안고 바람이 몰아치는 부두에 서 있었다. 어떤 이들은 허리까지 차는 차가운 물속까지 들어와 배에 태워 줄 것을 애원하고 있었다. 불과 10킬로미터도 안 되는 곳에서 중공군이 포격을 가하며 다가오고 있었다. 빅토리호는 퇴각하는 미국 해군에 연료를 공급했으니 이제 돌아가면 되는 거였다. 그러나 레너드 라루 선장은 그럴 수 없었다. '거기 사람이 있었다.' 그것도 살려달라고 애타게 애원하고 있는 사람들이.

어쩌면 그는 그들을 그냥 버려두고 갈 수도 있었다. 이미 제2차 세계대전을 겪고 수많은 죽음을 목격한 사람이었다. 전략상 후퇴하는 미군이 빠른 퇴각을 종용했다. 중공군의 포는 더 가까이 다가오고 있었다. 그런 상황에서 '나 여기 있소' 하고 불을 훤히 밝히고 사람들을 태우는 것은 미친 짓이었다. 게다가 그 바다는 기뢰밭이었다. 화물선의 승선 정원은 열두 명이었다.

레너드 라루 선장은 그때 결심을 하고 명령을 내렸다.

"사람들을 태우시오. 타고자 하는 사람은 모두."

나는 그 장면을 소설 『높고 푸른 사다리』에서 이렇게 묘사했다.

"그때 우리 선원 열 명은 침묵했습니다. 엄청난 침묵이 우리를 내리눌렀죠. 그 배에는 아무것도 없었습니다. 그저 딱딱한 연료 상자를 싣는 강철판이 놓여 있을 뿐이었지요. 마실 물도 화장실도, 당연히 먹을 것과 의자, 의료품도 없었지요. 피난민들을 그 큰 배에 올려 보낼 사다리도 없었습니다. 바로 그 항구에서 두 달 전 두 척의 배가 기뢰에 침몰되었고, 그 배에는 불꽃 하나로 모든 것을 잿더미로 만들어 버릴 수 있는 제트연료가 탑재되어 있었으며, 피난민을 태우기 위해서는 갑판에 불을 밝혀야 했지요. 포탄이 날아오는 상황에서 그건 적에게 '나 여기 있소'라고 말하는 셈이었죠.

게다가 항구에서 들은 정보에 따르면 피난민들을 싣고 가던 배의 갑판에서 얼어 죽은 사람들이 바다로 던져졌다는 소식도 있었어요. 그 배는 난방이 전혀 되지 않았어요. 그 배에 우리가 가진 무기라고는 선장님이 가진 권총 한 자루뿐이었어요. 일단 항구를 떠난다 해도 철저한 보안 때문에 그 배는 어떠한 것과도 무전 교신을 할 수 없게 되어 있었습니다. 기뢰는 바다에 거미줄처럼 깔려 있고 우리에게는 기뢰를 탐지할 어떤 장비도 없었습니다. 그러나 우리는 배 옆으로 그물망을 내렸습니다. 그것을 사다리 삼아 사람들을 올라오게 했지요. 바람은 몹시 거세었습니다. 배가 흔들렸고 사다리도 흔들렸어요. 모든 것을 하늘에 맡기는 수밖에 없었습니다. 노파들과 어린아이들이 강풍에 흔들리는 사다리에 대롱거리면서 매달려 올라올 때 우리는 차라리 눈을 감았습니다. 그렇게 처음으로 승선한 피난민들은 갑판으로부터 오 층 아래 깊이로 이동했어요. 말이 이동이지 운반되었던 겁니다. 우리는 그들을 커다란 판자에 태워 화물칸의 가장 밑으로 이동시켰어요. 바닥만 있는 커다란 엘리베이터로 지하 오 층으로 갔다고 보시면 됩니다. 그리고 뚜껑이 덮였죠. 이제 모인 피난민들은 지하 사 층으로 이동되었고 다시 뚜껑이 덮였습니다. 그들의 머리 위로 뚜껑을 덮을 때 모골이 송연했어요. 거기에는 화물용의 아주 작은 환기통이 몇 개 있었을 뿐이었지요. 화장실도 없고 불빛도 없고 먹을 것도 없고 물도 없는….

1950년 12월 22일 저녁 아홉 시경에 시작된 승선은 밤새도록 진행되어 다음 날 동이 트고 다시 정오가 될 때까지도 계속되었어요.

'이게 뭐지? 대체 이게 뭐야! 이 일이 끝날 수 있을까?'

신기하게도 더 태울 수 없다고 생각하는 그 순간 어디선가 공간이 생겨나는 것 같았어요. 8천 톤에 이르는 강철로 이루어진 배가 마치 고무처럼 늘어나고 있는 것 같았어요. 아직도 부두에는 사람들이 있었죠. 애타는 눈빛으로 우리를 바라보고 있었어요. 그런데 이제 더는 실을 공간도 없었고 이제 더는 지체할 수 없는 시간이 다가오고 있었어요. 선장님으로부터 드디어 배를 출발시키라는 명령이 떨어졌지요. 사다리를 걷어 올려야 하는 시간이 되었어요. 저는 그 후로도 가끔 악몽에 시달리곤 했습니다. 남겨져 있던 그들의 얼굴이, 그 애절한 눈빛이 그 꿈속을 둥둥 떠다녔어요.

위 젊은 날의 레너드 라루 선장, 그리고 마리너스 수사
아래 갑판까지 빽빽이 피난민을 태우고 흥남을 떠나 거제도로 향하는 메러디스 빅토리호

공지영의 수도원 기행 2 _

미군 군함이 계속 포를 쏘아 대면서 철수가 거의 막바지에 이르렀음을 알려 주었어요. 나중에 월남전을 다룬 영화에서 자주 보았던 네이팜탄이 홍남 부두에 떨어지는 것도 우리는 보았죠. 해변에 있던 군인들은 떠나고 해변에 남아 있던 사람들도 사라졌죠. 그리고 나중에 항구 자체가 사라졌어요."

그리하여 배는 불빛 하나 밝히지 못하고 공해상으로 항해하기 시작한다. 생각할 수 있을까? 불빛도 없고, 무전도 없고, 기뢰를 탐지할 장비도 없고, 물도 없고, 식량도 없이 오직 별빛과 신의 가호만을 의지한 그 무모한 항해를. 그 무모한 항해를 지시한 선장을. 키를 잡은 그가 느꼈을 어깨의 압박을. 그 검고 차가운 죽음 같은 바다 위로 떠가는 침묵의 항해를. 그것은 네이팜탄 대 권총 한 자루, 최신 기뢰와 어뢰 대 생명, 그것은 현명한 생각 대 바보 같은 연민, 그것은 현명한 인간의 지혜 대 어리석고 무모한 신앙의 대결이었다.

배는 드디어 공해로 빠져나갔다. 겨우 숨을 돌렸을 때 레너드 라루 선장에게 선원이 다가와 물었다.

"선장님, 이 배에 몇 명이 승선했는지 아십니까?"

선장이 대답했다.

"글쎄, 아까 세었을 때 만사천 명이라고 하지 않았나?"

그러자 선원이 다시 말했다.

"아닙니다. 만사천한 명입니다. 방금 한 아이가 태어났습니다."

나중에 마리너스 수사가 된 레너드 라루 선장은 이 순간을 뚜렷이 기억하고 있었다.

"산모에게 모든 것을 공급하게. 우리가 가진 식량, 방 그리고 뜨거운 물을. 그런데 의사가 있나? 어쩌지? 우리에게는 분유가 없지 않은가."

그러자 선원이 대답했다.

"선장님, 한국인들은 나이 든 여자가 산부인과 의사보다 더 침착하게 아이를 받아 내고 있어요. 그리고 걱정하지 마십시오. 한국 여인의 가슴에서 우유보다 더 풍성한 젖이 흘러나오고 있어요. 그리고 … 놀라지 마십시오. 네 명의 임산부가 지금 아이를 낳기 위해 대기하고 있습니다."

그리하여 네이팜탄과 권총 한 자루 말고 또 하나의 대결이 이 항해 중에 펼쳐졌다. 그것은 죽음 대 새로운 생명의 탄생이었다. 그리고 그 항해 중에 새로운 다섯 생명이 태어났다.

배는 남쪽으로 사흘간 항해했다고 했다. 거제도에 도착해 뚜껑을 열었을 때 그들은 모든 것을 각오했다고 했다. 약탈, 식인 혹은 아사餓死와 동사凍死, 전염병 혹은 살인. 그런데 놀랍게도 단 한 사람도 상하지 않았다. 그건 기적이었다. 그들이 하선하는 데만 다시 이틀이 걸렸다. 한국인들은 그 힘겨운 상황에서도 약한 이들에게 먼저 하선을 양보했다.

"팔꿈치로 밀치는 사람 하나 없었다. 그들은 난민이 아니었다. 그들은 품위를 간직한 사람들이었다"고 그는 회고했다. 그리고 그들이 모두 하선한 후 레너드 라루 선장은 그날이 크리스마스이브인 것을 알았고 그 자리

거제도에 있는 흥남철수작전 기념비. 그물을 타고 배에 오르는 사람들의 모습이 생생하게 표현되어 있다.

에 엉덩방아를 찧고 주저앉았다고 했다. 아무도 그 이후 그의 행방을 알수 없었다고 했다.

다만 그의 말만이 이렇게 기록되어 있었다.

"저는 때때로 궁금할 때가 있습니다. 어떻게 그 작은 배가, 어떻게 그 많은 사람을 태우고, 어떻게 한 사람도 잃지 않고 그 많은 위험을 극복했는지를. 그해 크리스마스에 한국의 검은 바다 위에서 하느님의 손길이 제 배의 키를 잡고 계셨다는 메시지가 저에게 전해 옵니다."

나는 뉴튼 세인트 폴 수도원에 도착한 후 마리너스 수사님과 오랫동안 함께 살았던 조엘 마쿨Joel Macul 아빠스님에게 인터뷰를 청했다. 마주 앉은 조엘 아빠스님은 그를 '말이 없는' 사람으로 기억하고 있었다. 옛 이야기를 하는 것을 들을 수 없었고, 다만 언제나 조용히 기도하고 자기의 소임을 다했다고 하셨다.

"미국 정부가 훈장을 주기 위해 그의 속명俗名을 찾아 여기에 왔을 때야 비로소 그가 그 전쟁의 영웅인 것을 수도원 사람들이 알았어요. 그가 너무 말이 없었기에 우리는 신문을 통해 그의 활약상을 알 수 있었죠."

조엘 아빠스님의 회상은 계속되었다.

"그는 만사천 명을 구한 그 항해 이후 몹시 아팠다고 했어요. 일단 병가를 얻어 고향으로 돌아가 입원을 했는데, 그때 병원에서 베네딕도 수사님들의 봉사 활동을 보고 깊은 감명을 받았다고만 말했습니다. 그래서 여기 뉴저지 주의 뉴튼 세인트 폴 수도원에 입회하셨다고요. 그는 아주 말이 없었어요. 극히 필요한 말 이외에는 하지 않았지요. 늘 조용히 기도하거나 산책하거나 자신의 소임을 다하셨어요. 마리너스 라루 수사는 1956년 12월 25일에 수도서원을 하고, 2001년 10월 14일에 생을 마칠 때까지 47년간 수도원에서 베네딕도회 수도자로 여생을 살게 됩니다. 수도원에 들어온 그는 자신의 변신에 대하여 질문을 받을 때면 트라피스트회의 라파엘 시몬 신부님의 글에 나오는 다음과 같은 간결한 말로 응답하기를 좋아했다고 합니다. '하느님을 사랑하는 것은 가장 위대한 로맨스이다.' '하느님을 추구하는 것은 가장 위대한 모험이다.' '하느님을 만나는 것은 인간의 가장 위대한 성취이다.'"

이곳은 봉쇄수도원이 아니기에 얼마든지 외출할 수도 있었지만 그는 평생 이곳을 떠나지 않았다고 했다. 휴가 때도 이곳에 머물러 있었다고 했다. 가족들이나 친구들이 이곳으로 와서 그를 면회했다고.

"왜요? 왜 나가지 않으셨죠?"

내가 묻자 나에게 마리너스 수사님의 추억을 들려주던 조엘 아빠스님이 그냥 미소만 지으셨다.

"글쎄요. 그는 그저 여기가 좋다고 했어요. 조용히 있는 게 좋다고."

한국에서 파견된 김동권 사무엘 신부님의 안내로 나는 마리너스 수사님이 평생을 일하셨다는 수도원의 성물방을 방문했다. 아주 조그만 성물방이었다. 아침에 일어나 기도하고 미사하고 이 작은 성물방으로 출근해 대걸레를 밀며 청소하던 그의 모습을 그리자 뜻밖에도 눈시울이 뜨거워졌다. 어렴풋하게 나는 그를 이해할 수 있을 것 같았다. 전쟁으로 점철된 그의 젊음. 젊은 나이에 선장이 될 때까지 대륙과 대양을 누비며 살육을 목격했던 그가 흥남에서 만사천 명이라는 경이로운 숫자의 사람들을 구해내고 그 자리에 엉덩방아를 찧고 주저앉았을 때 이미 그의 이 지상에서의 여정은 끝났던 것이 아닐까 하고 말이다. 아니, 끝난 것이 아니라 하느님을 알아 버리고 느껴 버리고 보아 버린 사람이 택할 일은 많지 않았을 것 같다. 아, 어떻게 이것을 설명해야 할까. 멀고 깊은 우주의 신비를 본 사람이, 사람들이 북적이는 유흥지를 보러 다닐 필요가 없듯이, 오케스트라의 웅장함에 젖은 귀가 길거리 유행가를 굳이 들을 필요가 없듯이, 명화의 깊이를 알아 버린 사람이 이발소 그림을 더 볼 필요가 없듯이.

문득 내가 맨해튼 한복판에서 다른 것을 제치고 세인트 패트릭 대성당을 찾아 들어가 털썩 주저앉았던 그 느낌이 떠올랐다. 나는 그를 더 깊이 이해할 수 있는 기분이었다. 겨우 하루의, 전쟁 같은 뉴욕의 소음과 인파 그리고 그 속도가 나는 힘겨웠다. 그런데 오랜 기간 동안의 전쟁, 폭격과 난민들, 포탄과 번쩍이는 섬광들, 무자비함과 살육들. 끔찍한 소음들 끝에 그가 이 수도원을 택한 것은 너무나 당연한 일로 느껴졌다.

우리의 영혼은 상처받는다. 우리가 나쁜 일을 당할 때뿐만이 아니다. 영혼은 나쁜 것을 볼 때, 그게 살육이든 다른 이에 대한 학대이든, 그게 포르노이든, 하느님과 사랑에서 먼 것을 볼 때 상처 입는다. 심지어 범죄를 저지른 자는 그 범죄의 대상인 상대방의 육체와 영혼을 해치는 것은 물론 실은 하느님을 닮게 지어진 자신의 영혼까지 해친 것이다. 그러니 그 전쟁터에서 몸은 멀쩡하지만 만신창이가 되었을 그의 영혼은 침묵과 기도와 하느님의 빛으로 치유되어야 했다. 그는 어쩌면 그 '좋은 몫'을 택했다는 생각이 들었다.

키가 큰 전나무 숲으로 난 오솔길과 자박자박 하얀 땅이 밟히는 소리가 나는 산책로, 파스텔 빛 들꽃들과 흰 눈과 바람, 그리고 호수. 그가 왜 여기를 떠나고 싶어 하지 않았는지, 왜 그것만으로 평생토록 충분하고 혹은 충만했는지 나는 어렴풋하게 짐작할 수 있었다. 나는 뉴튼 수도원의 숲길을 걸었다. 바람이 할랑할랑 불어 가는 수도원 숲은 조용하고 한적했다. 투명하고 따스하며 거대하지만 형체가 없는 무엇인가가 그 숲을 꽉 채우고 있었다. 그것은 엄청난 밀도였지만 헐렁했다. 내 어깨로 먼저 전율이 지나갔고 이어 눈가가 뜨거워졌다.

호숫가로 가기 전에 그의 무덤이 있었다. 그의 무덤은 다른 모든 수도자의 것과 같이 낮고 소박했다. 우리 모두 언젠가는 이렇게 하나의 작은 돌로 남을 것이라는 생각이 오히려 나에게는 위안이 되는 이상한 순간이었다.

뉴튼 수도원에서 머무르는 동안 바람이 많이 불었다. 왜관수도원 손님의 집보다 세 배는 넓은 방에 앉아 나는 미국 대륙 동부의 벌판을 불어가는 바람 소리를 들으며 레너드 라루, 마리너스 수사님을 생각했다. 나를 여기 뉴튼 수도원으로 안내해 주신 박현동 신부님(이분은 내가 『높고 푸른 사다리』를 연재하는 동안 사십 대의 젊은 아빠스로 선출되었다)이 마리너스 수사님이 돌아가신 바로 그날 신부로 서품받으셨던 일을 알았을 때의 경외도 떠올렸다. 모든 일이 하느님의 직조기에서 사랑과 배려의 날줄과 씨줄로 엮이고 있는 것 같았다. 그런 인연들을 떠올리며 김동권 신부님이 구해 주신 포도주를 혼자 홀짝이고 있으려니 단출하고 행복했다. 나는 마리너스 수사님이 이 바람 소리를 듣고 있었던 그 시간들을 홀로 느꼈다. 그리고 한 번도 만난 적이 없는 그에게 나지막이 기도했다.

"감사합니다, 구해 주셔서, 그리고 저를 여기 초대해 주셔서. 저와 저희들을 위해 하느님께 빌어 주소서."

며칠 동안을 잘 묵고 돌아갈 때가 되었다. 뉴튼 수도원의 원장이신 김동권 신부님의 배려로 나는 수도원을 둘러볼 수 있었다. 뉴튼 수도원의 주요 수입원은 크리스마스트리라는 것도 알게 되었다. 숲을 둘러보니 나무들이 잘 자라고 있었다. 크리스마스 시즌이 되면 생나무 트리를 사러 오는 사람들로 수도원은 붐빈다. 나중에 뉴튼 수도원을 검색하니 이 크리스마스트리에 대한 이야기가 많이 나왔다. 제일 인상적이었던 글은 아무래도 이런 거였다.

"이렇게 좋은 나무가 이렇게 싸도 되는 거예요?"

김동권 신부님과 나는 호숫가의 야영장과 피정의 집도 둘러보았다. 아직 이 시설들이 다 정비가 안 되어서 아무래도 재정이 어렵다는 이야기도 하셨다. 그래서 내가 숙박비 이야기를 꺼내자 김 신부님이 말씀하셨다.

"그냥 두세요. 저희가 특별히 대접하는 겁니다. 저희 수도원 이야기를 써 주신다니까요."

"한국 왜관수도원에서 여기 재정이 힘들다고 들었어요. 방금 말씀도 그리 하셨고요. 여기 인수하신 후 계속 적자라고. 아니 그렇지 않아도 당연히 숙박비를 내고 싶어요."

그러자 김 신부님은 미소를 짓더니 대답하셨다.

호숫가로 가는 길에 수도원 묘지가 있다. 마리너스 수사님의 무덤은 여느 수도자의 것과 같이 낮고 소박했다.

"돈 없어도 괜찮아요. 수도원이 돈 없어서 망한 적은 없어요. 돈 많아서 망한 일은 많지만."

왜일까? 가슴이 덜컥했다. 그리고 고진석 신부님의 이야기가 겹쳐 왔다. 김 신부님은 한술 더 떠서 '돈 많은 수도원이 망한 일이 많다'고 하신다. (나중에 많이 친해지고 나서 이 두 분 모두 내가 이 기억을 꺼내자 고개를 갸웃하며 그렇게 훌륭한 이야기를 했을 리가 없다며 웃으셨다. 그럼 그때 내게 그 말을 건넨 사람들은 이 두 분의 모습을 한 천사였던가!)

김 신부님의 소개로 나를 뉴욕까지 다시 데려다 줄 신자분이 한 분 오셨다. 단아한 인상의 젊은 교포 여성이었다. 그분을 K라고 하자. 뉴튼을 떠나기 전 점심을 먹고 잠시 겨울의 따스한 햇볕 속에서 함께 산책을 했다. 잠시 머뭇거리다가 K가 내게 물었다.

"이런 말씀 드려도 되는지 모르지만 겨우 성당 미사에 참석하고 있어요. 하느님이 너무 멀고 추상적으로 느껴져요. 사는 게 너무 건조하고 무의미해요."

신앙심도 없는 나에게 가끔 사람들이 이렇게 자신들을 털어놓는다.

"… 힘들겠군요."

내가 말하자, 뜻밖에도 K는 약간 목이 멘 소리로 대답했다.

"고통스러워요."

고통받는 모든 사람은 실은 애쓰고 있는 것이다. 제일 무서운 것은 고통조차 느끼지 못하는 것이다. 나는 모든 애쓰는 사람의 편을 들어 주고 싶다는 생각을 오래전부터 하고 있었다. 그러자 나는 갑자기 그녀가 아주 친근하게 느껴졌다.

"고통받는다는 건 성장할 수 있다는 거예요."

"성장하기 싫어요. 그냥 고통스럽지 않고 싶어요."

내가 웃었다. K가 '모처럼 꺼낸 고백인데 웃다니' 하는 눈으로 나를 바라보았다. 내가 대답했다.

"미안해요. 몇 년 전의 나를 보는 거 같아서 그래요. 반항했지요. 고통은 싫다고. 십자가를 바라보며 말했지요. '그냥 절 좀 내버려 둬 주세요. 고통받으면 성장하는 거 저도 알아요. 다 안다고요! 그런데 왜 성장해야 해요? 그냥 이대로 조용히 살고 싶다고요. 조용히요.' 그분은 끊임없이 저를 바람 부는 벌판으로 밀어내시고 심지어 문을 잠가 버리셨어요. 친구가 어느 날 다가와 독일의 어떤 동화를 이야기해 주더라고요. 친구의 동화는 이랬어요.

'옛날에 어떤 농부가 가을에 새로 맺힌 씨앗을 받아 씨앗 저장소에 놓아두었대. 그곳에는 씨앗이 씨앗일 수 있게 하는 모든 조건이 구비되어 있었지. 온도, 습도, 서늘한 어둠까지. 그리고 옆에는 친구도 많았어. 씨앗은 행복했어. 그런데 봄이 오자 농부는 그 씨앗을 꺼내어 밭에 뿌리고 흙으로 덮었대. 흠뻑 물도 뿌리고. 씨앗은 난생 처음 어둠에 갇혔고 움직일 수도 없었고 숨이 막혔어. 게다가 스며든 차가운 물은 씨앗의 살갗을 불려

12월이 되면 크리스마스트리를 사려는 사람들로 수도원이 북적인다. 온 가족이 함께 와서 나무를 고르
는 날은 그들의 작은 축제일이라고 한다.
이 가난한 수도원은 크리스마스트리 판매 수익금 일부를 해외 선교를 위해 사용한다고 한다.

터지게 만들었지. 씨앗 곁에는 아무도 없고 말이야. 씨앗이 소리쳤대. 대체 제게 왜 그러시는 거예요? 제 행복을 빼앗아 가시는 이유가 뭐죠? 저를 여기서 꺼내 예전으로 되돌려 주세요! 여기는 너무 춥고 어둡고 내 살갗은 터져 피 흘리고 있어요. 제 친구들을 어디로 데려가 버리신 거죠? 전 외롭고 아파요.'"

나는 돌아보지 않았지만 K의 어깨가 순간 굳어지고 그녀의 눈에 눈물이 맺히고 있다는 것을 알았다. 그 말을 처음 들었을 때 내가 그랬던 것처럼 말이다.

"그리고 친구는 덧붙였죠. 배는 항구에 있을 때 가장 안전하다. 그러나 배는 그러라고 만들어진 게 아니다."

햇볕이 따스한 겨울날이었다. K의 가슴속에서 일고 있을 파도에 내가 다 마음이 시렸다.

"그냥 성당 안 나가는 주일도 많아요. 의미가 없이 느껴지고 ⋯."

"안 돼요!"

나도 모르게 목소리가 좀 커지고 말았다. 내가 그녀의 생에 끼어들기 시작한 것을 느꼈다. 그리고 아주 잠시였지만 '내가 또' 하는 생각도 들었다. 그러나 다시 이것이 하느님의 뜻이라면 이루어질 거라고 믿자 마음이 좀 차분해졌다.

"발바닥으로 성당에 가는 거, 너무 중요해요. 제가 18년을 떠나 있어봐서 잘 알아요."

K가 고개를 떨구었다.

"물론 가기는 가요. 그러나 맘도 없이 미사 내내 딴생각하며 앉아 있는 게 무슨 의미인가 싶어요."

"그러면 어때요? 친구가 생일 초대했을 때 가기 싫은 적 얼마나 많아요. 그래도 가는 게 결국 좋았잖아요. 내가 정말 좋아하는 친구를 내 생일에 초대했는데 친구가 '내가 가도 널 축하만 해 주고 있지 않고 머릿속으로는 딴생각할 거 같아 못 가겠어' 하는 게 낫겠어요? 그래도 와서 있어 주는 게 좋겠어요? 결국 '진심이 아니면 가고 싶지 않다'라는 생각 속에는 신앙이, 교회가, 아니 어쩌면 궁극적으로 하느님이 취미일 수도 있다는 생각이 깔려 있어서 그래요. 이건 아주 중요해요. 내 영혼의 구원이 취미인지 아닌지."

K가 웃었다.

"그런 생각은 못해 봤어요."

"그리고 … 이런 말 좀 이상할지 모르지만 하느님은 우리가 안 오면 너무 서운해하세요. 정말이에요."

아마도 내가 정색을 했던 것 같다. K가 재미있다는 듯 웃었다.

"어떨지 모르지만, 제 경험을 말해 줄까요?"

내가 입을 열었다. 입을 여는 내 목소리는 떨리고 있었다. 이런 이야기를 듣는 그가 날 이상하게 생각할 수도 있다고 느꼈기 때문이었다. 그러나 돕고 싶었다. 그는 고통받는 사람, 그는 애쓰는 사람, 어쩌면 나의 동족이기 때문이었을 것이다.

처음 하느님의 목소리를 듣고 회심하던 그 무렵이었다. 목소리는 길을 걷다가도 그리고 내가 슈퍼마켓에서 계산대로 카트를 밀고 가는 순간에도 울렸다.

"마리아야, 넌 아직도 내가 네게 말하는 것을 다 믿지 않는구나."

그러면 슈퍼마켓 계산대 앞으로 가며 내가 대답했다.

"네, 못 믿어요."

어떤 날은 그런 소리가 들려왔다.

"내일쯤 ○○이 네게 전화를 할 거다. 그러면 그의 말을 들어 주거라. 그리고 이제 그만 지난 일을 잊어라. 용서를 하면 더 좋고."

흥! 용서를 하든 잊든 내 마음이고, 오호라, 좋은 기회가 왔다 싶었다. 몇 년 동안이나 전화를 하지 않던 사람에게 전화가 온다니, 그것도 내일 온다니, 내 마음속에서 울려오는 이 목소리가 진짜인지 아닌지 구별할 수 있는 절호의 찬스가 아닌가 싶었던 것이다. 그런데 정말 다음 날 그 사람으로부터 몇 년 만에 전화가 걸려 왔다. 오, 하느님, 당신이 정말 하느님이셨군요. 무릎을 꿇었다가 한 시간쯤 후에는 '아냐, 우연일 수도 있어. 내가 미친 거 아닐까?' 하는 생각이 교차했다. 이런 일들이 반복되었다. 나는 비로소 만나와 메추라기를 먹고 구름 기둥, 불기둥으로 인도받고 홍해가 갈라지는 것을 보고도, 이스라엘 사람들이 하느님 대신 금송아지를 만들어 경배했던 것을 이해할 수 있었다. 어떻게 그럴 수 있을까, 늘 궁금했는데 내가 딱 그런 꼴이었다. 그럴 때마다 '우연'이라는 아주 좋은 단어가 '심리적으로', '무의식적으로'라는 단어들과 함께 떠올라 왔으니까.

그러던 어느 날, 내 승용차가 아닌 큰 승합차를 가지고 좁은 지하주차장으로 들어가야 하는 일이 생겼다. 지난번에도 그 차를 가지고 그 주차장을 들어가다가 몇 군데 스크래치를 남겼던 것이다. 그날 아침부터 그 일이 맘에 걸렸다. 좁은 주차장의 나선형 입구를 통과할 일이 걱정이 되어서 나는 주차장 입구에 이르러 기도했다.

"이 차가 너무 크고 제 차가 아니라 잘 운전할 줄 몰라요. 지하주차장 통로는 너무 좁고 가팔라요. 차를 긁기라도 할까 봐 겁나요. 도와주세요."

그리고 나는 지하주차장의 나선형 통로로 들어섰다. 그러자 그분의 목소리가 내 마음속에서 들려왔다.

"괜찮아, 잘할 수 있어. 그렇지, 조금만 더 운전대를 틀어. 아이고, 잘하는구나. 그래, 그렇게 하면 돼. 겁낼 거 하나도 없다고. 옳지, 옳지, 조금만 더 돌려 봐. 그럼, 그럼, 아이쿠, 잘하는구나. 그럼, 그렇게 하면 되는 거야. 그래그래, 마리아, 참 잘한다. 이제 거의 다 왔다. 조금만 조심해 가자."

운전을 하는 와중에 솔직히 어이가 없었다. 그냥 도와달라고 말한 것이었다. 그냥 가볍게 한 기도였다. 낭떠러지도 아니고 지하주차장에서 차 표면을 조금 긁힌들 뭐 그렇게 큰일이 있겠는가. 폭탄을 실은 것도 아니고 그 차가 설사 거기서 부딪혀 쿵쿵거린들 무슨 일이 있겠는가. 게다가 내

운전 경력은 그때 이미 이십 년이 다 되어 가고 있는데, 그리고 그 기도도 그냥 해 본 것이었는데. 그런데 이분은 내 옆에 바싹 붙어서, 마치 내가 정말로 두려움에 사로잡힌 아이라도 되는 듯, 나보다 더 나를 걱정하며, 전능하신 분이, 나의 창조자가, 이 세상의 주인이, 우주의 경영자가, 세상의 전쟁을 보고 가슴 아파하기에도 벅찰 그분이, 그 지하주차장 가는 일이 무슨 나라를 구하러 가는 일이라도 되는 듯.

지하주차장에 도착해 차를 세우고 나는 보이지 않는 그분을 우러러보았다. 그분은 어린아이처럼 만족한 듯했다. 그리고 내가 장한 일이라도 끝마친 것처럼 나를 바라보고 계신 듯 느껴졌다. 그리고 그분은 나를 도왔다는 것을 기뻐하시는 듯했다. 나는 할 말을 잃었다. 그래, 이건 내가 지어낸 내 마음속의 내 말이 아니었다. 내가 미친 게 아니었다. 나는 어떤 누구를 두고 이렇게 사랑하는 법을 몰랐다. 이렇게까지 사랑한 적도 없고 이렇게까지 사랑할 수 있다는 상상도 해 본 적이 없었다. 그러니 이런 행위, 이런 단어를 이런 상황에서 뱉은 것은 내가 아닌 게 너무도 분명했다. 이건 사랑이었다. 누가 봐도 그랬다. 하느님은 사랑이시구나. 그 사랑은 구체적이구나. 아아, 사랑이라는 게, 사랑을 한다는 게, 사랑을 받는다는 게 이런 거구나.

K가 놀란 얼굴로 나를 바라보았다.

"놀랍죠? 나도 놀랐어요. 많이 놀랐어요. 어릴 때 성당에서 '하느님은 사랑이시다'라고 배웠고 '그렇지 뭐, 당연히 사랑이시겠지' 했었던 거 같아요. 그런데 아닌 거예요. 사랑은 놀랍도록 구체적이었어요. 더 놀라운 일 이야기해 드릴까요?'

K가 고개를 끄덕였다.

"어느 날 명동성당에서 자선단체 후원 미사를 갔다가 성령기도라는 것을 받게 되었어요. 그때 저는 많이 힘든 중에 생애 처음으로 시간을 정해 새벽이면 기도하곤 하던 때였어요. 처음으로 성모님에 대한 신심도 생겨나서 묵주기도도 열심히 하던 때였어요."

그러던 때였다. 나는 무릎을 꿇었고 예언 기도를 하는 은사恩賜를 받은 수녀님이 내 머리에 손을 얹었다. 성령 기도는 언제나처럼 아름다운 말로 흘러나왔다.

"어머니를 통해 네가 나에게 바치는 기도를 잘 듣고 있단다."

놀라운 일이었다. 내 세례명이 마리아이지만 성모님에 대해 전혀 알지 못했던 내가 그 무렵에 처음 성모님께 기도를 드리고 있었던 터였기 때문이다. 그걸 언급하고 기도는 시작되었다. 수녀님은 생전 처음 보는 분, 그분이 내 사정을 알 리가 전혀 없었다.

"마리아야, 네가 요즘처럼 내게 기도하니 정말 기쁘단다. 네가 아침마다 드리는 기도를 내가 얼마나 기쁘게 받고 있는지 네가 알아주었으면 한단다. 그런데 막상 네가 그렇게 아침마다 나와 만나게 되자 나는 또 다른 걱정이 생겼단다. 요즘은 아침에 날이 밝으면 설마 오늘은 네가 날 떠나는 건 아니겠지, 저번처럼 가서 다시 오지 않는 건 아니겠지, 실은 두렵단다. 네가 또 한마디 말없이 나를 떠날까 봐. 떠나지 말아 다오. 다시는 나를 떠나지 않는다고 약속해 다오."

뒤이어 다른 기도의 말이 울렸지만 한마디도 귀에 들어오지 않았다. 그냥 가슴이 '쿵' 하고 내려앉았다. 그리고 다시 한 번 '쿵' 하고 내려앉았다. 어떤 동네 총각도 이렇게 내게 사랑을 고백한 적은 없었다. 어떤 연인도 내게 이런 두려움을 솔직히 말한 적이 없었다.

쏟아져 내린 눈물은 성당을 나와 집으로 운전을 하고 오는 중에도 이어졌다. 그때처럼 많이 운 적도 별로 없었을 것이다. '대체 왜 나같이 죄 많은 여자를 사랑하는 것입니까' 하고 묻고 싶었지만 그럴 수 없었다. 이미 너무나 많은 사랑이 거센 비처럼 쏟아지고 있었기 때문이다. 아니 거센 비가 아니다. 그건 폭포수였다. 내가 어떤 죄를 지었든, 내가 어떻게 그를 배신했고, 그리고 지금도 배신하고 있으며 앞으로 또 그렇든, 그는 지금 나를 사랑하고 있었다. 막을 수 없는 거센 빗줄기 같은 사랑을 맞으며 나는 중얼거렸다.

"바보 하느님, 멍청이 하느님!"

그러자 요한 1서의 말씀이 떠올랐다.

"사랑하는 여러분, 서로 사랑합시다. 사랑은 하느님에게서 오는 것이기 때문입니다"(1요한 4,7).

그러니까 우리가 하는 사랑, 그 사랑의 본질은 같은 것, 우리가 하는 사랑은 그로부터 왔기에 그것은 둘이 아닌 것이었다. 비로소 하느님이 사랑이시라는 말이 얼마나 인격적인 것인지 실감 났다. 우리의 사랑이 하느님으로부터 온 것이고 그것은 둘이 아니기에 하느님은 우리가 사랑할 때 가지는 기쁨과 설렘과 고통과 질투와 혹여 그것을 잃을까 하는 두려움을 고스란히 가지고 계신 것이었다. (나중에 바로 이런 것들을 프랑수아 바리용 신부의 저서 『오직 사랑이신 하느님』에서 나는 확인했다. 다시 한 번 전율이 나를 지나갔다. 아니 그 책은 전율 그 자체였다.) 사랑이 크니 두려움도 고통도 더 클 것이었다. 더구나 우리는 얼마나 불성실한 연인인가.

내 눈의 눈물은 빗줄기처럼 쏟아져 내렸고 그것은 내 비참함, 내 절망들을 씻어 내리고 있었다. 얼마나 많은 날을 아무에게도 결국은 사랑받을 수 없을 것 같다는 공포에서 헤맸던가. 그 공포로 인해 얼마나 더 공격적이 되었던가. 그 두려움에서 그 두려움이 현실이 될까 봐 두려워 사랑을 망치고 나 자신을 망치던 나날이었던가. 그런데 여기 우주에서 가장 큰 분이 나를 향해 사랑을 호소하고 계셨다. 나 때문에, 나를 사랑했기 때문에, 내가 그분을 배신하고 그분을 떠나 있을 때 얼마나 상처받았는지 보여 주고 계시는 것이었다. 그리고 나 때문에, 나를 사랑하기 때문에 오늘은 사랑하는 나를 잃을까 두려워하고 계신 거였다. 내가 말했다.

"제가 처음에 말했었죠. 저를 다 봉헌하겠다고. 그러니 책임지세요. 저를 맡으세요. 다시는 저를 놓치지 마세요. 제가 가려고 하면 다리를 분

수도원을 산책하다 만난 호수. 여기서는 바람에 흔들리는 나뭇잎과 들풀 소리만 들린다.

질러서라도 저를 잡으세요. 그러니 이제부터 내가 당신을 떠나면 그건 당신 책임이에요."

나는 지금도 그 순간의 충격과 감동을 잊지 못한다. 레너드 라루 선장이 마리너스 수사가 되어 한 "하느님을 사랑한다는 것은 세상 어떤 것보다 더 큰 모험입니다"라는 말이 어쩌면 그래서 더 이해가 갔던 것이었다.

어쨌든 그날 이후 나는 내 마음속에서 들리는 소리가 그분의 것인지 아닌지 더 관심을 두지 않았다. 그것이 그분의 소리가 아니라 내 소리라 해도 괜찮았다. 어쨌든 그 소리로 인해 내가 더 성장하고 내가 더 평화로워지고 내가 더 하느님과 진리를 알고 싶어 하며 내가 더 그분 가까이 가고 싶어 하고 작은 글귀에도 감동받아 울컥거리게 되었기 때문이다.

그리고 아무튼 그 기도 때문인지 하느님은 그 후 가끔 내 다리를 분지르셨다.

겨울바람이 우리 사이를 불어 가고 있었다. 나는 K가 내 이야기에 귀기울이고 있는 것을 느끼고 있었다. 그러더니 문득 걸음을 멈추고 말했다.

"공 작가님, 왜 이런 이야기를 책에 쓰지 않으세요?"

내가 정색을 했다.

"이런 이야기를 어떻게 써요? 이상하잖아요. 이런 건 그냥……."

그건 겉으로 겸손한 척하며 하는 말이고 마음속의 나는 이런 생각을 하고 있었다.

'그래도 제가 여성 작가들 중에서 논리도 좀 되고 나름 비판적이고 지성적인 소설가예요. 이건 좀 이상하잖아요. 나는 할렐루야 아줌마다 그러는 것 같잖아요.'

그러자 K가 다시 말했다.

"가슴이 뜨거워져요. 무언가 힘이 솟아나는 거 같아요. 다시 하느님께 다가가고 싶어졌어요. 그런데 이런 걸 써 주시면 두고 보고 읽으면서 제가 식어 내릴 때마다 뜨거워질 수 있을 거예요. 꼭 써 주세요. 꼭이오!"

독일

상트 오틸리엔 ● 뮌헨 ● ●

상트 오틸리엔 대수도원

하느님의 뜻인지 오틸리엔 수도원은 조선이라는 나라에 관심을 보이고
아프리카보다 낯선 조선이라는 나라에 젊은 수사님들과 젊은 신부님들을 파견한다. …
생각해 보면 그때 파견된 그들의 나이 스물 몇 살.
어떤 신앙심이 그들로 하여금 그 낯선 나라로 떠나게 했을까,
배를 타고 석 달, 죽을 고비들을 넘어야 하는 조선이라는 나라로 말이다.

그분이 내게
허락하신 일

나는 파리에서 뮌헨으로 들어가는 비
행기를 탔다. 오후 늦게 거기 도착하게 되어 있었는데 뮌헨 공항에서 미리
차를 빌리기로 예약을 해 놓았고, 지도를 보고 내가 직접 운전해 상트 오
틸리엔 대수도원Erzabtei Sankt Ottilien 으로 갈 예정이었다. 여행은 늘 익숙했
고 더구나 독일은 더 익숙했다. 예약 상황도 완벽했다. 국제운전면허증도
있었고 뮌헨 공항에 내리자마자 렌터카 센터도 쉽게 찾았다.

그런데 뮌헨 공항의 렌터카 센터에서 갑자기 담당자가 내게 한국의
운전면허증을 요구했다. 이해할 수 없는 일이었다. 국제운전면허증만 가

지고 차를 빌렸던 기억 때문에 한국의 운전면허증을 가지고 오지 않았던 것이다. 이건 뭐 외국의 출입국관리소에서 여권 말고 한국의 주민등록증을 가지고 오라는 것과 마찬가지 아닌가! 항의하고 설득하고 나의 사정을 읍소했지만 괜히 독일이던가. 원칙이 있으면 그걸 하느님보다 더 숭앙하는 이들이니 어쩔 수 없었다. 여행 첫날부터 모든 게 어그러지고 있었다. 게다가 한국은 새벽 두 시. 누군가에게 연락을 할 수도 없었다. 독일에 아는 이들이 있기는 하지만 다 독일 북부에 살고 있었다. 나는 해가 저무는 뮌헨 공항에 잠시 앉아 있었다. 어떻게 해야 하나, 처음엔 식은땀도 흐르고 머릿속도 잠시 아찔하고 다리도 후들거렸다. 두 손을 꼭 잡고 잠시 앉아 있으려니 고통이 올 때마다 내가 드렸던 기도와 다짐이 떠올랐다.

"어떤 일도 주님의 허락 없이는 일어나지 않으며 이것은 결국 커다란 선善으로 나를 인도할 것이고 그리고 나는 여기서 하느님의 사랑을 배우게 될 것이다."

그러자 혹시나 하고 뮌헨의 한인 성당 권병일 신부님의 전화번호를 가지고 온 것이 생각났다. 그분께 전화를 했다. 두 번이나 전화를 했는데 전화를 받지 않으셨다. 다시 한 번 식은땀이 흘러내렸다. 긴 낮도 저물어 가며 어둠이 내리고 있었고 공항에는 인적이 끊기기 시작했다.

"죽고 살 일도 아니다. 오늘 못 가면 내일은 가겠지. 신용카드도 있고 환전해 온 유로화도 있다. 뭐가 두려운가. 여기 공항에서 호텔을 소개받으면 되지. 호텔에 못 가면 공항에서 자면 되지. 비바람이 치는 것도 아니고

상트 오틸리엔 대수도원 전경. 반경 2킬로미터의 드넓은 초지에 우뚝 서 있다.

말이다. 그리고 내일 못 가면 어떤가, 안 가면 되지. 아무 데도 못 가면 어떤가, 그냥 집에 가면 되지."

시험을 보는 학생이 자신이 얼마나 실력이 향상되었는지 알 듯 스스로 나 자신이 대견했다. 역시 신앙은 좋은 것이다. '아, 언제나 조바심치고 걱정하던 나는 어디 갔는가?' 나는 작은 일에서도 언제나 두려움에 떨던 내게 내려진 큰 평화를 느꼈고 (지하주차장 들어가기 무섭다고 기도하던 나를 생각해 보시라) 그리고 고요해졌다. 생각해 보면 다 아무것도 아니었다. 누군가의 목숨이 왔다 갔다 하는 일 빼고. 아니, 어느 경지까지 이르면 죽고 사는 것조차 아무것도 아닌 그날이 올 것이다. 존경하는 앤소니 드 멜로 신부님의 말도 있었다.

"죽고 사는 것이 전혀 문제 되지 않는 그날까지는 살아도 사는 게 아닙니다."

그때 벨이 울렸다. 전화를 받아 보니 권 신부님이었다. 외출했다가 막 돌아오셨다는 것이다. 모르는 전화가 두 통이나 걸려 왔기에 혹시 하고 걸어 봤다고 하셨다. 사정을 말씀드렸다. 신부님의 숙소에서 공항까지는 한 시간, 여기서 다시 오틸리엔 수도원까지는 한 시간이 걸린다고 하셨다. 그렇지만 흔쾌히 오겠다고 하셨다. 평화를 얻은 것은 얻은 것이고 기쁜 것은 기쁜 것이었다. 누가 보는데도 감사의 기도를 드리며 벙글거리며 웃었다.

권 신부님을 기다리며 잠시 나를 돌아보았다. '어떤 일도 하느님의 허락 없이 일어나지 않는다'라는 기도로 마음의 평화를 얻기까지 참으로 오랜 시간이 걸렸다. 그것은 단순히 어떤 경험, 어떤 충격, 어떤 기도만으로 이루어진 것은 아니었다. 그러나 분명 커다란 계기도 있었다. 그중에 가장 큰 사건이 있었다. 집에 불이 났던 일이다.

그때 나는 주상복합 28층에 살고 있었다. 집의 구조는 여느 아파트처럼 현관을 통해 들어가는 것이었다. 그리고 28층이라는 특성상 현관이 아니면 다른 곳으로는 나오지 못한다. 아마도 그날이 토요일이었다고 기억한다. 고3이었던 딸을 여섯 시 반쯤에 학교로 보내고 나는 습관처럼 십자고상과 성모상이 있는 내 기도 장소에 촛불을 밝혔다. 그 촛불은 외대 터키어과 교수인 이난아 교수가 그 며칠 전 내게 선물로 준 것이었다.

이난아 교수는 그 무렵 자기가 터키를 다녀온 이야기를 했다. 터키는 그즈음 성모님이 살던 곳에서 일어난 기적 때문에 온 나라가 떠들썩했다고 전했다. 터키에서 큰 산불이 나 인간의 손으로는 도저히 끌 수 없이 번져 갔는데 그게 성모님이 요한 사도와 마지막까지 살았다고 전해지는 그 집 근처에 가서 아무 이유도 없이 순하게 다 꺼져 버렸다는 것이었다. 그래서 이슬람교도인 터키인들 사이에서 요즘 그 집을 순례하는 것이 유행이고 그리스도교 신자가 아닌 자신도 그곳에 갔다가 내 생각이 나서 초를 한 자루 사 왔다는 것이었다. 나도 그 집에 갔던 기억이 났다. 예수님의 어머니께서 예수님의 가장 사랑받는 제자와 함께 살았다고 여겨지기에는 참 작고 초라하고 가난한 집이었다. 물론 의심 많은 나는 관광 코스 속에 당연히 들어 있는 그 집을 돌아보며 생각했다.

'쳇, 성모님이 주민등록상 전입신고를 한 것도 아니고, 그냥 장삿속인지 알게 뭐야.'

그날따라 그 초가 눈에 띄기에 그 초를 밝혔던 것이다. 그 초 안에는 마른 꽃들이 들어 있었다. 초를 켜고 여느 때처럼 기도를 하려고 했는데 그 전날 늦게 잠자리에 들었고 밑의 두 녀석들은 학교에 가지 않는 날이라 너무 졸렸다. 나는 하느님께 코멘소리로 양해를 구하고 다시 침실로 들어가 잠이 들었다. 얼마나 잔 것일까?

자다가 문득 이상한 느낌이 들었다. 그냥 이상했다. 벌떡 일어나 거실로 나갔다. 그때 거실 구석에서 새까맣게 탄 성모상이 제일 먼저 눈에 들어왔다. 가슴이 철렁했다. 숯검정을 뒤집어쓴 성모님을 들고 목욕탕으로 뛰었다. 나도 모르겠다. 그냥 샴푸로 성모님을 북북 씻겨 드렸다. 그러자 성모님의 머리, 이마, 손등 그리고 옷에 정말 화상을 입은 듯한 흉터가 드러났다. 정말 살아 계신 성모님의 상처 같았다. 가슴이 철렁했다. 벌렁거리는 가슴을 안고 거실로 와서 다시 둘러보니 검정 재가 거실은 물론 각 방까지 다 날아가 있었다. 식탁 위, 거실 장식장은 물론 거실에서 조금 떨어진 내 서재의 책상까지 새까맸다. 거실 바닥은 말할 것도 없어서 맨발인 내 발의 자국이 모래 위에 찍히는 것처럼 선명하게 드러나는 것이었다.

덜덜 떨며 다가가 살펴보니 촛불 옆에 두었던 라이터가 폭발해 터져 있고 그 곁에 얇은 커튼이 바람에 살랑거리고 있었는데 '하느님 자비의 상본像本*(마리아 파우스티나 코발스카 성녀가 보았다는 그리스도의 모습을 토대로 그린 성화)과 천사 조각품은 다 멀쩡하고 성모님 혼자 그렇게 검었다. 두께가 7센티미터 정도 되는 앤티크 고가구가 녹아내린 흔적이 불이 심각했음을 알려 주었다. 나무로 된 거실 바닥에도 몇 군데 심하게 탄 자국이 있었다. 망연하게 앉아 있는데 도우미 아주머니가 오셨다. 그제야 대체 무슨 일이 일어날 뻔했는지 실감이 났다. 아주머니는 나보다 더 놀라더니 말했다.

"그런데 이렇게 심하게 탔는데 커튼에 불도 안 붙고, 냄새가 없어, 아무 냄새도 안 나…. 정말… 이건…. 라이터가 폭발했는데 어떻게 커튼은 멀쩡하고 대체 이게…."

아주머니도 몹시 놀란 것 같았다. 그러더니 나를 보고 혀를 찼다.

"제제 엄마 아침마다 기도 열심히 하더니 이건 기적인 것 같아요. 난 신자가 아니지만 이건 분명 기적이야."

그제야 눈물이 나왔다. 무슨 눈물인지 모르겠다. 거실보다 안쪽에 있는 방에서 아이들과 내가 도저히 빠져나오지 못하고 타 죽을 수도 있었다는 두려움이 그제야 왈칵 밀려왔다. 그리고 엄청난 은총이 내가 쿨쿨 자고 있는 동안 일어났다는 것을 알았다. 그걸 이렇게 막아 주셨다는 것에 대한 참을 수 없는 감사가 나를 울게 했다. 이렇게 검댕이 온 집 안에 흩어져 있는 것도, 성모님 혼자 검댕을 뒤집어쓰고 계신 것도, 라이터가 폭발을 했는데 열려진 창으로 살랑거리는 얇은 나일론 커튼이 무사한 것도 실감 나지 않았지만 그때 어떤 생각이 나를 스쳐 지나갔다.

나는 이혼하지 않게 해 달라고 정말이지 열심히 기도했었다. 열렬하고 열렬하게 빌었다. 행복한 가정을 달라고, 아이들이 공부 잘하게 해 달라고, 책도 잘 쓰고 잘 팔리게 해 달라고 빌었다. 그런데 하느님은 하나도 허락하지 않으셨다. 나는 세 번째 이혼녀가 되어 있었고 아이들은 나날이 속을 썩였다. 책 쓰는 것도 진도가 잘 나가지 않았고 빚은 갚을 길이 없었다. 솔직히 마음 깊은 곳에서 하느님께 서운한 마음이 있었다. 그런데 이 화재 사건 앞에서 나는 깨닫게 되었다. 이토록 큰일도, 막으려고 맘만 먹으면 이렇게 막으시는 분이, 어떤 일이 일어나게 그냥 내버려 두었다면 그건 그분이 내게 허락하신 일이라는 것을 말이다. 나는 모르지만, 더 큰 그분이 보시기에 그게 내게 더 유익해서 그냥 내버려 두셨다는 것을 말이다.

그 이후 나는 매사를 예민하게 관찰하게 되었다. 내가 자고 있는 동안, 내가 아무 생각 없는 동안, 내가 다른 일에 정신을 팔고 있는 동안 얼마나 많은 죽을 고비에서 그분이 나를 구해 주고 계신지 알고 싶어서. 내가 차마 그것의 백의 하나라도 알까마는.

권 신부님의 차를 얻어 타고 오틸리엔 숙소로 갔을 때는 이미 밤 열한 시가 넘어 있었다. 만일 렌트를 해서 내가 혼자 차를 운전해 갔더라면 정말 힘들었을 것 같았다. 내비게이션이 있다고 해도 입구도 (더구나 캄캄한 밤, 한국과는 달리 불빛이라고는 하나도 없다) 모르겠고, 도착해서 어디 벨을 눌러야 하는지도 모르겠고, 길을 물어볼 독일어 실력도 내게는 없었다. 더구나 여기는 독일의 시골이고 영어를 할 수 있는 사람도, 아니 길거리에 사람 자체가 없었다. 권 신부님께는 정말 죄송했지만 속으로 웃음이 나왔다. 공항에서 차를 렌트하지 못한 것은 아마도 하느님의 배려였다는 생각이 들었다. 차를 빌렸으면 고생을 하거나 정말 두려움에 사로잡힐 뻔했다. 침대에 엎드려 두 손을 모으고 나는 한참 웃었다. 그리고 기도했다.

"아빠, 오늘 완전 멋지세요. 드라마틱했어요!"

그리고 권 신부님이 무사히 집으로 돌아가게 해 주십사 부탁드렸다.

상트 오틸리엔 대수도원은 뮌헨에서 남서쪽으로 약 40킬로미터 떨어진 시골 마을 오틸리엔에 자리 잡은 수도원이다. 유럽의 베네딕도 수도원 중에서 최대 규모라고 한다. 뮌헨 역에서 광역 전철을 타고 겔텐도르프 Geltendorf 역에 내리면 역에서 수도원까지 표지판이 있다. 건장한 남자들의 말에 따르면 걷기에는 좀 멀고 차를 타기에는 좀 가깝다고 한다. 수도원에 오래 머무르는 사람에게 자전거를 빌려 주기도 한다는데 아름드리나무가 서 있는 길을 타박타박 걷는 맛이 수도원을 찾아가는 또 하나의 묘미라고도 한다. 고진석 신부님의 말씀으로는 그 길에 보물이 하나 숨어 있다고 해서 나는 별로 궁금해하지도 않고, '뭐 오틸리아 성녀상이라도 있나 보다' 했는데 뜻밖에도 겔텐도르프 역에 중국집이 있다고 했다. 저렴하고 맛도 좋다고. (다음에는 꼭 그 길로 가 보리라 마음먹었는데 못 가고 그냥 왔다.) 거기서 중국 음식을 먹고 깔깔거리며 걸어오면 금방 온다고 하신

다. 그 길이 유명한 또 하나의 이유는 날씨가 좋은 날에는 알프스의 북쪽 자락이 길 위로 펼쳐진다는 것이었다. 내가 갔을 때는 비가 내려 그런 행운은 누릴 수 없었다.

　　아침 일찍 내 방문을 두드리며 나를 안내해 주러 온 카시안 수사님에게 오틸리아 성녀를 주보 성녀로 삼게 된 내력을 물었다. 원래 엠밍Emming 이라는 이름을 가진 이 지방에 오틸리아 성녀의 경당이 있었다. 수도원을 세우며 그들은 오틸리아 성녀의 이름을 받아들였고 마을 이름도 상트 오틸리엔으로 바뀌었다고 한다. 오틸리아 성녀는 맹인들의 인도자. 처음에는 사람들이 그걸 육체의 불구로만 생각했지만 오틸리아 연합회는 '눈이 있어도 보지 못하는' 비그리스도교인들을 안내하는 성녀의 이미지를 생각했다고 한다. 그래서 오틸리아 연합회 수도원들의 선교 표어가 "눈먼 이들에게 빛을!"이 되었나도 싶었다. 더군다나 뮌헨이라는 도시의 다른 이름은 무니히Munich, 즉 수도자를 뜻하는 무니헨Munichen에서 왔으니 하느님의 그물에는 성긴 곳이 없다는 생각이 들었다.

　　카시안 수사님의 안내로 손님의 집에서 대성당으로 향했다. 오틸리엔 수도원 대성당에서는 우선 종탑이 눈에 띄었다. 높이가 75미터나 된다고 한다. 멀리서도 눈에 띄는 탑이었고 종소리가 특히 아름다웠다. 성당 안으로 들어가자 신자들이 깨끗하고 정중한 복장을 하고 주일 미사를 하러 모여들고 있었다. 뮌헨 근교 시골 사람들의 모습은 소박하고 겸손해 보였다.

상트 오틸리엔 대수도원 성당 앞에 있는 베네딕도 성인상

공지영의 수도원 기행 2 _

자신이 가진 것 중 가장 깨끗한 옷을 잘 다려 입고 온 듯한 모습이었다. 성당 내부는 선교사를 싣고 세계 곳곳으로 나아가는 세 척의 배 모양이라고 했다. 그리고 창문에는 선교사들의 활동을 묘사한 스테인드글라스가 있었다. 유럽의 베네딕도 수도원 중에 처음으로 선교를 표방하고 해외로 진출한 오틸리아 연합회의 모원母院다웠다. 선교는 이 수도회의 중요한 사명이라고 했다. 결국 세 척의 배를 묘사한 그 사람들이 바로 이런 배를 타고 우리나라를 향해 왔던 것이라고 생각하자 기분이 묘했다.

성당 제대 아래에는 한국의 기와집 모양을 한 작은 함이 있고 그 안에 성 김대건 안드레아 신부님의 유해가 한 조각 들어 있다. 아마도 오틸리엔 수도원과 한국과의 관계를 잘 말해 주는 유물이리라. 성 베네딕도회 오틸리엔 대수도원이 한국에 오게 된 계기도 특별하긴 했다.

조선 교구를 관장한 프랑스 출신 뮈텔 주교는 조선에 파견할 선교단을 애타고 찾고 있었다. 막상 조선에 진출했지만 학교와 병원을 짓고 젊은이들을 교육하며 포교할 인력이 터무니없이 부족했던 것이다. 그러나 그때 유럽은 모두 아프리카로 진출하던 시기. 온 유럽을 헤매고 다니고 편지를 띄웠지만 조선에 파견할 인력은 없었다. 그때 로마에서 마지막으로 혹시나 뮌헨 근교의 오틸리엔 수도원을 찾아가라는 이야기를 듣고 마침내 1908년 9월 14일 오틸리엔을 직접 방문했다. 1908년 당시 오틸리엔 수도원 소속 사제는 총 50명이었는데 이 중 아프리카에 23명, 독일 각지에 파

성당 안 제대

성당 제대 아래에는 한국의 기와집 모양을 한 작은 함이 있고 그 안
에 성 김대건 안드레아 신부님의 유해가 한 조각 들어 있다.

견된 18명을 제하면 9명의 사제가 있을 뿐이어서 한국 교회의 요청을 받아들일 만한 입장이 못 되었다. 그러나 하느님의 뜻인지 오틸리엔 수도원은 조선이라는 나라에 관심을 보이고 아프리카보다 낯선 조선이라는 나라에 젊은 수사들과 젊은 신부들을 파견한다. 그리고 명령한다.

"가십시오. 그리고 그곳에서 죽을 때까지 정주하십시오."

1909년 첫 선교사 보니파시오 사우어Bonifatius Sauer 신부가 도착한 뒤 1949년까지 베네딕도회는 함경남도 덕원에 사제 41명, 수사 29명 해서 총 70명, 연길에 사제 34명, 수사 18명 해서 총 52명, 이렇게 한국과 중국에 총 122명의 선교사를 파견한다. 오틸리엔 수도원은 조선이라는 나라를 잘 알지 못했지만 중국 옆에 있는 나라로 일찍이 중국과의 교류를 통해 학문적·문화적 수준이 상당하다는 판단을 내리고 특별히 학문적 성취가 있

기도 시간을 알리는 종소리가 울리면 수도자들은 이곳에 와서 수도복 위에 쿠쿨라cucúlla를 입고 성당에 입장한다. 선반에는 수도자 개인의 기도서가 올려져 있다.

는 신부님과 수사님들을 파견한다. 그분들은 오자마자 병원과 학교, 수도원을 짓는 것은 물론 독한 사전과 한독 사전을 편찬한다. 놀라운 일이다. 우리가 지금 미얀마나 남수단에 가서 선교를 하며 일 년 안에 그 나라 말 사전을 편찬할 수 있는가 생각해 보면 더욱 그러하다. 어쨌든 1949년까지 파견된 그분들 중 49명이 1954년이 되기 전에 죽는다. 23명은 북한 공산주의 정부에 의한 순교였다(『높고 푸른 사다리』 참조). 돌아보면 돌아볼수록 감사하다.

생각해 보면 그때 파견된 그들의 나이 스물 몇 살. 어떤 신앙심이 그들로 하여금 그 낯선 나라로 떠나게 했을까. 배를 타고 석 달, 죽을 고비들을 넘어야 하는 조선이라는 나라로 말이다. 몇 년 다녀오는 것도 힘이 들 텐데 죽을 때까지 '정주'이다. 엄마가 되고 나서 생각해 보니 파리 외방 전교회도 그렇고 이런 경우 오틸리엔 수도원도 그렇고 어쩌면 그들도 위대하나 그들의 어머니들이 더 위대하게 느껴진다. 내 아이들이 이제 그 나이로 자라고 보니 그 마음에 더욱 감사하게 된다. '어떤 믿음이 그들을 그렇게 하게 하나' 하고 말이다. '너는 네 아이를 두고 그럴 수 있나?' 하고 질문하면 더 그렇다.

나는 카시안 수사님을 따라 성당 주변을 걸었다. 주변에는 민가가 하나도 없었다. 모두가 청바지를 입고 다녀서 누가 수도자인지 구분도 안 가는데 옥수수 밭과 호밀 밭 그리고 초지가 펼쳐진 대초원 위에 수도원이 우뚝 서 있었다. 수사님들은 평생 수도원 땅만 밟고 다닌다고 했다. "너무 부자인 거 아니에요?" 하고 내가 물었다. 그런데 알고 보니 이곳은 원래 거대한 늪이었다고 한다. 수도자들이 이 늪을 개간해 초지를 만들었다는 것이다. 베네딕도 성인이 노동은 생계의 방편일 뿐만 아니라 수행이라고 한 말이 실감 났다. 이 거대한 늪을 매워 초지를 일군 수사님들의 땀 냄새가 싱그럽게 다가오는 것도 같았다. 이 초원에는 인쇄소, 출판사, 서점, 베이커리, 성물방, 박물관, 피정의 집이 있고 레스토랑에 소방서까지 있었다. 소방서에 가서 내가 "소방수는 누구예요?" 하고 묻자 카시안 수사님이 장난스레 손가락으로 누군가를 가리켰다. 바라보니 소방서에 십자고상이 걸려 있었다. 그러고는 말했다.

"예수님이죠."

이분들은 전기도 생산하고 있었다. 그중에 가장 중요한 전기 원료가 축사에서 나오는 메탄가스라고 했다. 그리고 드디어 2012년부터는 드넓은 각종 시설들에 사용되는 전기를 단 한 방울의 석유도 밖에서 사오지 않고 자체 해결했다고 자랑했다. 정말 부러웠다. 어떻게든 환경을 보존하려는 이들의 노력을 보자 이웃나라에서 전대미문의 원전사고가 일어나고, 각국에서 원전을 폐쇄하려는 이때, 고장난 구형 원전을 재가동하고 또 새 원전까지 짓겠다는 나라에 사는 내가 부끄러웠고 그들의 노력과 그 결실이 더욱 의미 있어 보였다.

수도원 경내에는 작은 역도 하나 있었다. 이름은 당연히 상트 오틸리

수도원 경내에 있는 상트 오틸리엔 역.
해외 선교를 상징하는 벽화가 그려져 있다.

엔 역. 지금은 김나지움 학생들의 통학 열차가 주로 다니는 작은 간이역이
지만, 한때는 아프리카로 떠나는 수사님들과 물자들로 북적이던 역, 또 한
때는 전쟁을 끝낸 기아와 고아의 나라 한국으로 떠나는 물자가 실린 열차
가 떠나던 곳이라고 했다. 엷은 비가 뿌리는 그 텅 빈 역에 나는 잠시 서
있었다. 카시안 수사님은 이런 기분을 알까? 아마 모르리라. 이곳에 와 공

왼쪽 언제나 방글거리며 웃는 수도원 문지기 카시안 수사님. 한국에 또 가고 싶다며 웃었다.
오른쪽 큰 격려와 기도를 해 주신 예레미아스 슈뢰더 총재아빠스님과 함께

부하는 아프리카 유학생들은 이런 기분을 알까? 아마 알지도 모르겠다.

카시안 수사님은 내게 여름에 한번 더 오라고 청했다. 여름의 독일이
워낙 좋긴 하지만 특별히 이유가 있느냐고 물으니 창고 같은 것을 가리켰
다. 원래 농기구를 넣는 창고인데 여름에 안에서 맥주도 마시고 록 콘서트
도 열린다고 했다. "록 콘서트요?" 하고 물으니 여름마다 여기서 록 콘서
트가 열리는데 무대에 서는 이들 중에서 칠십 대의 노트커 볼프Notker Wolf
수석아빠스가 이 록 콘서트에서 인기가 제일 좋다고 하는 것이었다. 그분

열정적으로 연주하는 노트커 볼프 수석아빠스

은 오틸리아 연합회의 총아빠스Archiabbas를 오랫동안 역임하시고, 현재는
전 세계 베네딕도회를 대표하는 수석아빠스Abbas Primas로 선출되어 로마
성 안셀모 수도원에서 지내신다고 한다. 그분은 베네딕도 16세 교황님과
도 친분이 두터운 것으로 알려져 있는데, 그보다 인근의 칠팔십 대 할머니
를 팬덤으로 거느린 록 가수로 유명하다고 했다. 그리고 그분의 공연을 보
러 오는 바로 그 할머니들이 노트커 볼프 수석아빠스의 팬이자 아프리
카 · 아시아 선교 사업의 적극 후원자들이라고 한다.

　돌아서서 수도원으로 돌아오는데 저 텅 빈 창고에서 칠십 대의 아빠
스님이 치는 록 기타와 할머니들이 지르는 멋진 함성 소리가 들리는 것 같
았다. 마치 아까 작은 상트 오틸리엔 역, 이제는 아주 조그만 그 간이역에
서 전쟁을 끝낸 가난한 한국으로 가는 물자를 실은 열차가 함부르크항을
향해 떠나는 환영이 보였던 것처럼.

독일

프랑크푸르트
●

뮌스터슈바르차흐
●

뮌헨
●

뮌스터슈바르차흐 수도원

그분은 물끄러미 나를 바라보고 계셨다.
지금 생각해도 눈시울이 뜨거워질 만큼 인자한 미소와 함께,
그분은 아무 말도 하지 않았지만 모든 것을 말하고 계셨고
아무런 제스처도 언어도 사용하지 않았지만 나의 모든 말을 있는 그대로 수용하고 계셨다.

조용하고 친절하며 따뜻했고
그리고 단순했다

누구에게나 결정적 한순간이 있다. 결정적 찰나들. 눈빛 하나, 구절 하나, 단어 하나가 삶의 모퉁이를 돌게 만드는, 그런 결정적인 영향을 미치는 것 말이다. 나에게도 그런 순간들이 있다. 그런 순간들이 오면 지나온 모든 것이 무너져 내리고 새로운 것들이 불쑥 솟아 나온다. 이미 낡은 것 속에서 배태되어 있던 그 새로움, 혹시 … 혹시 … 주저하면서 익숙한 것들 속에 묻어 두었던 그 새로움. 그륀의 그 구절은 바로 그런 것들 중의 하나였다. 그 무렵 나는 몹시 불행했고 누군가에게 협박당하고 있었다. 그 협박은 표면적으로 다른 이가 내게 한 것이었지만 돌이켜 보면 그 협박의 가해자는 나 자신이었다. 내 인생을 책임져야 할 것은, 내가 원망했던 그 사람이 아니라 나 자신이라는 것을 깨달으면서 보니 그랬다. 그러나 그 모든 것을 안다고 해도 아는 대로 사는 것이 쉬운 일은 아니다.

18년 만에 돌아온 가톨릭에서 나는 아는 사람이 아무도 없었다. 신부님 만나기가 하느님 만나기보다 힘들었고 가끔 만난 신부님들은 의외로 많은 상처를 주셨다. 나는 그냥 오랜 냉담을 끝내고 싶어 하는 평범한 아줌마로 그분들에게 다가갔다. 실제로 하느님 앞에 이름과 직업이 중요할까 싶었고 그냥 회개하는 죄인이라 생각해서 그랬다. 그리고 많이 무시당했고 냉랭한 대접을 받았다. 솔직히 말해 귀찮아하시는 것도 보았다. 참, 씁쓸한 기억들이었다.

그때 내가 선택한 것은 책 읽기였다. 나는 그렇게 나를 사랑하신다는 그분, 이 우주의 주인이신 그분이 누구인지 알고 싶었다. 나는 게걸스레 책들을 읽어 내려갔다. 사람을 만나 물어보지 않고 책들을 읽은 또 다른 이유도 몇 가지 있었다.

처음 하느님의 목소리를 듣고 나서 어이없게도 이런 생각을 했다.

'그러면 그렇지. 이렇게 척척 대답도 해 주시고 그러니까 저 인간들이 이렇게 열심히 다닌 것이지.'

그리하여 나는 나에게 전도하고자 했던 우리 언니를 비롯하여 나의 친구들에게 내가 기도 중에 겪고, 보고, 들은 경험들을 다 이야기했다. 처음에는 내 자신의 회심의 기쁨에 취해 그들의 얼굴이 굳어지고 있는 것도 전혀 의식하지 못했다. 18년 만에 돌아온 내게 이런 일이 일어났으니 한 번도 빠짐없이 모범적으로 살아온 그들은 얼마나 많은 경험을 가지고 있을지 지레 존경부터 하고 있었던 거니까. 그러다가 어느 날 나는 입을 다물게 되었다. 나중에 그나마 내게 솔직했던 언니는 내가 그런 말을 꺼냈을 때 엄청난 시험에 들게 되었다는 것을 고백했다. 언니는 나를 '하느님 사람'으로 만들고 싶어 했다. 그건 진심이었다. 하지만 막상 아버지의 유산을 먼저 받아 가지고 나가 탕진해 버린 탕자 동생에게 돼지와 소를 잡아 주고 금반지를 끼워 주는 것 같아 맘이 흔들린 큰아들 꼴이 되었다고 웃었다. 이 이야기를 한 것도 내가 하느님께 돌아온 지 일 년이 훨씬 더 넘은 후였다. 그만큼 마음고생이 심했다는 이야기일 수도 있겠다.

또 하나, 나의 경험을 아예 환상이라고 치부해 버리고 일축해 버린 신심 깊은 사람들 때문이었다. 그들은 아예 나의 이야기를 무시했다. 솔직히 내 느낌에 그들이 믿는 하느님은 내가 만난 그 하느님이 아니었다. 그들이 믿는 하느님은 내가 그전에 떠나왔던 그 감시하고 심판하는 하느님이었다. 물론 그들의 입으로 하느님은 사랑이시라고, 용서하신다고 말했지만 그들은 내게 무섭게 굴었다. 사랑이시고 끝없이 용서하시는 하느님을 믿는 이들이 내게 왜 그리 무섭고 엄하게 대하는지 나는 알 수 없었다. 이것은 안 되고 저것은 해야 되고, 이러면 벌 받고 저러면 용서받고. 사랑받기 위해, 용서받기 위해 조건절이 너무 많이 붙었다.

내가 다시 성당으로 갔을 때 하느님은 내 발부리에 돌 하나 걸리지 않게 나를 맞아 주셨다. 추운 바깥에서 정신 차릴 만큼 세워 두지도 않고, 오히려 뺨이 시릴까 따스한 방으로 이끌어 주셨다. 아무 조건절이 없었다. 그런데 이들은 아니라고 했다. 나는 다시 혼란스러웠다. 내가 만난 그 하느님이 정말 하느님인지 알고 싶었다. 내가 경험한 그분의 사랑이 내 오해일까 봐 겁이 났던 거다. 가톨릭 이천 년 동안 훌륭한 성인과 성녀 혹은 학자들은 그분을 누구라고 하는지 알고 싶었다.

그중에서 제일 먼저 내 가슴을 노크한 분이 안젤름 그륀Anselm Grün 신부님이었다. 그분은 냉철하지만 말할 수 없이 따스한 언어로 많은 이의 상처를 어루만져 주고 계셨다. 그분의 책들을 읽고 나면 내 영혼이 한 뼘은 자라 있는 것 같았고 상처는 조금 더 아무는 것 같았다. 그러던 어느 날, 나는 『너 자신을 아프게 하지 말라』라는 책을 읽고 있었다.

아직도 그 구절을 기억한다.

우리는 가끔 우리를 비난하는 사람들을 우리의 배심원으로 앉혀 두고 언제까지나 피고석에 앉아 변명을 지속하려고 한다.

나는 일부러 그 본문을 찾아보지 않고 이 글을 쓴다. 이 구절을 한 번도 잊은 적이 없고 또 내게 다가온 이 구절을 그냥 놔두고 싶기 때문이다. 그때 내게 천둥 같은 충격이 다가왔다. 글쎄, 책을 읽고 이렇게 깊은 충격을 받는 것은 이것이 처음일 것이다. 그리고 그 이후로도 아직은 없었다. 깊이 새길 구절도 많았고 두고두고 좋았던 구절들도 많았지만 나는 내가 바로 나를 비난하는 사람들에게 나의 인생을 심판하는 권한을 쥐어 주고 '언제까지나!' 피고석에 앉아 변명하고 싶어 하는 걸 알아 버린 것이다. 그날은 『수도원 기행 1』을 냈던 출판사와 저녁 약속이 있는 날이었다. 그 분들을 만나자마자 거의 정신없이 안젤름 그륀의 책 『너 자신을 아프게 하지 말라』에 대해 이야기를 했던 것 같다. 그리고 집으로 돌아오는 길에 약간 술에 취해 나는 큰 소리로 말했다.

"오늘부터 내 배심원들 다 해고야!"

물론 그들은 그날부로 해고되지 못했다. 나도 우물거렸고 그들의 저항도 심했다. 그러나 기준을 한번 정해 놓고 나자 그 방향으로 쭉 나갈 수는 있었다. 조금씩 조금씩 나는 배심원들을 해고시켜 나갔고 자주 피고석을 이탈하기 시작했으며 나중에는 아예 그 법정에 가지 않았다.

안젤름 그륀 신부님의 책들은 아픈 나를 어루만져 주며 하느님의 말씀을 전해 주고 있었다. 그분은 어린 시절부터 친부나 가족 혹은 지인들에게 지속적으로 성폭력 혹은 성추행을 당해 온 여성들을 상담하신 이야기를 했다. 그분은 그녀들을 위로하다가 세상의 어떤 말로도 그들의 고통에 가 닿으실 수 없다는 것을 알고 절망에 빠진다. 자신의 친부에게, 자신이 가장 믿던 가족들에게 성폭행과 성추행을 당해 온 여성, 정신을 차릴 수도 없이 삶의 그 처음부터 인생 자체가 죄의 희생물이었던 그 여성들을 대체 무슨 말로 위로한단 말인가! 나는 그분이 섣부른 결론을 내리지 못하는 것이 차라리 믿음직스러웠다. 우물거리며 함께 고통받는 그분은 말을 잃고 아마도 한참의 고통 끝에 이렇게 말한다.

그래도 우리 영혼 가장 핵심에는 하느님이 계신 자리가 있습니다. 어떤 악도 어떤 상처도 침범할 수 없는 자리 말입니다. 하느님이 우리 마음속 거기에 분명히 계시고 우리는 거기서 시작해야 합니다.

그들만큼 절망을 겪지는 않았다 해도 이제 막 하느님 앞에 돌아왔으나 하느님 빼고 모든 인간에게 아직은 고개도 제대로 들지 못하고 염치가 없어 제대로 그들을 바라보지 못하고 주눅 들어 있던 내게 이런 위로는 나를 두고 하는 말 같았다. 힘겹거나 사람에게 상처받았다고 느낄 때 나는 그분 책을 꺼내 들었다. 그게 무슨 책이든 그분의 책은 나를 향하고 있었다. 여전히 따스하고 반듯했다.

안젤름 그륀 신부님의 이야기를 이렇듯 길게 하는 이유는, 내가 왜관수도원을 찾아가 뜻밖에도 왜관수도원과 안젤름 그륀 신부님이 계신 독일의 뮌스터슈바르차흐 수도원Abtei Münsterschwarzach이 오틸리아 연합회에 속한 형제 수도원이라는 것을 알게 되었기 때문이다. (수도원에도 연합회라는 게 있어서 같은 연합회의 수도원들은 형제처럼 지낸다. 인적 교류뿐 아니라 물적 지원도 물론이다. 뭐랄까, 자본주의적으로 말하면 같은 대기

업의 계열사 같다고 하면 이해가 빠를 거 같다. 앞서 내가 방문했던 상트 오틸리엔 수도원을 모원으로 하는 오틸리아 연합회에 이 뮌스터슈바르차흐 수도원과 왜관수도원이 속해 있다.)

그 무렵 고진석 신부님께서 구미로 발령이 나서 왜관수도원을 방문하면 나를 안내해 주는 일을 박현동 신부님께서 맡게 되셨는데, 그분께서 내가 안젤름 그륀 신부님의 책을 아주 좋아한다는 말을 듣자마자 "한번 만나 보시겠어요?" 하고 물으셨던 것이다. 내가 거길 방문하고 그분을 만나 이야기를 나눌 기회를 얻게 된 것이 꿈만 같았다. 안젤름 그륀 신부님의 책들은 전 세계 오십여 개국에서 이천만 부가량 판매되었고, 매년 그리고 매주 그분의 스케줄은 꽉 차 있었다. 그런데 하필이면(!) 바로 그 봄 잠시 시간이 나셨고 그리고 그때에 박현동 신부님의 청을 들어주신 것이었다. 이런 기회를 놓칠 수가 없었다.

기차를 타고 뷔르츠부르크^{Würzburg} 역에 내리자 낯익은 두 얼굴이 손을 흔들었다. 이장규 아타나시오 신부님과 박지훈 야곱 수사님이었다. 두 분은 왜관에서 몇 번 뵌 적이 있었는데 나를 마중하러 나오신 것이었다. 이장규 신부님은 전례음악을 공부하러 독일에 오셨는데 우선 독일어를 배우기 위해 뮌스터슈바르차흐 수도원에 머물고 계셨고, 박지훈 수사님은 소시지 만드는 법을 배우기 위해 이곳 수도원에서 연수 중이셨다. 뮌헨 한국 식당에서 급하게 구입한 소주 열 병과 라면 한 박스, 그리고 약간의 안주를 전해 드리니 사양도 않고 그 내용물을 바라보며 거의 감격에 가까운 얼굴을 하셨다. 그러고는 말했다.

"라면, 김치, 고추장이라는 말을 듣자마자 액셀러레이터가 밟히지 않았어요. 너무 먹고 싶어서 다리에 힘이 쫙 빠져 버렸어요."

함께 웃으면서도 내 가슴이 쿨렁했다. 2002년, 길지도 않은 독일 체류 일 년 동안 한국에서 거들떠보지도 않던 매운 라면을 매일 먹고 서양음식은 입에 대지도 못했던 시간들이 기억났다. 스페인령 서인도 제도에 여행을 갔다가 친구에게 "거긴 어때?"라고 묻는 문자를 받고는 "화가 나. 저 싱싱한 생선을 건져 올려서 어떻게 튀겨 먹을 수가 있지? 당연히 회나 매운탕을 먹어야지" 이랬던 적도 있다. "나의 살던 고향은 꽃피는 산골. 복숭아꽃 살구꽃 아기 진달래"의 아기 진달래 대목에서 눈물이 차올라 목이 멨던 적도 있었다. 아기 진달래라니, 그건 말하자면 멸치 국물 우린 시래기 된장국 같은 거였다. 들깨를 넣고 조물조물 무친 고구마줄기 같은, 뽀얀 국물이 구수한 순댓국 같은 거였다. 아기 진달래가 말이다.

뮌스터슈바르차흐 수도원은 뷔르츠부르크에서 프랑켄 와인으로 유명한 좀머라흐Sommerach와 데텔바흐Dettelbach 방면으로 가다 보면 동화의 나라에 나오는 것 같은 네 개의 종탑이 보이는 바로 그곳이었다. 이 네 개의 탑이 수도원의 상징이라고 한다.

원래 이 터에 제일 처음 수도원을 세운 사람은 카를 대제Karl Magnus의 세 번째 부인 파스트라다Fastrada였다고 한다. 그때가 780년경, 우리와 비교하자면 통일신라 때라고 해야 하나. 어쨌든 이 수도원은 그 터를 잡은 후 다른 유럽의 모든 수도원처럼 폐쇄되고 재건되기를 반복한다. 최종적으로 1803년에 나폴레옹에 의해 문을 닫게 된 뮌스터슈바르차흐 수도원은 1913년에 상트 오틸리엔 수도원의 베네딕도회원들에 의해 재설립되었다. 뮌스터슈바르차흐 수도원은 오늘날 독일어권 지역에서도 가장 중요한 수도원 가운데 하나이다. 마인프랑켄Mainfranken 지역에서도 영적 중심지가 되고 있으며, 관광이나 경제를 위해서도 중요한 곳이기도 하다고 한다. 나중에 보니까 프랑크푸르트Frankfurt까지 자동차로 한 시간, 한국에서 방문한다면 공항에서 그리 먼 거리가 아니다.

내가 방문했던 2013년 봄, 그곳에는 총 125명의 수도 형제들이 있었고, 그 가운데 90명은 본원과 분원에서, 35명은 선교지 수도원에서 지낸다고 했다. 형제들 가운데 44명은 사제이며, 81명이 평수사다.

이분들은 앞서 이야기한 대로 왜관수도원의 형제로서 결국 그 구성이 비슷하다. 다양한 스무 개 이상의 작업장, 즉 베이커리, 소시지 공장, 농장, 목공소, 목공예실, 전기방, 금속공예실, 성물방, 인쇄소, 출판사, 손님의 집이 있다. 거기에 베네딕도 성인의 정신에 따른 청소년 양성을 위해 중·고등학교(에그베르트 김나지움Egbert-Gymnasium)도 운영하고 있다. 베네딕도 성인의 "한가함은 영혼의 원수다"라는 말이 실감이 났다.

아무튼 뷔르츠부르크에서 자동차로 삼십 분 정도 더 가는 시골 마을, 마을을 대표하는 것이 그냥 수도원일 정도로 작은 마을에 있는 이 수도원의 피정의 집은 그러나 독일 각지에서뿐 아니라 전 세계에서 몰려드는 피정객들로 초만원이었다. 그 바쁜 중에 그들은 영성을 찾아 이곳으로 와서 기도하고 강연을 들으며 휴가를 보내는 것이었다. 그 중심에 물론 안젤름 그륀 신부님이 있었다.

안젤름 그륀 신부님과의 인터뷰는 이틀 후였으므로 기도 중에 살짝 안젤름 그륀 신부님을 훔쳐보았다. 산타클로스 막내 동생 같은 수염과 외모 때문에 그분을 찾는 것은 어렵지 않았다. 다만 놀랍게도 체구가 작았고 (내게는 그분의 체구가 꼭 프랑스 사람 같았다. 그분은 뮌헨 근교 출신이지만 말이다) 그리고 평생 웃음이 떠나지 않았던 것 같은 서글서글한 눈매를 가지고 계셨다.

그날 아침 특별히 외출 허락을 받은 이장규 신부님과 박지훈 수사님 이렇게 우리 셋은 밤베르크로 갔다. 뷔르츠부르크도 아름다웠지만 밤베르크를 꼭 보고 싶었기 때문이었다. 누군가 내게 그랬다.

"밤베르크를 가 봐. 도시가 꼭 꿈을 꾸는 것 같아."

그렇게 꿈을 꾼다는 도시를 따라 꿈처럼 맛있는 아이스크림도 먹고 밤베르크를 헤매고 돌아와 우리는 수도원을 더 걸었다. 두 분은 아직 한국을 떠나온 지 일 년이 안 되어서 독일어가 서툴렀다. 게다가 음식도 입에 맞지 않고 누구나 겪는 홈식homesick으로 많이 야위어 보였다. 내 조카뻘되는 두 분의 모습이 안쓰러웠다.

아름다운 밤베르크. 우리 세 사람은 꿈결 같이 한나절을 걸었다.

이곳 역시 베네딕도 수도원답게 무지막지한 노동의 터와 노동의 결과들이 드넓은 터에 서 있었다.

"지난 일 년 동안 나를 위로해 준 '분'들을 소개해 드릴게요."

이 신부님이 박 수사님과 함께 나를 데려간 곳은 축사였다. 넓은 뜰에 소들이 풀을 뜯고 있었다. 조용하고 평화로웠다.

"어차피 우리 식탁에 오를 운명이겠지만 이 소들을 보면 마음이 좀 편했어요."

아무리 수도원이라고 하지만 나이가 들어 온 유학에, 말도 통하지 않고 힘이 들 때 이분들이 이곳에 와서 하느님의 피조물인 이 소들을 보고 위로받았다고 생각하자 새삼 마음이 짠했다.

"참, 아기 양들이 있는데 보실래요?"

이 신부님이 다시 물었다. 아기 양이라니, 너무 기분이 좋아 그러겠다고 하자 그분들이 나를 이끌고 뒤쪽으로 돌아갔다. 그런데 아기 양은 없었다. 다 큰 양들뿐. 내가 의아한 표정을 짓자 두 분이 웃음을 터뜨렸다.

"이 녀석들이 벌써 다 컸네요. 열흘 전만 해도 아기 티가 났었는데."

상트 오틸리엔 수도원과 마찬가지로 뮌스터슈바르차흐 수도원도 에너지 문제에 관심이 많았다. 축사의 메탄가스를 이용한 바이오 에너지와 화목 장작을 때는 화목 발전 시설, 그리고 슈바르차흐Schwarzach 강의 수력 발전소에서 끊임없이 에너지가 생산되고 있었고, 이 전기는 수도원에서 자급자족되는 것은 물론 그 많은 피정객의 뒷바라지까지 하고도 남아 독

일 정부에 팔기도 한다고 했다. 독일 어디를 가나 이들의 땅을 지키려는 노력이 보였다. 환경을 소중히 여기려는 노력은 그토록 합리적인 이들에게 너무나 당연했다. 당장의 돈을 좇는 것은 결국 엄청난 손실로 돌아올 것을 아는 까닭이었다.

베네딕도 성인의 『수도 규칙』에 보면 하느님의 피조물은 그 무엇이든, 사람이든 짐승이든 사물이든 그것들을 대할 때 그리스도를 대하듯 하라는 말이 있었다. 이 아름다운 구절을 소개하자면 이렇다.

"봉사직을 훌륭히 수행하는 이들은 좋은 명성을 얻는다" 하신 사도의 말씀을 항상 기억하여 자기 영혼을 돌봐야 한다. 그는 심판 날에 병자와 어린이, 손님과 가난한 이, 이 모두에 대해 해명해야 함을 분명히 알아

이들을 온갖 정성을 다해 돌봐야 한다. 그는 수도원의 모든 기구와 전 재산을 제단의 축성된 그릇처럼 여길 것이다. 아무것도 소홀히 여겨서는 안 된다.

　　　－『성 베네딕도 규칙』 중에서

　　사람이든 짐승이든 하느님의 피조물을 귀하게 대접하라는 건 익숙했는데 사물도 그렇게 대하라는 것은 신선했다. 마지막 날에 하느님 앞에서 해명해야 한단다. (만일 이게 사실이라면 나는 해명하는 데 거의 살아온 나날만큼이 걸릴지도 모르겠다.) '병자와 어린이 그리고 모든 기구까지 그렇게 대하라 하셨다' 한다. 나중에 생각해 보니, 이해인 수녀님이 계시는 부산 올리베따노 수녀원의 손님의 집 주방에서의 감격이 살아났다. 그 주방에는 1970년대 말의 주방을 재현해 놓은 것처럼 낡다 못해 박물관에 있을 법한 물건들뿐이었다. 그런데 우리 집 최신 부엌보다 깨끗했다. 반짝반짝하고 뽀득뽀득했다. 여기서 일하시는 나이 든 수녀님께서 이 모든 것을 그리스도를 모시듯 소중히 갈무리했다는 게 한눈에 느껴지자 가슴이 찡했다. 이런 생각을 한다면 휴지 한 장, 돌멩이 하나 함부로 하지 못할 것이었다. 영성은 이런 것 같았다. 소중히 여기는 것, 감사히 여기는 것, 병자든 어린이든 장애인이든 사람은 너무도 당연하고 그와 아울러 낡아 빠진 그릇, 옷 한 벌, 의자 하나 하다못해 돌멩이라도 함부로 대하지 않는 것.

　　이 수도회의 주인공격인 분은 물론 내가 인터뷰를 할 안젤름 그륀 신부님이시지만, 전前 아빠스이신 피델리스 루페르트Fidelis Ruppert 아빠스는 독일에서 그륀 신부님보다 더 유명하다는 말도 들었다. 두 사람 다 68세 대, 우리로 치면 386세대로서 비슷한 시기에 수도원에 입회한 동반자다. 그륀 신부님은 재정을 맡으며 책을 쓰시고 피델리스 아빠스님은 25년 동안 수도원을 이끌며 그들 세대가 가진 푸른 이상理想들을 수도원에 이식해 내는 데 성공했다. 아빠스 취임 25주년을 한 해 남긴 어느 날, 피델리스 아빠스는 홀연히 아빠스직을 내려놓고 자신을 그냥 '신부'로 불러 달라고 한 다음 (보통 아빠스를 그만두고 나서도 호칭은 그대로 아빠스인 경우가 많다. 그러니 이것은 모든 것을 내려놓음을 의미한다) 수도원의 모든 봉사와 허드렛일을 마다 않고 했다고 한다. 처음 이장규 신부님과 박지훈 수사님이 이 수도원에 오셨을 때 피델리스 아빠스님이 식당 봉사자로 음식을 날랐는데 그때 그분에게 쏠리던 사람들의 진심 어린 존경의 눈빛을 잊을 수가 없다고 한다.

그날 저녁, 이곳 미하엘 레펜Michael Reepen 아빠스께서 운전을 할 수사님까지 보내 주셨다. 이곳 프랑켄 지방의 포도주를 맛보는 와이너리에 가기 위해서였다. 그곳은 자동차로 약 이십 분 거리의 입호펜Iphofen이라는 마을의 첸트호프Zehnthof라는 곳이었다. 음악은 아름다웠고 음식은 고급스러웠는데 포도주 값은 생각보다 쌌다. 우리는 그 지방에서 생산되는 가지가지의 포도주를 (아홉 가지 정도 되었던 것 같다) 그들의 친절한 설명을 들으며 코스대로 맛보았다. 젖과 꿀이 흐르는 것이 아니라 포도주와

뮌스터슈바르차흐 수도원 묘지. 수도원에 가면 나는 언제나 꼭 묘지를 방문한다. 어쩌면 그들이 우리의 미래이기 때문에.

맥주가 공평히 흐르는 것 같은 땅. 나는 다음 날 인터뷰에 대한 긴장 같은 것은 잊어버리고 언제나처럼 술 앞에서 입이 헤헤 하고 벌어져 이 비옥한 프랑켄 지방의 산물이자 신의 은총인 포도주를 벌컥대며 마셨다. 마침 그때 독일에서 한창 나는 아스파라거스 요리도 빼놓지 않았다. 그리고 그 지방의 송어 요리까지. 그리고 언제나처럼 맛있는 음식과 좋은 사람들에 술까지 곁들여지면 행복해져서 누가 뭐라는 것도 아닌데 괜히 이런 말도 꺼냈다.

"이것도 하느님 보시기에 좋을 거예요. 친교니까."

이례적으로 더운 날씨였다. 하늘은 푸르고 드높았다. 바람은 투명하게 산들거리고. 독일에 가 본 분들은 아시겠지만 이렇게 날씨가 좋다면 독일은 바로 천국이라 불러도 그리 손색이 없다. 그 아름다운 5월의 정원에는 가지가지 꽃들이 피어나고 있었다. 안젤름 그륀 신부님과 나는 뮌스터슈바르차흐 수도원의 정원에서 만났다. 여기 올 때까지만 해도 가슴이 너무 많이 뛰었는데 막상 만나자 더 많이 뛰어서 무슨 말로 (게다가 영어로) 입을 열어야 할지 몰랐다. 하지만 이럴 땐 언제나 둘 다 영어가 서툴기에 천천히 말하게 되고 그 이면의 뜻을 새기게 되는 장점이 있었다.

그륀 신부님께 나에 대한 소개서를 독일어로 미리 보냈다고 떠나오기 전에 박현동 아빠스님에게 연락이 왔었다. "뭐라고 하셨어요?" 하자, 아빠스님은 웃으며 말했다.

"제가 공 작가님에 대해 아는 것 다 말씀드렸죠. 중학교 때부터 성당다니며 포콜라레에 참여한 것, 성당 생활 열심히 하다가 대학 때 데모하며 성당 떠난 것, 그리고 인생 역정 끝에 18년 만에 돌아온 것."

그래서인지 나를 바라보는 그륀 신부님의 눈길에서 나는 어떤 진한 연민 같은 것을 느꼈다. 모르겠다. 그분의 눈길이 원래 그런 것인지. '살아 있는 유럽의 성자', '독일의 현인', '영혼의 인도자' 등 여러 호칭으로 불리고 있는 그분은 내가 만났던 모든 신앙심 깊고 사려 있는 사람들이 그렇듯 조용하고 친절하며 따뜻했고 그리고 단순했다. 프란치스코 교황님을 (사진 혹은 화면에서만) 뵐 때도 그랬지만 이런 분들 앞에서는 이상하게 눈물이 솟아오른다. 사진도 많이 찍고 기록도 해야 하는데 서툰 영어로 나누는 두 사람의 대화 속으로 나는 그냥 들어가 버렸다. 서툰 영어가 문제가 아니었다. 그분이 짧게 몇 단어를 말해도 내가 그분의 책을 거의 다(라고 해도 될 정도로) 읽었으므로 나는 그게 무슨 뜻인지 금방 알아들었다. 그리고 박현동 아빠스님이 나에 대해 어느 정도의 정보를 전했는지 모르겠으나 그분도 내 짧은 영어를 그 이면까지 알아들으시는 듯했다. 진정한 소통은 그러므로 꼭 언어의 문제는 아닐 것이다.

내가 신부님이 68세대인 것과 비슷하게 나도 한국의 386세대라고 말하자, 그분은 이미 알고 있다는 듯 고개를 끄덕이셨다.

"내가 처음 수도원에 입회하고 신부가 되기 위해 대학에 갔을 때 대학은 이미 68혁명의 소용돌이 속에 있었죠. 수도원도 마찬가지였어요. 그 옛날 우리 수도원이 처음 시작되었을 때 그분들도 개혁적인 분들이었죠. 그러나 아시잖아요. 처음에 개혁적인 사람들이 개혁과 이상의 양날을 쥐고 모든 것을 개선해 나가지만 어느 순간 개혁의 열정만큼 열렬하게 안주해 버리고 보수화되지요. 저는 그런 분들을 모시는 젊은 수사였지요. 저는 수도원이 변해야 한다고 생각했어요. 그것은 절박했지요. 아니면 우리 모두는 그저 낡은 옷을 입고 사라져 가는 먼지같이 될 거 같았어요. 나는 방황했습니다. 당시 모든 것을 알고 모든 길을 열어 줄 것 같은 학생운동도 내게 답은 아니었어요. 메가폰을 잡고 평화를 쟁취하자고 하는 그들의 목소리 어디에도 평화가 없었거든요."

순간 내가 크게 웃었다. 말을 이어 가던 그분은 내가 웃는 모습을 보고 내 웃음 속에서 동감을 읽어 낸 듯 함께 웃었다.

"저는 보수적인 가톨릭과 학생운동 사이에서 방황하다가 그것 둘 다 아니라고 생각했어요. 처음으로 돌아가야 한다고 생각했어요. 그래서 에바그리우스 폰티쿠스Evagrius Ponticus(4세기 이집트 사막에서 오직 기도로 하느님과 만나려고 했던 그리스도교 초기의 수도승)와 심리학자 칼 융Carl G. Jung을 파고들었지요. 결국 하느님과 우리의 내면에 우리가 원하는 평화와 개혁이 동시에 있다고 생각했어요."

나는 그냥 웃었다. 다른 인터뷰이 같았다면 내가 벌써 "그래서 찾으셨나요?" 이렇게 물었을지도 모르겠다. 그러나 나는 묻지 않았다. 그는 이미 그것을 찾았고 그가 어두운 밤에 이정표로 잡은 별을 우리에게 정확히 짚어 가리켜 주고 있었다. 나는 그 별을 따라 여기까지 온 것이었다. 이야기가 거의 끝나 갈 무렵 그는 내게 잠깐 한국의 상황을 물었다.

내가 절망적으로 대답했다. 특히 정치 상황, 강한 자들이 약한 자들의 작은 약점 하나를 잡아 곤죽이 되도록 패대기치고 있고, 내 자신의 이익에 관계되지 않는 한 절대로 남의 일에 나서려 하지 않는 보통 사람들(그 사람들이 스스로를 신앙인이라고 말하고 있다), 더해 가는 물신적 풍조, 서열화, 성적 타락, 더 이상 희망이 없는 젊은 세대의 절망, 그리고 이제 식

민지를 옹호하는 세력들이 집권을 다시 했으니 앞날이 더욱 암담하고. "특히 이번에 알다시피 독재자의 딸이 대통령이 되었어요" 하자 안젤름 그륀 신부님이 내 말을 듣고 있다가 "아아, 미스 박!" 하셨다. 나는 "네?" 하다가 나도 모르게 커다란 웃음을 터뜨리고 말았다. 그분으로서는 한국에 그만큼 관심이 있다는 것을 표명하신 것이고(남의 나라, 그것도 독일인의 입장에서 주요 국가가 아닌 나라의 대통령 성을 안다는 것은 대단한 관심의 표현이다), 미스란, 독일어로 여성 이름 앞에 붙이는 '프라우' Frau를 영어로 표현한 것이고, 우리말로 굳이 정의하자면 '아씨' 정도의 존칭인데, 그걸 막상 '미스 박'이라고 들으니 웃음이 나와 버렸다.

인터뷰를 하러 간 것인데 나는 어느덧 내 이야기를 늘어놓고 있었다. 이것 또한 물이 위에서 아래로 흐르는 것처럼 자연스러운 일이라는 것을 나중에야 알게 되었다. 천상의 에너지가 높은 곳에서 낮은 나에게 흘러 들어오니 나에게 있던 더럽고 나쁜 것들이 빠져나가는지도 몰랐다. 마치 흐르는 물에 나를 담그고 있으면 물이 저절로 내 더러움을 씻고 내려가듯이 말이다.

"나는 한국에서 많은 성공을 거두었습니다. 겨우 서른한 살에 평생 먹고살 수도 있을 만큼의 돈도 벌었습니다. 결혼도 했고 아이도 얻었고 명성도 얻었고 저는 젊었습니다. 그런데 … 저는 행복하지 않았습니다. 행복하기는커녕 지옥 속을 헤매고 있었습니다. 막연히 행복의 조건이라고 생각했던 그 모든 것을 다 가지고서야 그 모든 것이 얼마나 부질없는지 지독하게 체험했습니다. 지금 생각하면 그건 지옥이었습니다. 우리가 생각하는 천국의 모든 것이 구비되어 있는 듯이 보이지만 단 한 가지, 거기 하느님이 계시지 않았으니까요. 지금 저는 행복합니다. 날마다 이루 말할 수 없이 감사하는 아침을 맞고 있습니다. 저는 지금 세 번이나 이혼을 했고, 한국이라는 사회에서 그 경력으로 여전히 조롱과 손가락질을 받고 있습니다. 책도 예전처럼 많이 팔리지 않고 아이들은 사춘기의 절정에 이르러 저를 힘들게 합니다. 사람들에게 속아 가진 돈을 거의 다 빼앗기고 이젠 가진 것도 그리 많지 않습니다. 정치적 편 가르기에 휘말려 온갖 비방과 악소문에 시달리고 있습니다. 늙었고 약해졌습니다. 그러나 저는 지금 행복합니다. 달라진 건 단 하나입니다. 여기 하느님이 저와 함께 계심을 알기 때문입니다."

그런 신부님이 물끄러미 나를 바라보고 계셨다. 지금 생각해도 눈시울이 뜨거워질 만큼 인자한 미소와 함께. 그분은 아무 말도 하지 않았지만 모든 것을 말하고 계셨고 아무런 제스처도 언어도 사용하지 않았지만 나의 모든 말을 있는 그대로 수용하고 계셨다. 어떻게 아느냐고 묻지 마시기 바란다. 그저 아는 거다. 당신도 인생의 어떤 지점에서 그 침묵 속의 완전한 수용이라는 것을 느껴 보았을 테니까 말이다. 아니, 아니라면 느껴 보길 간절히 기원한다. 그리고 그 완벽한 소통의 수단은 단 하나, 침묵이라는 것을 나는 이제 안다.

헤어지면서 나는 그에게 정말 감사하다고 말했다. 당신 때문에 내 인생이 바뀌었다고, 그걸 알아주었으면 한다고, 당신은 곧 날 잊겠고 수많은 방문객들에 묻혀 다시는 떠올리지 않겠지만, 나는 당신에게 오직 이 말을 하기 위해 일 년을 기다려 여기까지 왔다고. 그러다가 문득 나는 내 독자들을 기억했다. 그들 하나하나를 솔직히 다 기억하지 못한다. 그런데 그에게 이런 말을 늘어놓다가, 이것이 내가 내 독자들에게서 들었던 바로 그 말들이었다는 것을 깨달았다. 나도 모르게 두 손을 그러쥐고 하느님께 감사를 드렸다. 내가 이렇게 절박해 보지 않았다면, 내가 이렇게 감사를 절절히 드리고 싶은 대상을 가져 보지 않았다면 아마도 나는 내 독자들을 조금은 번거롭게 생각할 수 있었으리라. 나는 작고 마르고 휘날리는 흰 수염과 머리카락을 가진, 산타클로스의 막내 동생처럼 귀여운 눈을 가진 그분과 거기서 작별했다. 세계적인 작가, 전 유럽의 성자답게 그분은 시간 단위로 스케줄을 가지고 계셨다. 물론 그 스케줄 속에는 기도와 침묵의 시간이 필수적으로 들어가 있다.

그날 밤부터 비가 내리기 시작했다. 그러자 이제 좀 독일 같았다. 피정의 집 무인 판매대에서 작은 포도주를 한 병 사 와서 혼자 방에서 그 비를 바라보며 포도주를 마셨다. 호젓하고 행복했다. 인터넷을 열고 내 이름을 치면 내 이름자에 줄줄이 비난의 글들이 달려 나왔지만 나는 이제 안다. 그들이 나를 비난한다고 내가 불행해하는 것은 그들이 나를 칭찬한다

왼쪽 안젤름 그륀 신부님을 찾아오는 수많은 방문객을 맞는 면회실. 이분을 만나기 위해선 최소 한두 해 전에 약속해야 한다고 한다. 하지만 우리에게는 그분의 책이 있다.

고 내가 행복해하는 것만큼이나 허망한 일이라는 것을. 누구나 자기 앞에 놓인 생의 길을 가는 것이다.

하늘에 계신 분의 도움을 받았던 안젤름 그륀 신부님의 도움으로 나도 내 마음속에서 하느님을 찾아낼 수 있었다. 나를 미워하지 않고 나를 잘 돌보는 것, 그것이 내 안에 계시는 하느님에 대한 공경이라 믿게 되었다. 실수를 하고 나면 예전에는 "에잇, 이 바보! 또 이런 실수를 하다니 미쳤어! 넌 정말 구제 불능이야!" 뭐 이런 말을 읊던 버릇도 없앴다. 얼핏 겸손으로 보이는 이 말들이 실은 오만이라는 것도 그륀 신부님 때문에 알게 되었다. 왜냐하면 이런 말의 전제 속에는 '내가 흠 없고 실수하지 않는 사람'이라는 오만이 들어 있으니까 말이다. 오히려 '음, 흠 많은 내가 이런 일을 하다니. 당연해. 주님 저를 불쌍히 여기셔서 제발 이 결점에서 좀 벗어날 수 있게 도와주세요' 하는 것이 겸손이라는 것도 알게 되었다. 아무리 실수를 반복해도, 아니 오히려 '네가 실수투성이, 결점투성이 아이이기에 너를 사랑한단다' 하고 우리를 바라보시는 주님께 우리의 모든 것을 내어 놓고 "주님, 저는 이래요. 그래도 제 주제에 이 정도면 잘했죠? 많이 참았다고요. 애썼다고 칭찬해 주세요" 하는 기도가 겸손인 것도 알았다.

"하루에 한 번 이상 당신의 그림자를 살펴보라. 그러면 당신이 얼마나 악한지 알게 될 것이고, 당신은 당신이 경멸하고 증오하는 악인들과 진배없음을 알게 되면서 저절로 겸손해지고 말 것이다"라는 말은 미사에 잘 참석하고 기도에 빠지지 않을 때 일어나는 나의 오만을 여지없이 뭉그러뜨려 버렸다. 나의 그림자라니! 아, 거기에 온갖 추악이, 범죄가, 흉악스러움과 잔인함이 들어 있었다. 이럴 때 무릎을 꿇고 "오 하느님!" 하지 않을 자는 아마도 없을 것이다.

이 차이는 말장난 몇 개의 일이 아니었다. 이 차이는 내 생을 근본적으로 바꾸어 놓았다. 빅터 프랭클Viktor Frankl의 말대로, 산다는 것은 질문을 받는다는 것, 우리 모두는 대답을 해야 하는 자들이다. 하찮은 것이든 중대한 것이든 모든 결단은 "영원을 위한" 결단이고 말이다. 나는 안젤름 그륀 신부님의 말대로 언제나 나를 비난하여 나로 하여금 자신을 사랑하지 못하게 만드는 그 배심원들을 해고하는 결단을 내렸다. 그것은 '영원'을 위한 결단이었다.

조용한 빗속에서 봄 나무들이 저녁 속으로 부드럽게 젖어 가고 있었다. 언제나 어떤 수도원에 가든 느끼는 것이지만 고요가, 침묵이, 혼자인 것이 행복했다. 아니, 나 혼자서 그분과 다정한 침묵 속에 함께하는 것이.

이장규 신부님과 박지훈 수사님과 산책을 마칠 무렵 종탑 너머 노을이 물들고 있었다. 끝기도를 알리는
종소리가 들려왔다. 천상의 집으로 돌아가야 할 시간인 것 같았다.

독일

퀼른

퀼른 카르디날 슐테 하우스

내가 나를 통제할 수 없는 상황으로 가는 듯한,
내가 이성의 세계를 벗어나는 듯한 두려움도 밀려왔다.
나도 모르게 턱에 힘을 주어 꽉 입술을 깨물며 마음속으로 외쳤다.

"싫어요!"

마리아야, 괜찮다
다 괜찮아

왜관수도원을 취재하러 서울과 왜관을 오가던 무렵, 고진석 신부님께서 특별히 청을 하나 하셨다. 본인이 고정으로 출연하시는 평화방송의 '복음 Talk톡톡' 프로그램에 삼 분만 출연을 부탁한 것이다. 명사나 이런 사람들이 나와서 복음에 대해 자기가 생각한 것을 말하는 시간이라고 했다. "전 말할 게 없어요" 했더니, "그때 우리들하고 식사하며 하신 그 이야기 해 주세요" 하셨다. 나로 말하자면 속으로 약간 놀라웠다. 내가 그 말을 했을 때 좋다고 해 주시는 분도 안 계셨고, 말이 끝난 뒤 코멘트도 없어서 뻘쭘했던 기억이 있었기 때문이다. 말해 놓고 "어, 수도원에서는 이런 일이 너무 많아 그러나" 싶어서 그 뒤로 더 말을 안 했는데 어쨌든 출연을 하기로 한 거고 할 말도 없고 그게 좋다니 그 이야기를 하기로 하고 나는 단상에 올랐다.

2002년이었을 것이다. 나는 그때 함께 살고 있던 가족들과 독일에 가서 일 년을 지내게 되었다. 가는 여정 자체도 너무 힘들었고 가서도 힘든 나날이 계속되었다. 한국에서 친구들은 늘 나를 염려했고 나는 딱 일 년만 정말 일 년만 모든 것을 하느님께 의탁하기로 결심하고 그리로 떠났다. 그곳에서의 체류는 생각보다 힘들었다. 나는 이 난관을 헤어 나올 길을 알지 못했고 그저 하느님만 붙들었다. '주 날개 밑' 가지고는 어림도 없어서 하느님의 바짓가랑이를 죽도록 붙들고 늘어진 것이다. 내가 보기에도 광신도에 가까운 사람이 되었다. 우리 집에 초대된 남편의 후배나 친구들을 접대하고 보통 밤 열두 시에서 한 시 사이에 잠이 들었는데 나는 새벽 다섯 시면 일어나 혼자 기도했다. 평생 처음이었다. 그 시간이 아니면 기도는 물론 혼자 있을 시간도 없었기 때문이다. 네 식구의 세 끼 식사를 도움 없이 혼자 해내고 있었고, 둘째가 초등학교 1학년, 막내가 네 살이었다. 외출할 곳도 없어서 나는 이제 곧 파국이 닥쳐올 것이 분명한 남편과 24시간 동안 한 시간도 떨어지지 않고 한집에 있어야 했다. 사실 힘들다는 것은 몸보다는 마음이 힘들다는 것이다. 너무 힘이 들어, 자주 부엌문을 닫고 미친 여자처럼 주모경을 외웠다. 겨우 겨우 버티고 있는 나날이었다.

그때 내가 대모代母님이라고 부르는 (나는 중학교 3학년 때 첫영성체를 하고 고등학교 1학년 때 견진성사를 받았는데 그때 대모들이 다 사라지고 35년이 되도록 소식이 없다. 그래서 신부님의 허락을 얻어 『수도원기행 1』이 인연이 되어 만난 뒤셀도르프Düsseldorf의 울리케 여사를 대모님으로 부르고 또 그렇게 모시고 있었다. 그분 역시 나를 딸처럼 사랑하셔서 그 많은 대녀들 속에서도 늘 나를 잊지 않으셨다) 분께서 내가 당시에 다니고 있던 베를린 한인 성당 사람들과 함께 '유럽 한인 성령묵상회'라는 곳에 오라는 말씀을 하셨다. 그분은 당시 내 사정을 누구보다 잘 알고 계셨고 날마다 나를 위해 아슬아슬한 마음으로 기도하고 계셨다. 나 혼자 있을 시간이 한 시간도 없는데, 당시 함께 살고 있던 그가 4박 5일을 허락할 리 만무했고 또 분쟁을 일으키기 싫어 나는 의기소침했다. 그러나 그때 울리케 대모는 단호했다.

"간다고 하고 오거라. 그걸로 이혼하자고 하면 헤어지면 되는 거야."

바리사이파라고 내가 놀릴 만큼 보수적인 대모 입에서 이혼이라는 말이 나온 것도 의외였다. 그러자 왠지 나도 이번만은 가고 싶다는 생각이 들었고 웬일인지 순순히 가도 좋다는 허락을 받게 되었다. '성령묵상회'가 무엇인지도 모르는 채, 그저 내가 혼자서 개인의 자격으로 하느님과 함께하는 데 참여하는 것만으로도, 그 사람을 벗어나는 것만으로도 천국이라도 가는 것처럼 기뻤다. 베를린에서 한인 공동체 사람들과 기차를 타고 쾰른으로 출발했다. 가는 길에 나보다 선배인 신앙인들이 여러 가지 충고를 했다. 나는 2000년에 고해를 하고 다시 성당에 나가긴 했지만 미사 외에는 일체의 활동을 하지 않았고 특별히 신심 단체에도 가입하지 않았으므로 그들이 이상한 언어의 은사, 영가靈歌 등을 이야기하는데 나는 뭔지 하나도 알 수 없었고 별로 알고 싶은 생각도 없었다.

그리고 거기 울리케 여사가 기다리고 있었다. 울리케 대모는 나를 위해 특별히 기도했다고 하면서 울먹였다.

그날 저녁, 프로그램이 진행됨에 따라 나는 약간의 충격을 받았다. 늘 조용한 미사와 침묵 속의 기도에만 익숙하던 내게 전자 기타와 트로트풍의 음악, 그리고 노래에 맞춰 하는 율동 등은 심한 거부감을 일으켰다. 나는 언제나처럼 뒷자리에 앉아 있다가 그 자리를 빠져나왔다. 그럴 줄 알았다는 듯 울리케 대모가 나를 잡았다. 나도 준비한 말이 있었다.

"나 이런 분위기 정말 싫어요. 이런 덴 줄 알았으면 안 왔을 거야. 유치원 때도 율동 안 하던 내가 이 나이에 율동할까?"

나를 더 다그쳐 봤자 결국 하지 않을 것임을 아는 대모는 미소를 지으며 말했다.

"알았다, 마리아야. 그래도 가지는 말고 그냥 앉아만 있어. 괜찮아, 그냥 앉아만 있으라고."

그 청까지 거절하기도 뭣했고 또 여기까지 와서 혼자 방에 가서 할 일도 없었다. 나는 하는 수 없이 다시 가서 그냥 앉아만 있었다. 그런데 어느 순간 아래턱이 덜덜 떨려 오는 것이었다. 아까 베를린에서 오던 기차 안에서 자매들이 해 준 말이 떠올랐다.

"만일 아래턱이 덜덜 떨리면 이상한 언어의 은사가 시작되는 거니까 긴장을 풀고 성령께서 인도하시는 대로 하면 돼."

설마 그런 일이 나에게 일어날 거라고는 꿈에도 생각 안 했기에 나는 막상 내 의지와 상관없이 떨려 오는 턱이 사실은 두려웠다. 내가 나를 통제할 수 없는 상황으로 가는 듯한, 내가 이성의 세계를 벗어나는 듯한 두려움도 밀려왔다. 나도 모르게 턱에 힘을 주어 입술을 꽉 깨물며 마음속으로 외쳤다.

"싫어요!"

그러자 거기서 떨리던 턱이 딱 멈추었고 아무 일도 없었다는 듯이 평온해졌다.

그날 밤, 이상하게 잠을 잘 수가 없었다. 이런 비유가 좀 이상할지 모르지만, 마치 내가 사랑하는 약혼자와 여행을 와서 한방을 쓰기로 하고, 막상 방에 들어와서 그가 나를 안으려고 하자 내가 '싫어!' 하고 그를 확 밀쳐 내 버린 듯한, 뭐랄까 미안함, 후회, 같은 것들이 밀려왔다. 게다가 상대는 너무도 선하고 너무도 점잖은, 나를 존중하는 듯한 태도를 지니고 있는 분이었다. 그분은 나를 보며 '그래, 무섭지? 이해한다. 괜찮아' 라는 듯했다. 그게 더 미안했다. 얼마나 무안했을까 하는 느낌이 들었다. 하지만 그런 한편 두려움도 더 커졌다. 그날 밤 그리고 다음 날 내내 나는 기도했다.

"아버지, 두려워하지 않게 해 주세요. 그게 당신 뜻이라면 제가 받아들일 수 있게 해 주세요. 싫다고 하지 않게 해 주세요."

낮 동안의 강의와 미사 등이 끝나고 저녁 식사 후 다시 모였을 때, 자유 기도가 시작되고 불빛이 어둑해졌다. 모두 눈을 감고 옆 사람을 의식하지 말며 자신과 하느님께만 몰두하라는 사회자의 멘트가 있을 무렵, 나는 한 번 더 같은 기도를 드렸다. 그런데 그 기도가 다 끝나기도 전에 세찬 바람이, 내 평생 두 번 다시 못 느낀 정말 세찬 바람이 내 정수리 한가운데로부터 꽂혀 들어와 등골을 타고 쭉 내려와서는 단전 어디쯤에서 유턴을 하더니 휘익 하는 느낌과 함께 내 오른쪽 빗장뼈 쪽으로 빠져나갔다. 세찬 바람을 몸속에서 느껴 보는 것도 처음이었지만 그것이 빗장뼈 쪽으로 빠져나갈 때 나도 모르게 비명을 지를 만큼 통증을 느꼈다. 그 세찬 바람은 단전쯤에서 유턴을 한 후 내 오른쪽 몸을 훑으며 솟구쳐 올랐는데, 내 간이 있는 곳쯤에서 검지만 한 검댕을 하나 파냈고 그것을 품은 채 오른쪽 빗장뼈 쪽으로 빠져나갔던 것이다. 이 모든 일은 1, 2초도 되지 않는 짧은 시간에 일어났는데, 그 손가락만 한 검댕은 마치 타고 타고 또 타서 더 이상 탈 수 없을 만큼 문드러진 (신선하지 않은) 숯덩이 같았고 또 그것을 내 영의 눈으로 보는 순간, 나는 그것의 정체를 알 수 있었다. 그 검댕의 이름은 내가 전남편에게 두고 온 딸에 대한 나의 기억, 내 상처였다.

세찬 바람이 일기 조금 전부터 눈은 눈물을 쏟아 내고 있었다. 그 눈물의 양은 일상에서 우리가 보통 통곡을 할 때 흘리는 눈물의 양과는 비교가 안 될 정도로 많은 양이었다. 그냥 양쪽 눈의 폭만 한 폭포 두 개가 임시로 생겨났다고 생각해도 좋은 그런 양의 눈물이었다. 세찬 바람이 정수리 밖에서 내게 들어차고, 검댕을 보고, 그 검댕의 의미를 깨닫고, 검댕이 내 빗장뼈를 통해 빠져나가고 아파 비명을 지르면서 내 몸은 반쯤 마비되었다. 감각이 선택적으로 느껴졌고 몸은 움직일 수 없었다. 나는 여전히 의자에 앉은 채였는데 옆 사람의 울음, 주변의 소리 등은 다 들을 수 있었지만 움직일 수 없었던 거였다. 그런 와중에도 왜 하필 성령께서는 내게 지금 가장 절박한 문제, 즉 세 번째 이혼을 하느냐 마느냐, 제발 이번만은 내게 행복한 가정을 주십사 하는 내 간절한 비나리를 제쳐 두고 지금은 전혀 절박해 보이지 않는, 두고 왔으나 자상한 아빠 밑에서 잘 크고 있는, 벌써 중학교 3학년이나 된 딸을 거기서 들추어내시는지 얼핏 이해할 수 없었다. 두고 온 딸아이를 기억하고 슬퍼할 만큼 내 처지는 결코 한가하지 않았기 때문이고 다른 사람이 얼핏 보기에도 위험수위에 다다를 정도로 결혼 생활의 파국이 눈앞에 와 있었기 때문이다.

이제 어제처럼, 아니 어제보다 더 턱은 심하게 떨려 왔고 혀는 자연히 꼬이면서 이상한 언어가 터져 나오고 바로 영가까지 이어졌다. 회심하던 무렵 "주여, 어디 계십니까?" 하고 내가 처음 물었을 때 내게 응답하시던 그분의 목소리가 바로 그 자리에서 또렷이 들려왔고 수많은 사랑의 언어가 내게 쏟아졌다. 그리하여 더럽고 죄 많은 한 인간이 너무도 거룩하고 드높은 분을 만나게 될 때 일어나는 모든 전율과 아픔이 온몸을 떨게 만들었다. 그것은 그냥 회개의 상태도 아니고, 그냥 부끄러운 것도 아니고, 그냥 감격도 아니고, 모르겠다. 이 모든 것이 버무려진 것이면서 그 이상의 무엇이었다. 내 죄가 생생하게 느껴졌고 하느님께 너무너무 죄송해서 많이 아팠으며 그분의 사랑이 벅차 다 감당할 수 없는 그런 느낌 (가끔 그때 내가 맛본 것이 짧은 연옥이 아닐까 싶데. 누군가가 말하는 연옥에서의 신음 소리는 그러므로 결코 육체의 것이 아닐 테니까) 그리고 그때 내려진 성령의 은사 그리고 이상한 언어는 그 뒤로도 일 년 정도 내게 '아주'라고 할 정도로 강하게 머물렀다. 물론 강도는 많이 약해졌지만 아직도 그러하다.

그 성령묵상회에서는 어느 때보다 많은 기적과 치유들이 일어나 성령묵상회가 끝날 무렵에 사람들은 몹시 들뜬 분위기였다. 나 역시 이것 외에도 크고 작은 체험들을 아주 많이 했고 하느님 계심을 육체로 느끼는 시간을 보냈다. 사흘째 되는 날은 거울을 보니 얼굴이 터질 듯 하얗게 빛나고 있었다.

모든 일정이 끝나고 우리 일행 몇 명은 가까운 뒤셀도르프의 울리케 대모 집으로 갔다. 극적으로 은사를 받은 나를 축하해 주고 또 서로 성령묵상회에서 얻은 이상한 체험과 치유를 이야기하며 즐겁게 음식과 술을 나누었다. 그때 사람들의 체험담이 격앙되어 가자 이상하게도 내 마음속으로 알 수 없는 저항감이 느껴졌다. 내게 오래전부터 내재해 있던 투덜이 기질 같은 게 발동한 것이었다. 그래서 사람들이 들떠 이런 신비를 느끼고 저런 신비를 느끼고 하는 말을 다 하기도 전에 냉정히 말을 잘랐다.

"그런 기적은요, 서울 가면 무당들도 다 해요!"

갑자기 실내가 조용해졌다. 나도 모르게 말을 해 놓고 '내가 이래서 미움을 받고 왕따를 당하지' 하는 생각을 했다. 하지만 생각은 생각이고 이미 싸늘한 눈빛들이 나를 향하고 있었다. 보충 설명을 요구하는 눈빛이었다.

"그러니까, 제가 냉담 중에 굿을 해 봐서 아는데요. 무당이 한겨울에 백 킬로그램도 넘는 돼지 잡은 걸 가져오니까 단번에 삼지창으로 탁 찍어서 거꾸로 세우니까 그게 탁 서더라고요. 전 그때 이건 인간의 힘이 아니라는 것을 느꼈어요. 그것도 일종의 기적이잖아요."

그러자 그중의 하나가 대답했다.

"그건 일종의 훈련이 아닐까? 비율로 찍어서 균형을 연습해 가지고."

이럴 때 '그렇죠, 뭐 그럴 수도 있지요' 하면 이야기는 거기서 끝날 수도 있었을 것이다. 그런데 또 나는 말해 버리고 말았다.

"그게 연습한다고 되면 그렇게 많은 돈을 신 내린 무당에게 주겠어요? 게다가 맨발로 작두를 타는데, 무당이 거기 오르기 전에 내가 만져 보니 종이가 쓱쓱 베이게 시퍼러니 날이 갈려 있었어요. 아직 신이 오기 전에 무당도 그걸 보는데 무서워하더라고요. 그러더니 눈이 휙 돌아가고 나니까 나비처럼 거기에 올라요. 그건 인간의 힘이 아니죠."

이제 술맛은 다 떨어지고 성령묵상회의 뜨거운 가슴은 내가 신통하다고 주장하는 미아리 무당 때문에 찬물이 끼얹혀 버렸다. 나는 성령묵상회에서 은혜받은 사람들에게 나타난 시기심 많은 마귀 같았다. 나도 왜 상황이 이렇게 흘러가는 건지 알 수 없었지만 그렇다고 '아니에요. 그래요. 아, 내가 지금 무슨 소릴 하는 거야. 맞아, 맞아. 우리 성령님이 최고세요. 다른 건 다 속임수예요' 이럴 수는 없었다. 내가 요지부동이자 여덟 명쯤 되는 그 무리에서 슬슬 이탈자가 생겨나 내게로 투항해 오는 듯했다.

"맞아, 마리아 씨 말이 일리가 있어. 나도 재작년엔가 인도를 여행하는데 힌두교 수행자들이 창으로 배를 관통시키고 그러는데 피 한 방울 안 나오더라고. 그것도 분명 이적異跡은 이적이지."

그러자 아직도 성령의 열기에 미련을 가진 사람 중 한 사람이 "글쎄, 그것도 다 속임수라니까 참"이라며 화를 버럭 냈다.

잠시 나에게 동조하려던 사람이 '뭐 그럴 수도 있고' 하며 나에게 동조하려던 시도를 슬그머니 거두어들였다. 이젠 노골적으로 싸늘한 시선들이 내게로 쏠렸다. 그리고 그들이 물었다.

"이번에 마리아 씨 보니까 큰 은혜를 받았던데 그러고도 그런 소리 하는 거 보니 이상하네. 그래, 그런 자네는 여기 왜 왔어? 다른 데서도 다 기적 일으키는데 다른 데 가지 왜 하필 여길 왔냐고?"

뭐 사실이 그렇다는 것이지 내가 하느님을 부정하는 것도 아니고 너무 몰아세운다 싶어 말문이 막혔다. 잠시 더듬더니 나도 모르게 이렇게 말하고 있었다.

"왜냐하면 그건 … 그 신들은 저를 사랑하지 않으니까요. 저를 위해 돌아가신 분은 그리스도 한 분뿐이니까요."

내가 말해 놓고 나도, 듣는 사람들도 모두 순간 멈칫했다. 내 마음속으로 '아아 이상한 언어를 해서가 아니라, 영가를 부르게 되서가 아니라, 세찬 바람을 느껴서가 아니라, 내가 이 말을 하는 걸 보니 정말 성령께서 내게 오셔서 함께하시는구나'라는 걸 느꼈다.

그렇게 나도 모르게 뱉어 버린 그 고백을 가지고 나는 오래도록 묵상했다. 왜 이천 년 동안 교회는 화사하게 부활하신 예수님이 아니라 헐벗은 채 죽음을 당하는 우중충하고 잔인한 십자가를 성당 앞에 모셨는지. 그러고 보니 이집트에서 탈출할 때 파라오의 무당들도 이적을 일으켰다. 그게 중요한 것이 아니었다. 나는 그때 내게 다가왔던 이적의 의미를 하느님께서 내게 다시 한 번 자리매김하신다는 것을 알았다. 그래, 기적이 그 자체로 중요한 게 아니었다. 그분께서 나를 위해 목숨까지 바치실 정도로 사랑하신다는 거, 내가 그런 존재라는 거, 그분과 나의 관계가 그런 거라는 거, 그게 우리 그리스도교의 핵심이라는 거, 이제 너도 나가 '벗을 위해 네 목숨까지 내놓으라는 거' 그거였다.

그 후로 울리케 대모는 내가 어려울 때마다 내 신앙의 길잡이가 되어 정말로 어머니의 역할을 해 주었다. 나는 그 이후에도 대모의 주선으로 그녀가 꾸린 순례단을 따라 여러 순례지를 방문할 수 있었다. "뭐 이런 데 간다고 바로 기적이 일어나는 것도 아니잖아" 투덜거리면서도 대모가 가자고 하면 나는 대개는 따라나섰다. 모르겠다. 알 수 없는 그 공기와 음식,

그 기도에 힘입어 나는 치유되어 가고 있었다.

한번은 보스니아헤르체고비나의 메주고리예Medugorje라는 곳에 간 일이 있었다. 스플리트Split 공항에서 내려 아드리아해를 따라 두 시간 정도 달리면 메주고리예가 나온다. 그런데 그때 일행 중 한 명이 비자에 문제가 있어서 어쩌면 입국을 하지 못할 수도 있게 되었다. 다른 일도 아니고 비자를 누가 어떻게 할 수 있겠는가. 그분은 우리에게 미안하다고 하면서 자기는 그냥 스플리트 해안에서 기도하고 있겠으니 다른 분들은 다녀오시라 말했다. 혹시라도 자신 때문에 우리 모두의 입국이 거절될 수도 있다는 염려 때문이었다. 당시 보스니아가 선거를 치르고 막 공산 정권이 새로 들어서서 메주고리예 관광객, 특히 한국인들을 탐탁지 않게 여기는 분위기가 분명 있었다.

그때 대모는 결연하게 "모든 걸 하느님께 맡깁시다. 그리고 성모님의 도움을 청합시다" 하더니 어딘가로 전화를 걸었다.

"지금 이러저러하니 알겠지? 모두에게 연락하거라. 자, 굴려라!"

마산 출신이라 아직도 경상도 사투리가 남은 목소리로 "자, 굴려라!" 하는 소리에 의아한 내가 물어보니 "뭘 굴리긴 뭘 굴리냐? 전 세계의 내 대녀들에게 지금 연락이 되는 대로 다 연락해서 지금 당장 우리 순례자들을 위해 묵주기도를 바치라 했다. 성모님께 의탁하는 수밖에."

가끔 뭐랄까, 너무 단순한 신앙, 나는 너무 샤머니즘적이라 비판하고 대모는 '오서독스'orthodox (정통 신앙)라 우기는 그녀의 방식 때문에 우리는 가끔 불화했지만, 이 순간, 일행 중 한 명이 입국을 거절당할 수 있는 상황에서 단순한 믿음으로 "굴려라!" 하는 대모를 보니 뭐라 말할 수 없는 감동 같은 게 밀려왔다. 그리고 평소 같았으면 차를 타고 가는 도중 "다 같이 묵주기도 바치자" 하면 혼자서 "싫어, 난 다 같이 중얼중얼 기도하는 거 정말 싫어" 하던 내가 그날은 말없이 대모의 지시에 따라 묵주를 들었다. 물론 우리는 무사히 입국했다. 기적 같은 일이었다. 그리고 그 순례 중 대모와 나는 성모님의 작은 기적을 함께 목격하며 만났고 나는 극심했던 비행공포증을 그 자리에서 치유받았다.

나는 어떤 때는 일 년에 두 번, 길면 이 년에 한 번은 대모님 댁을 방문했고 혹은 대모님이 한국에 오셨다. 우리는 함께 벨기에의 바뇌Banneux, 포르투갈의 파티마, 터키, 메주고리예, 멕시코의 과달루페 그리고 일본 아키다를 순례했다. 우리는 정말 모녀처럼 자주 다투었고 삐쳐서 몇 달 동안 연락을 하지 않은 적도 있지만, 정말 어머니처럼 대모가 나를 위해 기도하지 않는 날이 없다는 것을 알고 있었다. 나 또한 철부지 딸처럼 어려운 문제만 생기면 쪼르르 국제전화를 걸어 기도를 부탁했다. 대모는 혼잣말처럼 늘 말하곤 했다.

"내 소원은 단 하나, 하느님께 돌아가는 그날까지 하느님의 심부름을 하다 죽는 것이다."

그즈음 그런데 나는 대모의 와병 소식을 전해 들었다. 암이 발견된 것이다. 수술을 앞둔 며칠 전 국제전화로 우리는 오래 통화했다. 나는 대모에게 이제 이번 수술을 받고 나서 조금 쉬시라고 했다. 아드님이 독일 대학 병원의 원장이신 대모는 그러나 그것을 거부하는 모양이었다. 그러고는 내게 말했다.

"마리아야, 내 나이가 칠십이 넘었다. 내가 수술하고 요양하면 그래, 조금 더 살 수는 있겠지. 그런데 너는 내가 하느님 일 하다가 일이 년 빨리 죽는 게 나으냐, 누워서 몇 년 더 사는 게 나으냐?"

솔직히 말문이 막혔다. 그리고 그녀의 심정이 참으로 이해가 갔다. 바로 이런 점 때문에 내가 그녀를 좋아하기도 하는 거였다. 큰 수술을 앞두고 있었으므로 내가 울먹이며, "대모님, 미안해. 예전에 막 대들고, 사람들 앞에서 이런 거 싫고 저런 것도 싫다 하고 망신 준 거 미안해" 하자 대모가 아무 말도 안 했다. 아직도 그게 서운하긴 한 모양이었다. 대모가 입을 열었다.

"마리아야, 내가 결점도 많고 실수도 많은 사람이고 하느님 보시기에 어떨지 모르나 한 가지만은 말할 수 있다. 나는 주님의 일이라면 어떤 모욕도 달게 받았고, 주님을 위해서라면 어떤 욕을 먹는 것도 두려워하지 않았다."

순간 내가 싫어했던 대모의 여러 가지 면모들이 (그리고 곰곰이 생각해 본다 해도 그건 지금도 여전히 싫다) 대모의 입장에서 그렇게 할 수 있는 일들이었다는 게 이해가 되었다. 그리고 지금 한 대모의 말이 그녀의 일생을 통틀어 진실이라는 것도 전달되었다. 나는 대모에게 뭐라 위로의 말을 하고 싶어, 수술 경과가 좋으면 이번 가을 독일로 가서 대모님도 뵙고 성령묵상회에 일부러 참석하겠다고 말했다. 대모는 기뻐했다.

그리하여 『높고 푸른 사다리』 연재 말미, 밥 먹는 시간도 애가 탈 만큼 안타까운 시간에 나는 독일을 방문하게 되었다. 딱 11년 전 내가 처음 성령의 은사를 받던 그 자리에 말이다. 그리하여 며칠 동안 밤을 새워 연재의 마침표를 찍어 놓고 나는 독일 쾰른으로 떠났다.

2002년 이후 가끔씩 성령묵상회나 순례길에 동행하곤 했으므로 그리운 얼굴들이 그곳엔 늘 있었다. 내가 도착한 날, 대모는 예전보다 많이 힘없는 얼굴로, 그러나 맑아진 얼굴로 나를 반겨 주었다.

그리고 거기에 또 한 사람의 그리운 얼굴이 있었다. 스위스에서 온 소피아 언니였다.

그녀를 처음 만난 것은 터키 순례 때였다. 함부르크 성당 이제민 신부님께서 주최하시는 순례에 나도 참가했는데 거기서 스위스에서 온 소피아 언니를 만나게 되었다. 젊은 사람이 별로 없는데 우리는 사십대 초반이었고 성격도 비슷해서 보름 정도의 순례 기간 동안 금방 친해지게 되었다. 소피아 언니는 내 주변에서 흔히 보는 '부르주아'의 전형적인 삶을 사는 사람이었다. 유복한 가정에서 태어났고 진취적이었고 그러다가 스위스인 남편을 만났고 아들 둘을 낳았다. 이런 타입의 사람들은 이상하게(?) 남편들이 아주 착했고 아내가 하자는 것은 다 따라 주었다. 아이들은 유순했고

카르디날 슐테 하우스 안뜰. 아침에 창을 열고 내다보면 젖소 몇 마리도 보인다. 우리가 아침마다 먹는 우유를 주는 고마운 소들이다.

돈은 모자라지 않는데 본인은 검소했다. 거기에 온 집안이 독실한 가톨릭 집안이어서 어머니는 성경 필사를 하고 자식들을 위해 기도했다. 이제 남은 일은 신앙심을 좀 더 키워 평화와 안식을 얻으면 되는 거였다.

그렇게 터키 순례를 끝내고 한국으로 와서 내가 『우리들의 행복한 시간』을 집필하고 있던 2005년 무렵이었다. 내가 이 일을 기억하는 것은 이 소설을 쓰는 몇 달 동안 딱 두 번 외출을 했는데 그 한 번이 한국을 방문한 이 언니를 만나는 일이었기 때문이다. 저녁이면 시간이 길어질 것 같아서 점심을 먹자고 내가 제의했다. 일식집에서 밥을 먹고 차를 마시러 갔다. 언니는 그때 왜관수도원에서 피정을 하고 오는 길이라고 하면서 이런 말을 했다.

"이상해, 요즘 왜 이렇게 피정을 다니나 몰라. 가도 또 가고 싶어. 내가 왜 이렇게 하느님을 알고 싶어 하는지 몰라. 깊이 알고 싶어, 그분을."

언제나처럼 언니는 유쾌했다. 나는 문득 말했다.

"언니, 그건 그냥은 안 돼. 고통을 겪어야 알게 되는 거야. 십자가 없이 어떻게 그분을 알겠어?"

참 이상하다. 그 순간 고개를 숙이고 케이크를 먹던 언니가 고개를 들어 나를 보았는데 그 장면이 그 순간에도 고속 촬영이라도 한 것처럼 느리게 느껴졌다. 그리고 내 가슴이 그 순간 철렁했다. (나중에서야 이 의미를 알게 되고 언니에게 이 느낌을 털어놓았는데 언니 역시 그랬다고 했다. 내가 하는 그 말을 들었을 때 시간이 아주 다르게 흘렀다고.)

언니는 이틀 후 스위스로 돌아갔다. 그리고 그 다음 날 나는 전화 한 통을 받았다. 언니의 둘째 아들, 열네 살짜리 아들이 정말 이해할 수 없이 어처구니없는 사고로 죽었다는 것이었다. 그 순간 내 머릿속으로 고속 촬영이라도 한 듯 느리게 지나가던 그 장면이 떠올랐다. 미칠 것 같았다. 고통을 겪어야 하느님을 안다고 말한 나의 경솔함도 떠올라 자책이 되었다. 엄마가 되고 나서 이 세상에서 제일 큰 고통은 자식을 먼저 떠나보내는 부모의 마음인 것을 알기에 언니의 마음을 헤아리기에도 끔찍했다.

나는 그 후에 감히 어떻게 지내느냐는 전화조차 할 수 없었다. 나의 경우 고통이 극심할 때 누군가 물어 오는 안부 전화도 고문 같았기 때문이다. 하지만 여기저기서 언니가 놀랍게도 잘 이겨 내고 있다는 소식을 들었다. 그리고 가끔 유럽에 갈 때나 한국에서 그녀를 보았다. 그녀는 깊은 슬픔이 밴 얼굴로 그러나 언제나 웃고 있었다. 그리고 그녀가 정말 변하고 있다는 것을 나는 느끼고 있었다. 그러나 나는 아직도 그녀와 고통의 핵심에 대해서는 이야기를 나누지 않았다.

우리는 쾰른 외곽에 있는 카르디날 슐테 하우스^{Kardinal Schulte Haus} 피정의 집에서 다시 만나 오랜만에 긴 대화를 나누었다.

"어디서부터 설명을 할까? 그래, 이것부터 할까? 아이가 죽던 날도 나는 피정을 했어. 한국에서 그렇게 피정을 하고 와서 또 한 거야. 생각해 보면 하느님께서 날 준비시키신 게 아닌가 싶기도 하고. 스위스에서 피정이 끝나는 무렵에 (하루 피정이었으니 저녁 무렵이었지) 신부님께서 그런 말씀을 하시더구나. 개인적으로 우리는 그분을 체험해야 합니다. 그래야 한 단계 그분과 더 깊은 친교를 나눌 수 있습니다. 그때 나는 기도했어. 하느님, 그러고 싶어요. 모든 것을 다 지불해서라도 그러고 싶어요. 그 시간에 아이가 죽었어."

나도 모르게 입에서 짧은 비명이 나왔다. 이제 거의 십 년이 다 되어가는 일이나 언니에게도 나에게도 그 순간은 선명하게 되살아났다. 이야기를 하면서 소피아 언니는 담담했다. 울고 있는 쪽은 나였다.

"장례식 내내 이상했어. 어떻게 설명할 수 있을까? 머리로는 미칠 것 같고 이해할 수 없고 당연히 슬픈데 누군가 나를 꽉 잡고 있는 듯한. 그걸 평화라고 할 수 있을까? 그래, 그건 평화였어. 바오로 사도가 말한, 인간이 줄 수 없는 그 평화. 사람들이 의아해했지. 하지만 평화로웠어. 설명할 수 없지만 그런 걸 어떡해."

언니는 다시 미소를 지었다. 물론 이제 나도 그 마음 한 자락을 안다. 이해할 수 있다. 신앙이 없을 때 무슨 일이 일어나면 해일이 일 듯 다 뒤집어지던 바다는 신앙이 더해 갈수록 파도가 표면 위로 올라갔고 약해졌다. 이제는 표면에 잔파도만 친다. 바닷속은 고요하다. 이해할 수 없겠지만 그렇다. 잔파도야 늘 있지만 말이다.

"너도 알다시피 애 아빠는 개신교 신자야. 스위스에서 개신교 신자라는 것은 우리로 치면 한국의 성인 남자가 '아, 종교요? 잘 모르지만 불교예요. 할머니와 어머니가 절에 다니시거든요', 이러는 것과 같아. 내가 그토록 성당에 가자고 해도 가지 않던 그 사람, 내가 가톨릭 세례를 받자고 하면 '소피아, 난 다 좋은데 그깟 밀떡 가지고 난리 치는 거 정말 싫어. 이해할 수 없어' 하던 사람이 장례식에서 신부님이 주시는 성체를 그냥 영하더라고. 놀랐지만 개신교 세례라도 어쨌든 그리스도교 세례를 받은 사람이고 때가 때이니만큼 신부님께서 그럴 수도 있겠다 싶어 그냥 넘어갔어.

아이가 죽은 후 우리 부부는 말이 없어져 갔어. 알잖아, 두 사람의 그 침묵. 그 무렵 내가 독일 남부 뮌헨 부근에 알트외팅Altötting이라는 성모 발현지로 기도를 하러 떠나겠다고 했어. 집에 있으니 힘들었거든. 그러자 웬일인지 그도 따라나섰지. 알트외팅에는 검은 성모님이 계셔. 원래는 흰 성모님이었는데 가난한 그 동네의 농부들이 하도 촛불을 켜고 기도해서 그 그을음으로 새카맣게 되신 성모님이 계시는 곳 말이야.

그곳에서 기도하는데 남편이 안 일어나더라고. 보통은 당연히 내가 더 오래 앉아 있는데 말야. 나 혼자 나와 서성이는데 남편이 나왔어. 얼굴이 눈물범벅이더라고. 죽은 애 생각했나 싶어 나도 울컥하는데 남편이 내 손을 잡더니 '소피아, 나 예수님 만났어. 당장 가서 가톨릭 세례를 받겠어' 하는 거야. 그날 기도 중에 예수님을 만났다나. 예수님을 만난 순간 남편이 자기도 모르게 '잘못했습니다. 제가 가톨릭 세례도 받지 않고 영성체를 했습니다' 했대. 그랬더니 예수님께서, 남편은 그때를 이야기하면서, 어떻게 더는 인자할 수 없는, 더는 자비로울 수 없는 표정과 목소리라고 했어. 그이에게 말씀하셨다는 거야. '괜찮다. 너의 슬픔을 보고 내가 참으로 네게 가고 싶어 내가 신부에게 특별히 부탁한 거란다. 네 속에 들어가 너를 위로해 주고 싶었다. 네 슬픔과 함께 있고 싶었다' 하시더라는 거야."

언니의 이야기는 이어졌다. 마치 다시 성령을 받은 것처럼 내 눈에서 또 눈물이 쏟아져 내렸다. (나는 마리아 막달레나가 눈물로 예수님의 발을 적시고 머리카락으로 닦고, 향유를 발라 드렸다는 말을 이해한다. 주님 앞에서 흘린 눈물이 이제 큰 양동이 하나는 제법 채워 주님 발 정도가 아니라 간단한 샤워도 하실 수 있을 것 같다.) 나는 '많이 용서받은' 사람이기 때문일 것이다. 그럴 때 나는 거꾸로 '오, 복된 죄여!' 싶다. 내가 죄짓지 않았다면 그렇게 많이 용서받지 못했을 거고, 그렇다면 정말 가슴이 '저민다'라고밖에 표현할 수 없는 그 눈물을 흘려 보지 못했을 수도 있으니까. 그리고 그 이후로 영성체를 할 때 나는 언니의 이 이야기를 늘 떠올린다. 그분께서 나와 함께 있고자 원하시기에 오신다는 것을.

소피아 언니도 울면서 이야기를 계속했다.

"그러고 돌아와 남편은 바로 세례를 받았지. 그 기념으로 어딜 갈까 하는데 우리 둘 다 당연히 메주고리예로 가자고 했어. 실은 그 애가 죽기 일 년 전, 우리 네 가족이 거길 갔었거든. 가자고 간 건 아니었어. 그해에 남편이 아드리아해 쪽으로 휴가를 가자고 했는데 내가 그냥 휴가는 싫다고 갈 거면 메주고리예도 일정에 넣어 달라 했지. 그래서 우리 네 식구는 처음이자 마지막으로 메주고리예 순례를 간 거야. 나는 우리 애가 죽기 전에 그래도 거기서 기도했다는 것이 한 가닥 위안이었기에 그곳에 다시 가고 싶었어. 그래서 이제 남편과 나는 둘이만 그리로 떠났지. 그리고 이왕이면 작년에 우리가 묵었던 그 호텔로 가자고 해서 그리로 갔어. 그런데 프런트에서 방 열쇠를 받아드는 순간 우리 두 사람은 전율했어. 글쎄, 우리가 작년에 처음이자 마지막으로 네 식구가 썼던 바로 그 방을 배정받았어. 그 숫자를 보는 순간 우리는 이 모든 일에 그분이 함께 계시다는 것을 알았지. 그리고 그날 밤, 남편이 죽은 아이를 만난 거야."

"뭐라고?"

울다 말고 내가 물었다.

"그래, 마리아 너도 놀라는구나. 그래 만났대. 나는 믿어."

그로부터 일 년이 지난 후 이 책을 쓰기 위해 나는 언니에게 전화를 걸었다.

"언니, 그 이야기 써도 돼? 세월호 엄마들을 위해 언니 이야기 꼭 쓰고 싶어."

소피아 언니는 멀리 있었지만 이 모든 것을 알고 있었기에 잠시 망설이다가 대답했다.

"그래, 참 신기하구나. 사람들이 나보고 우리 아이 죽은 후에 겪은 일을 다 쓰라고 그래도 내가 웬일인지 망설이며 쓰지 않았는데 만일 이게 너의 손으로 알려진다면 …. 그래, 이게 하느님의 뜻인가 보다. 써! 마리아, 도움이 된다면 얼마든지 써."

이제 다시 그 시간으로 돌아가자. 나는 '내세에 대해, 혹은 사후에 대해 정말 믿으세요?' 하는 질문에 잘 대답하지 못했다. 하느님께서 이토록 사랑을 부어 주신 나라는 존재를 '죽으면 끝!' 하고 없애 버리진 않으시겠지 하고 믿어 왔지만, 그리고 교리에 의해 영원한 삶을 믿는다고 하지만 잘 모르겠다. 솔직히 그렇다. 다만, 내가 죽어 보았더니 모든 게 끝났더라도 내가 살아 하느님을 믿고 내 영혼이 영원히 살 거라고 믿으면서 산 것은 절대 후회하지 않을 거라는 확신은 갖고 있었다. 그로 인해, 내 삶이 참으로 풍성하고 자유로웠기 때문이다. 그런데 나는 내 주변에서 처음으로 사후 세계에 대한 간증을 언니를 통해 듣게 되었던 것이다.

메주고리예, 순례객들로 발 디딜 틈 없는 성모 발현지에서 두 사람은 아주 작은 경당에 들어가 밤새워 기도를 했다. 그곳은 지난번 온 가족이 왔을 때 죽은 아이와 함께 기도하던 곳이기도 했다.

기도를 마치고 고개를 들어 보니 남편은 아직 자리에 앉아 기도 중이었다. 얼핏 졸고 있는 것 같기도 했다. 언니는 먼저 경당을 나와 근처를 산책했다. 그리고 잠시 후 달덩이처럼 환히 빛나는 남편을 만났다. 남편은 그녀를 보자마자 더 할 수 없이 기쁨에 찬 포옹을 했다. 그리고 말했다.

"소피아, 나 아이를 만났어. 아이가 내게 왔어!"

소피아 언니 자신도 그때는 그 말을 도무지 알아들을 수가 없었다고 했다. 남편이 말을 이어 갔다.

"아이는 그 모습 그대로 빛으로 왔어. 그리고 내게 말했어. 아빠, 슬퍼

하지 마. 난 얼마나 행복한지 몰라. 울지 마, 아빠. 우리의 생은 여기서 끝나는 게 아니야. 우린 다시 만나게 될 거야. 아마 우리 식구 중에서 아빠가 제일 먼저 내가 있는 곳에 올 거야. 아빠, 어떤 경우에도 슬퍼하지 마. 이제 아빠가 하느님을 만나고, 또 이렇게 기도를 하니 나는 정말 기뻐."

아이는 거기서 한 시간 이상을 머물며 이야기를 나누다 갔다고 했다.

"마리아야, 무엇이 두렵겠니. 아이는 죽어 자기가 그토록 사랑하는 아빠를 하느님께 인도했어. 그리고 우리는 다시 만날 거야."

나는 소피아 언니의 이야기를 기억하며 세월호 사건을 바라보려 애썼다. 듣는 것만으로도 고통스러운 아이들의 죽음을 두고 너무 힘들어서 생각해 낸 것이 나중에 딸이 들려준 익사할 뻔했던 경험이었다. 다섯 살 무렵이었던가, 딸은 자기 아빠와 함께 미국 로스앤젤레스의 한 수영장에서 놀고 있다가 물에 빠지게 되었다고 했다. 한번 쪼르르 내려가 물을 먹고 다시 솟아올라 아빠를 불렀지만 다시 빠졌고, 두 번째 솟아올라 아빠를 불렀지만 대답이 없어 세 번째 빠지면서 내려가는데 엄청난 물을 먹었다고 했다. 어린 마음에도 죽는구나 싶었는데 어느 순간 눈앞이 환해지면서 갑자기 숨쉬기가 편안해졌다는 것이었다. 그리고 다음 순간 뒷덜미를 잡아채는 아빠의 손길을 느꼈다는 것이다.

예전에 그 말을 들으며 내가 "아빠가 건져 주었으니까 편안했던 거 아니야?" 하고 묻자, 아이는 "아니야, 아빠가 건져 낸 다음부터는 토하고 기침하고 난리 피웠어. 엄마, 나 나중에 생각해 보니까 그 빛 그게 하느님이 아니셨나 싶어."

유족들은 얼마나 더 고통스러웠을까마는 나라도 혼자 위로하자고 이런 생각을 하고 있는데 딸에게 전화가 왔다.

"엄마, 오늘 우리 성당 미사에서 신부님이 바로 며칠 전 일어난 세월호 사건을 언급하시면서 '이 세상이 끝이 아니라 저세상이 있다는 믿음이 있는 우리 신앙인들에게는 어쩌면 죽는 것도 꼭 나쁜 일만은 아닐 수도 있습니다' 이러시는 거야. 사람들이 순간 너무하는 거 아니냐고 수군수군했어. 나도 너무하시다 생각하는데 그 신부님 말씀이 '방금 하나뿐인 제 조카가 그 배에 타고 있었다는 연락을 받았습니다. 신부님이 되고 싶어 하던 아이였습니다' 이러시는 거야" 하며 딸이 엉엉 울었다.

내 가슴이 팍 메어 왔다. 이제는 나뿐이 아니라 우리 딸이 이 사건에서 받았을 상처도 위로해 주고 싶었다. 내가 말했다.

"위녕, 엄마가 생각해 봤는데, 할머니가 엄마 낳을 때 엄청 난산이셨대. 시간도 오래 걸리고 죽을 뻔하셨대. 그런데 거꾸로 말이야, 아기였던 엄마도 얼마나 힘들었겠니. 편안한 자궁을 나와 좁은 산도産道 안에서 몇 시간을 고통스러웠을 거 아니야. 그렇게 오래 고통을 겪고 태어나면 사람들이 기뻐하잖아. 난산의 시간을 생각하며 울지는 않잖아. 만일 하늘나라도 그렇게 가는 거라면 순산이 있고 난산이 있겠지. 그 친구들 난산 끝에 하늘나라에 태어났다고 생각하면 어떨까? 그냥 이건 순전히 내 생각이야."

그러자 딸은 세월호 소식을 듣고 힘들 때마다 내 말을 생각하며 기도했다고 했다. 그리고 또 얼결에 말해 놓고 나도 나 혼자 그냥 조금은 위안을 받았다.

이야기를 마치고 소피아 언니와 나는 피정의 집 한가운데 있는 성당으로 갔다. 성당은 에디트 슈타인 기념 성당이었다.

에디트 슈타인Edith Stein은 에드문트 후설Edmund Husserl의 제자로서 철학자였다. 그녀는 유대인으로서 가톨릭으로 개종하고 난 후 수녀원에 입회한다. 그리고 나치에 의해 수용소에 끌려가 거기서 사망했고 후에 성녀로 추대되었다.

"어떤 의미에서 신앙이란 자기 자신의 유한하고 불확실한 지식을 초월하려는 정신의 개방이다" 라는 그녀의 말을 나는 그 성당에서 한 번 더 되새겼다. '정신의 개방.' 그래, 프란치스코 교황도 그런 말씀을 하셨다.

신자는 교만하지 않습니다. 오히려 진리가 그를 겸손하게 합니다. 그가 진리를 소유하는 게 아니라, 진리가 그에게 입을 맞추고 그를 소유한다는 것을 알기 때문입니다. 확고한 신앙은 그를 경직시키는 대신 그로 하여금 언제든 훌훌 털고 일어나 다른 사람을 존중하고 그들과 대화를 나눌 수있게 합니다. 예수는 자기를 거절한 사람들을 상대로 승리를 거두기 위해 부활한 것이 아니라 하느님의 사랑이 죽음보다 더 크다는 것, 하느님의 용서가 모든 죄보다 더 크다는 것, 그리고 이 무한한 축복을 증거하는 데 자기 삶을 바쳐 볼 가치가 충분하다는 것을 만천하에 알리기 위해 부활한 것이기 때문입니다. 그리스도교 신앙의 요체도 여기에 있습니다. 예수는 자기의 생명을 희생하여 우리 모두에게 사랑의 길을 열어 주기 위해 온 하느님의 아들입니다.

- 『무신론자에게 보내는 교황의 편지』 중에서

에디트 슈타인 성당은 감옥과 수용소의 콘셉트로 지어져 있었다. 나는 자신들이 죽인 유대인 출신 성녀를 기리고, 자신들이 만든 감옥을 다시 한번 지어 과거를 회개하는 독일 가톨릭에 감동했다. 그들은 유대인 성녀에게 자신을 열었고, 수치스럽고 기억조차 하고 싶지 않은 과거의 자신들의 죄에 자신을 열었으며, 세상에서 모여들 피정객들에게 자신들의 치부를 개방한 것이었다. 그리고 성령으로 열어젖혀진 치부는 이제 성스럽고 아름다워진다. 우리는 거기서 무릎을 꿇고 각자 침묵 중에 기도했다.

"이번 피정 끝나고 우리 부부 이탈리아로 가. 베네딕도 성인의 발자취를 찾으러. 우리 부부는 새해 첫 미사를 마친 후 병 속에 우리가 좋아하는 성인의 이름을 쓴 쪽지를 잔뜩 넣고 제비를 뽑아 그해를 그 성인을 위해 바치지. 그런데 올해는 베네딕도의 해가 되었어!"

소피아 언니와 나는 성당을 나와 피정의 집 뜰을 걸으며 말했다.

"언니, 정말 멋진 이벤트다."

내가 웃자 언니도 따라 웃었는데 평화롭고 행복해 보였다. 그러고 나서 잠시 후 언니는 나의 안부를 물었다. 나와 나의 세 아이에 대해. 처음 소피아 언니를 만났을 때 언니는 내게 똑같은 것을 물었었다. 그때 나를 바라보는 그녀의 목소리에는 신기한 종족을 바라보는 호기심 같은 것이 분명 있었다. 한두 번 겪는 일이 아니라서 별로 기분이 나쁘지 않았고 또 실제로 소피아 언니에게는 유복하게 인생을 살아온 사람들 특유의 순진하고 단순한 호기심이 있었기에 나는 별로 상처받지는 않았다. 그런데 이제 똑같은 질문을 하는 그녀의 표정에는 깊은 연민이 서려 있었다. 더 묻지 않고 배려해 주고 싶은 동족으로서의 깊은 연대감 같은 것이 서려 있었다. 그 동족의 이름은 고통이었다.

불행한 사건이 우리를 어느 정도 괴롭히기는 하지만 과거에 그랬던 것처럼 그것이 과장되지는 않는다. 이제 우리 마음에 중심이 잡혀 있기 때문에 우리는 긍정적 만남에서처럼 부정적 만남에서도 배우게 된다. 앤소니 드 멜로의 말처럼 "삶에는 여전히 먹구름이 다가오지만 우리는 더 이상 구름이 아니다. 우리는 이제 하늘이다!"

— 『잔잔한 평화 강렬한 기쁨』 중에서

언니가 아이를 잃은 날이 요셉 성인 축일이었다. 그런데 그 무렵 어머니를 잃은 한 중국 교포 신학생을 대자代子로 들이고 그 신학생을 영혼의

에디트 슈타인을 기념하기 위해 성당의 창문이 모두 수용소의 창살처럼 만들어졌다.

성당의 작은 창문도 모두 수용소 안을 연상시킨다.
나치에 짓밟힌 에디트 슈타인과 희생자들을 배경으로 그린 십자가와 그림들

아들로 삼았다. 그분은 이번 겨울 중국에서 신부가 되신다. 그분이 신부가 되도록 그분을 지원한 곳이 바로 왜관수도원이라는 것을 알고 언니와 나는 그 자리에서 전율했다. 아이가 죽던 바로 그해, 우리가 만나 이런 이야기를 나누었어도 상관은 없었을 것이다. 우리는 여전히 감동하고 전율했을 것이다. 그러나 이 모든 것이 이렇게 이루어지고 난 후, 마치 커다란 하나의 단락이 매듭지어지듯, 언니와 나는 이렇게 다시 만나게 된 것이었다. 게다가 시간의 차이가 약간 있기는 하지만 나도 언니도 베네딕도 성인의 자취를 찾아 올해를 보내고 있는 것이다. 하느님의 섭리가 놀랍게도 이어지고 있다는 것을 우리는 느꼈다.

물론 나는 안다. 이 지상에서 겪는 고통이 그리 만만한 것은 결코 아니다. '아이가 죽었고 하느님의 은총으로 극복했어. 끝!'이 아니다. 사실 사람은 어쩌면 큰일이 닥칠 당시에는 얼결에 용기를 내기도 한다. 그러나 삶은 지속된다. 격렬한 사고가 지나간 후, 일상으로 그것을 버텨 내야 한다. 그것은 순교보다 어렵다. 카를로 마르티니 추기경은 『약함의 힘』에서 이렇게 이야기했다.

욥의 구체적 상황은 단숨에 문제를 해결하는, 단 한 번에 받아들이고 끝나는 상황이 아니었습니다. … 힘든 결정이나 중대한 사건과 마주치게 될 때 우리는 어려운 순간에 특별하게 우리에게 주어지는 열정과 용기로 그것을 받아들입니다. … 그러나 욥의 시련은 모든 재산을 잃었다거나 재앙을 당했다는 것보다, 그 이후 하고많은 날 친구들의 말을 견뎌야 하고 자신이 진정 무엇인가에 대한 감각을 잃게 하려고 그에게 애써 제기되는 수많은 논거에 맞서야 하는 데 있습니다. 이제부터 시련은 인간의 지성 안에서 전개됩니다. 실제적이고 지속적인 유혹, 우리도 이제 그 안에 들어가고 넘어질 수 있는 유혹은, 정신과 마음과 상상의 무서운 고뇌 속으로 빠져드는 것입니다.

나는 소피아 언니가 이 모든 과정을 통과했다는 것을 알았다. '그분의 도움으로 우리는 이 모든 시련을 이겨 내고도 남을 것'이기 때문이었다.

성령묵상회가 너무 오랜만이어서 약간 신기하기도 했고 서툴기도 했다. 저녁이 되자 다시 불이 어둑해지고 각자 성령께 은사를 청하는 시간이 찾아왔다. 내가 그때 성령의 은사를 처음 접하던 그 시간이 선명히 떠올랐고, 내심 혹시 이번에도 내게 엄청난 경험이 찾아올까 약간 설레기도 했다. 그런데 불이 꺼지고 기도가 시작되자마자 내 옆에 앉아 있던 남자 유학생이 의자에 앉은 채로 뒤로 꽈당 넘어갔다. 그 바람에 놀라 나는 눈을 떴고, 봉사자들이 달려와 그 사람을 바닥에 그대로 둔 채 둘러서서 기도를 드렸다. 그의 몸은 나무토막처럼 뻣뻣했고 그래서 의자를 젖히고 저만치 바닥으로 굴러가 누운 채였다. 그의 눈에서는 눈물이 계속 흐르고 있었다. 그냥 한눈에 보기에도 여기 오기 전까지 그가 참 힘들었구나 하는 생각이 들었다. 나는 내 처지도 잊고, 모르는 사람인 그를 위해 계속 기도했다. 그러다가 혹시라도 그가 나중에 눈을 뜰 때 내가 자기를 보았다는 걸 알면 그가 얼마나 자존심이 상할까 싶어 얼른 눈을 감았고, 그 이후로는 그를 아는 척하지 않았다.

그날 밤 기도가 끝나고 피정의 집 지하 바bar에서 포도주를 한잔 마시면서 내가 대모에게 말했다.

"아까 내 옆에서 쓰러진 남학생 괜찮아?"

대모가 대답했다.

"그럼 괜찮지. 성령께서 하신 일인데. 아마도 어디가 계속 아팠던 모양인데 엄청난 치유가 일어난 모양이야."

"그렇구나. 그래도 그렇게 쓰러지고 … 창피하겠다."

내가 포도주를 홀짝이며 물었다. 그러자 대모가 "창피하긴 …" 하고 대답했는데 그 순간 나는 그녀가 내 눈을 피한다는 것을 느꼈고 내가 바로 11년 전, 그러니까 '쓰러졌었구나!' 하고 깨달았다. 나는 나도 모르게 약간 소리를 지르며 "대모, 나도였어?" 하고 묻는데 소름이 내 어깨로 지나갔다. 오, 하느님 맙소사!

참 좋으신 그분, 참 섬세하신 그분, (내 기억 속의 나는 분명 앉아 있었는데) 내가 쓸데없는 자존심이 얼마나 득시글거리는지 잘 아는 그분께서 11년 동안 내게 그걸 모르게 해 주시고, 그리고 11년이 지난 후에야 '너도 그랬단다' 하고 알려 주신 거였다. 조금만 더 일찍 알았다면 나는 내가 성령의 은사를 받았다는 의미보다 내가 쓰러졌나 아닌가, 쓰러졌다면 어떻게 쓰러졌나 혹시 옷자락이 들치어졌나, 그걸 누가 봤을까 아닐까에 쓸데없이 신경을 집중할 걸 잘 아시는 그분께서, 그분께서 말이다. 그리고 오늘 내게 이 사실을 새삼 비추어 주시는 의미는 또 무엇인지. 그러자 뭣도 모르고 쓰러진 그를 가엾게 여기던 내가 떠올랐다. 내가 얼마나 가여운 인간이었는지 다 잊어버리고, 그 학생은 잠깐 아팠을지 모르지만 평생을 앓던 내가, 사마리아의 여자 같고, 하혈 병에 걸린 여자 같았던, 벳자타 못 가에서 남들을 제치고 먼저 물에 뛰어들고 싶어 하는 병자 같고, 일곱 귀신 들린 여자 같았던 내가, 그런 내가 주제도 모르고 남을 보고 가엾다고 생각하는 꼬락서니가 선명하게 보였다. 차라리 처음 여기 왔던 그때는 모르는 대로 순수하고 겸손했던 내가, 이제 좀 안다고, 이제 신앙생활 좀 해 보았다고 고개를 들고 있었던 거였다. 하느님은 그 학생을 내게 보여 주시고 그리고 하필이면 이렇게 깨닫게 하심으로써 나를 나무라는 대신 조용히 묻고 계셨다. "마리아야, 봤니?" 하고.

나는 나도 모르게 대모님의 어깨에 얼굴을 묻고 잠시 울었다. 대모는 내 어깨를 두드리며 웃었다.

"괜찮다. 마리아야, 괜찮다. 다 괜찮아."

파리

프랑스

파리 기적의 메달 성당

나는 그 앞에서 무릎을 꿇었다. 성모님 자신도 그렇고 성모님을 지상에서 뵌 분들도 그렇고
모두 소위 세속적으로 '잘나가는 사람'은 한 사람도 없었다.
성모님을 이 속세의 눈으로 보자면 얼마나 기구한 여자인가.

다만 당신과
함께 걷게 해 주십시오

　　　　　　　　　　비 내리는 쾰른을 출발한 유럽국제특
급열차가 선 곳은 파리 동역^{Gare de l'Est}이었다. 언제나처럼 파리의 역들은
사람들로 분주하고 복잡하고 불친절하고 힘겨웠다. 서둘러 택시를 타고
주소를 내밀었다. 파리에서는 딸이 나를 기다리고 있었다. 지금 이야기를
정리하다 보니, 11년 만에 성령묵상회를 마치고 딸을 만나러 가는 것이 마
치 잘 짜인 구성처럼 느껴진다.

　　2003년 다시 한국으로 돌아온 내게는 수많은 변화가 있었다. 그중 하
나가 내가 딸을 팔 년 만에 다시 찾은 것이었다. 지금 돌이켜 보면 하느님

께서 다른 일을 다 제치고 내게 딸을 지적해 주신 것은 참으로 옳았다. 생각해 보면 우리는 우리 인생에서 뭐가 제일 위급한지, 무엇이 제일 긴요한지, 심지어 무엇이 나를 가장 아프게 하는지조차 모른다. 이것 또한 얼마나 놀라운 일인가. 다만 우리가 그분을 바라보면 우리의 모든 거짓을 제치고 그분께서 우리에게 지적해 주신다. "마리아야, 아니다. 그게 아니다. 이게 네가 제일 아파하는 곳이다" 하고.

나는 성령의 인도하심을 깨닫고 막무가내로 딸을 찾아 나섰다. 한편, 나중에 딸을 만나 이야기를 맞추고 보니, 딸도 그 무렵 포기했던 엄마를 너무도 찾고 싶어 했고, 하느님만이 하실 수 있는 우연과 우연이 기가 막힌 드라마를 만들어 내어 우리는 만났고, 그리고 지금은 함께한다.

딸은 처음에 내가 그녀를 찾아내고 함께 성당에 가자고 했을 때 대답했다.

"그리스도교라든가 가톨릭이라든가에 대해 나한테 강요할 생각은 아예 하지 마. 난 싫어. 원래 내 성격하고 맞지도 않고 전혀 생각이 없어."

그때 내가 대답했다고 한다.

"아니야, 위녕(지금은 미카엘라다), 절대 강요하지 않아. 엄마가 하느님이 보고 싶어서 그래. 성당에 데려다 주고 넌 밖에서 아이스크림 먹고 있어."

그곳이 뉴질랜드 크라이스트처치Christchurch 시市였다.

나는 잘 기억이 안 나는데, 딸은 아이스크림을 살까 하다가 몰래 내 뒤를 밟았단다. 오랜만에 만난 엄마가 '하느님 믿어라'가 아니라 '하느님이 보고 싶다'고 말하는 게 너무 신기했다고 했다. 그래서 엄마가 정말 하느님을 만나나 궁금했고 그래서 따라왔는데 내가 들어가더니 촛불을 밝히고는 제일 앞자리에 가서 하염없이 십자가를 올려다보고 있더라는 것이다. 그때 그녀도 나를 따라 십자가를 올려다보았는데, 그때 그 성당이 그녀가 다니던 여학교의 성당이었고 채플 시간에 늘 그 성당에서 미사를 드렸음에도 그녀는 그때 그 성당의 십자가에 매달린 예수님을 처음 보았다고 했다. 그리고 그 예수님의 얼굴이 뉴질랜드 백인이 아니라 마오리 족 얼굴인 것도 알게 되었다고. 아무튼 이 사건이 그녀에게 깊이 각인되어 있었나 보다. 그러나 그녀는 내게 내색하지 않았고 나도 그녀에게 아무것도 강요하지 않았다.

그렇게 시간이 갔다. 나와 함께 살게 된 그녀는 그날도 방과 후에 내가 글을 쓰는 내 책상 앞에 앉아 학교에서 있었던 일을 재잘재잘 이야기하며 소소하게 수다를 떨고 있었다. 그때 국제전화가 왔다. 미국에 있는 나의 언니였다. 언니는 지금 뉴욕에 사는 내 큰 조카가 기도 중에 하느님께서 이렇게 말씀하는 것을 들었다고 했다.

"글쎄, 우리 애가 기도 중에 하느님에게 뭐라 뭐라 불평을 한 모양이야. 그런데 갑자기 하느님께서 이런 응답을 하시더래. '애야, 너 위녕이 얼마나 아팠는지 아니? 나는 안다. 애야, 너 위녕이 얼마나 힘들었는지 아니? 나는 안다.'"

난데없는 전화였다. 전화를 끊고 의아해하는 나에게 딸이 묻기에 나는 그 말을 그대로 전했다. 그 순간 딸은 그 자리에서 통곡을 시작했다. 나도 놀라운 일이었다. 물론 딸은 아팠었다. 많이 아팠었다. 그런데 이제 딸은 잘 지내고 있었다. 나에게 모든 것을 이야기했고 내가 그녀를 조금씩 치유해 주고 있다고 생각했다. 그런데 단 두 문장 앞에서 그녀가 무너져 내리며 우는 것이었다. 나로서는 당황스러웠다. 나중에 생각해 보니 딸은 기억을 묻어 버리기 위해 안간힘을 쓰고 있었던 것 같다. 기억보다 기억 이후가 사실은 더 힘드니까. 아직 가시지 않은 상처 위로 다른 이차 삼차의 상처가 가해질 수도 있으니까. 그래서 차라리 기억을 묻어 놓고 전전긍긍 사는 걸 치유되었다고 내가 믿었는지도 몰랐다. 그렇게 얼마를 울었을까. 딸은 고개를 들고 말했다.

"엄마, 성당에 데려다 줘. 나 그분께 갈래!"

그때 딸은 고3이었다. 그러나 개의치 않았고 바로 교리 수업에 등록했고 한 번도 빠지지 않았다. 그리고 그녀는 세례를 받았다. 미카엘라가 됨으로서 이미 세례를 받은 두 동생 가브리엘과 라파엘에 이어 대천사의 이름을 함께 얻었다.

딸은 고만고만한 고통과 방황을 겪으며 대학을 졸업하고 이 년 정도 직장 생활을 했다. 그리고 작년 어느 날, 그동안 모은 돈으로 세계 일주를 하겠다고 선언했다. "도대체 너는 누구를 닮아 그리 겁이 없냐?"라는 나의 말부터 시작해서, 남동생들의 "누나, 솔직히 누나 예뻐. 그러니까 위험해.

제발 가지 마"라는 협박에도 불구하고 그녀는 떠났다. 나도 이제 성인이 된 딸이 제 돈 벌어 제가 가겠다는데 딱히 막을 명분도 없었다. 다만 "아프리카나 아시아나 아랍은 가지 말고 좀 안전한 나라만 가면 안 되니?" 하고 묻자, 딸은 "바로 아프리카, 아시아, 아랍을 주로 다닐 거야. 엄마, 뭐가 걱정이야? 엄마 신앙심이 더 깊어지겠는걸 뭐" 하며 나를 놀리고 떠났다. 와이파이가 되는 곳에서 가끔 연락을 주고받았지만 이내 연락이 끊어지곤 했다. 그녀를 생각하면 정말 엄마인 나의 신앙심이 안 깊어질 수가 없다.

세계 일주를 떠나기 전, 내 권유로 우리는 함께 왜관수도원으로 가서 1박 2일을 함께 기도했다. 축복을 받으려고 청한 자리에서 박현동 아빠스님이 난데없이 야곱의 조개를 내미셨다. 그분이 유학을 마치고 돌아오는 길에 스페인 산티아고 순례길을 걸었는데, 그건 그때 그 길을 떠나기 전에 뮌스터슈바르차흐 수도원의 미카엘 아빠스님이 주신 조개라고 했다.

"아빠스님, 감사한데요, 그런데 저 이번에 그 길은 안 가요."

위녕이 말했다. 그러자 박현동 아빠스님이 대답하셨다.

"어쨌든 챙겨 두세요. 이 조개는 모든 순례자를 수호하는 상징이기도 하니까요."

그렇게 조개를 챙기고 우리는 그날 아침 미사에 참여했다. 보편 지향 기도 시간에 고진석 신부님이 "길 떠나는 사람들을 위하여 기도합시다" 라는 기도를 해 주셨다. 생각도 안 했는데 정말 감사했다.

그런데 아프리카와 아랍과 아시아를 돌고 다시 다른 곳으로 떠나려던

왼쪽 센 강 유람선에서 본 에펠탑. 해가 진 뒤 매시 정각이 되면 오 분 동안 에펠탑에 불이 밝혀진다. 이를 보려는 관광객들이 정각이 되기만을 기다린다.

그녀가 무슨 일인지 마음을 바꾸어 산티아고 순례길로 가겠다는 말을 전해 왔다. 산티아고 길. 야고보 사도가 걸었고 그 무덤이 있는 산티아고 데 콤포스텔라Santiago de Compostela. 예루살렘과 로마와 함께 가톨릭의 삼대 순례지로 불리는 그 길 말이다. 그 길은 여러 갈래로 나 있는데 위녕은 사람들이 제일 많이 가는 길로 간다고 했다. 그래서 프랑스에서 길을 떠나게 되니까 엄마를 보고 가고 싶다고 했다. 한국 음식도 미칠 듯이 먹고 싶다고 말이다. 그래서 나는 호텔 대신 파리의 작은 아파트를 빌렸고 거기서 딸을 만났다.

나보다 하루 전에 내가 빌려 놓은 아파트로 들어간 딸은 아파트 가득 빨래를 늘어놓고 있었다. 떠나기 전보다 한결 어른스러워진 것 같았다. 먹고 싶은 게 너무 많다고 해서 한국 슈퍼마켓으로 가 이것저것 잔뜩 사다가 김치찌개를 끓이고 참치회도 사고 포도주도 한 병 샀다. 딸이 입을 열었다.

"엄마, 원래 산티아고 길을 갈 생각이 전혀 없었는데 이상해. 여기밖에 갈 수가 없게 되었어. 엄마가 말한 대로 우리 계획은 늘 하느님 앞에서 바뀔 것을 각오하고 세워야 하나 봐. 조개를 받을 때 번거롭다 생각했는데 정말 이상하지."

딸이 말을 이었다.

"그리고 말이야, 가서 왜관수도원에 감사를 전해 드려 줘. 솔직히 엄마 걱정할까 봐 다 말을 못했는데 무서웠던 순간이 얼마나 많았는지 몰라. 그러면 신기하게 내가 떠나던 날 아침 미사 때 고진석 신부님이 하신 그 기도가 떠올랐어. 그거 나를 위해 해 주신 기도였잖아. 그리고 엄마가 그 후로 왜관수도원에 나를 위해 미사를 넣는다고 했었고. 엄마랑 신부님과 수사님들이 기도하고 있는데 뭐가 두렵니? 하는 생각을 하면 힘이 났어. 얼마나 힘이 났는지 몰라."

김치찌개와 참치회에 아파트 앞 마트에서 산 보르도산 포도주를 곁들여 마시며 딸은 재잘거렸다. 기도가 힘이 센 줄을 알고 있었지만, 우리 아이가 홀로 두려울 때 기도가 그리 힘이 되었다니 정말 감사했다. 하느님께 그리고 딸에게, 왜관수도원 모든 분에게 그리고 모든 기도하는 이에게.

딸은 파리가 처음이라고 했다. 우리는 함께 에펠탑과 개선문 주변을 걸었지만 둘 다 그리 흥미 있어 하는 편은 아니었다. 다만 우리 둘 다 가고 싶어 하는 곳이 있었는데 바로 성당이었다. 우리는 함께 미사를 드리고 싶었다. 하지만 미사 시간이 어디가 맞을지 잘 몰랐고 우리는 일단 내가 파리에서 아직 가 보지 못한 기적의 메달 성당Chapelle Notre-Dame de la Médaille Miraculeuse으로 가자는 데 의견을 일치했다.

택시에서 내리자 바로 성당 문 앞이었다. 우리로 치면 명동 대성당이 노트르담 대성당이라면 그 한참 아랫길 한 귀퉁이에 있는 작은 성당이라고나 할까. 그런데 성당 문을 열고 들어가는 순간, 나는 내가 그토록 꿈꾸고 동경하던 성모님의 신비 속으로 들어가는 환상을 느꼈다. 딸과 나는 서로 마주 보았다. 우리 두 사람의 얼굴에는 동시에 큰 기쁨이 어렸다. 나는

이것을 어떻게 표현할 수 있을까? 이 색감이 인쇄로 표현될 수 있을까? 하늘나라가 있다면
이런 빛깔일 것 같다. 스카이블루와 골드가 어우러진 환상적인 분위기의 기적의 메달 성당 전경

유럽의 거의 모든 유명한 성당을 다녀 보았는데 아직도 이 성당이 내게는 가장 아름다운 성당, 가장 기도하고 싶게 만드는 성당이라고 할 수 있다.

기적의 메달 성당은 소성당이다. '자비 수녀회'에 소속된 성당인데 1830년 11월 27일 성모님께서 카트린 라부레Catherine Labouré 수녀에게 발현하여 은총과 구원의 상징인 기적의 메달을 준 장소다. 제대 위 벽에는 성모님의 첫 번째 발현 장면이 그려져 있고, 오른쪽에는 두 번째 발현 때의 모습이 있다. 두 번째 발현 때 성모님은 타원형의 형체에 '원죄 없이 잉태되신 마리아여! 당신을 의지하는 우리를 위하여 기도하소서'라는 금빛 글씨가 있고 뒷면에는 마리아의 M자 위에 열두 개의 금빛으로 빛나는 별에 둘러싸인 예수성심과 성모성심이 그려진 모양을 보여 주시며, 이대로 메달을 만들어 간직하면 많은 은총이 있을 거라고 말씀하셨다고 한다.

가끔 성모 발현지에 대한 책을 읽을 때마다 현시자들이 묘사하는 그 아름다움이 궁금해서 혼자 그려 보곤 했는데, 이 기적의 메달 성당에는 그 아름다움과 신비함이 참으로 잘 묘사되어 내가 마치 성모님이 발현하시는 그 아름다움의 세계로 들어가는 듯했다. 하늘색과 옥색과 금색, 코발트블루…. 이곳이 파리 한복판이어서 그랬던가, 프랑스인들의 예술 감각이 최고조로 발휘된 색감이 매우 신비하고 아름다웠다. 딸과 내가 "정말 예쁘다. 그치? 정말 예쁘다"를 감탄하고 있는데 갑자기 마이크가 켜지고 미사가 시작된다는 안내가 있었다. 관광 안내서에 없던 일이었다. 알고 보니 미국 단체 여행객을 위해 특별 영어 미사가 마련된 것이었다. 딸과 나는 새삼 감사드리며 미사에 참여했다. 아무리 작은 일도 그분께서 주관하신 다는 것을 우리 모녀는 이제 알기에 그날 미사는 특별했고 우리가 각자 서로의 길을 돌고 돌아 만나 함께 드리는 기도는 은혜로웠다.

미사가 끝나고 보니 제대 왼쪽으로 카트린 라부레 수녀님의 유해가 놓여 있었다. 돌아가신 지 오십 년이 된 후에 발굴했는데 조금도 손상되지 않은 채였다고 했다. 아, 영혼의 정결은 육체의 부패마저 막는 것일까? 나는 그 앞에서 무릎을 꿇었다. 성모님 자신도 그렇고 성모님을 지상에서 뵌 분들도 그렇고 모두 소위 세속적으로 '잘나가는 사람'은 한 사람도 없었다. 성모님을 이 속세의 눈으로 보자면 얼마나 기구한 여자인가. 카트린 라부레 수녀님도 한평생을 헌신하며 결코 쉽지 않은 생을 살았다. 사실 파티마나 루르드 등지에서 성모님을 직접 뵌 분들의 일생이 인간의 눈으로 볼 때 화려하고 행복한 사람은 하나도 없다. 일찍 죽은 이들도 많고 오히려 역경이 더 많았다.

이제 나는 세상에서 내가 잘나갈수록 어쩌면 하느님의 은총에서 멀어진다고 생각해 보기도 한다. 물론 내가 잘나가면 잘나가게 해 주시니 감사하면 되고, 내게 역경이 닥치면 그것이 하느님의 사랑하는 자녀 된 징표이니 자랑스럽고, 그러므로 이 지상의 저주처럼 느껴지는 가난이 축복이 되고 이 세상의 모든 역경과 수난이 월계관이 되는 이 오묘한 신비여! 나는 이런 생각을 할 때마다 기쁨에 넘친다. 누가 이 미친 듯한, 돈과 쾌락과 유혹 그리고 물질을 숭상하는 세상에서 이토록 신선한 진리를 우리에게 일러

카트린 라부레 수녀님의 유해

주었단 말인가. 이 진리를 알고 이 진리를 사랑하게 된 나는 그러므로 아직 많이 모자라긴 하지만 얼마나 복된가.

이제 여기서 이틀 후 나는 딸을 테제베TGV에 태워 산티아고 길의 출발지인 바욘Bayonne으로 보낸다. 거기서 지방 기차를 타고 생장피에드포르Saint-Jean-Pied-de-Port로 가서 딸은 순례를 시작한다고 했다. 오늘 필요한 물품을 좀 사고 그녀에게 필요 없는 짐을 내가 받아 챙길 것이다. 어쩌면 부모라는 게 그런 사람일 것이다. 불필요한 것을 받아 챙기고 필요한 것을 주는. 그러면 그녀는 그 힘으로 사십 일간의 870킬로미터의 긴 여정을 떠나고 …. 그리고 나는 로마로 간다.

나는 이제 그녀를 보내며 근심하지 않는다. 그녀에게는 하느님이 계시니까. 이제 그녀는 자신의 상처를 돌아보는 시간을 가질 것이다. 예전의 나는 딸만은 아무 고통도 받지 않기를 원했지만, 그건 말

하자면 신기루보다 더한 환상이라는 것도 알게 되었다. 세상에 태어난 단한 사람도 고통을 피해 간 사람은 없다. 세상은 고통이다. 그렇게 생각하고 나면 살기가 한결 수월해진다. 나는 이왕이면 그녀가 이 푸르른 젊은 날에 배낭을 지고 고통을 겪기를 바란다. 여기까지 살고 보니 젊은 날의 고난에 대해 새삼 감사드리고 싶다. 그땐 너무도 거부하고 싶었던 아픔들이 내 인생 여러 곳에 항체를 만들어 놓았다. 그 항체가 아니었다면 나는 정말 이 지상에서 더는 견디지 못했을 것이다. 또 하나, 젊어서 겪는 고난이 좋은 이유 중 하나는 고난에 대한 항체를 생성하는 데 체력도 필요하기 때문이다.

예전에 나는 내 아이들을 두고 "아무래도 좋습니다. 명예, 학벌, 돈 다필요 없습니다. 행복하게 해 주십시오"라고 기도했었다. 그런데 어느 날그것도 허황하다는 생각이 들었다. 나는 이제 이렇게 기도한다. "다른 건다 주님 뜻대로 해 주십시오. 그러나 다만 당신과 함께 걷게 해 주십시오. 그것이면 충분합니다. 주님, 아이들을 두고 하는 이 기도가 진심임을 당신은 아시기에 저는 이제 아무것도 두렵지 않습니다."

딸을 보낸 파리의 공기는 한결 더 차가워졌다. 손을 아주 많이 흔들고서 딸은 떠났다. 대기는 건조했고 날씨는 맑았다. 차고 견고한 계절이 오면 건조한 그 대기 속에 뿌리박고 오래된 나의 고독이 자라곤 했다. 나는 혼자 오를리Orly 공항으로 갔다. 고독, 아주 좋아하지는 않지만 오래되어 뿌리치지 못할 나의 연인.

로마 ●　　● 몬테카시노

이탈리아

몬테카시노 수도원

베네딕도 전기에 보면 베네딕도 성인께서 처음 몬테카시노에 수도원을 세울 때 부엌에서 큰불이 납니다.
큰불이요. 모두 미친 듯이 동요하자 그분께서 말씀하십니다.
"헛것이다."
사람들이 그제야 정신이 나서 바라보자 불은 없었습니다.
모두 불이 났다고 생각했던 것입니다. 속은 거죠.

내 머리칼 하나
건드릴 힘이
네게는 없다

　　　　　　　　　　밤 비행기가 내린 로마에는 세차게 비
가 내리고 번개가 내리꽂히고 있었다. 공항에서 나는 마중 나온 최종근 파
코미오 신부님과 모니카 씨와 인사했다. 왜관수도원에서 주선을 해 주고,
성 요셉 수도원의 최 신부님이 배려를 해 주셔서 나는 미리 마련된 숙소로
갔다. 오렌지 공원과 성 안셀모 수도원이 있는 아벤티노^Aventino 언덕 위
카말돌리회 산 안토니오 수녀원이었다. 수녀원 손님의 집은 재미있었다.
대문을 열고 들어가면 건물 안인데 다시 나오면 정원이 있고 다시 들어가
면 건물이고 다시 나오면 밖이 되는. 그곳 역시 사람들로 초만원이었다.

수녀원에 딸린 숙소라는 것에 나는 감사했다. 로마 와이파이에 대한 참을 수 없는 짜증을 70센트(약 천 원) 동전을 넣으면 먹을 수 있는, 우리나라 일류 카페보다 맛있는 자판기 카푸치노와 자판기 에스프레소로 상쇄했다. 단언컨대 이탈리아 커피는 모든 것을 상쇄시킬 만한 능력과 자격을 갖추고 있다. 물론, 감사가 없어지는 순간 모든 것이 순식간에 지옥으로 변한다는 진리를 내가 이미 알고 있기 때문이기도 하다.

다음날 아침 눈을 뜨니 세찬 비가 내리고 있었다. 이례적일 정도로 세찬 비라고 했다. 아침 일찍 모니카 씨가 차를 가지고 숙소로 와서 벨을 눌렀다. 모니카 씨는 로마에서 성악을 전공한 학생으로 이제 공부를 다 마치고 한국으로 돌아가려 하고 있었다. 혼자서 고학을 하며 유학을 하다 보니 아르바이트로 관광 안내를 한다는 그녀는 내가 여태까지 만난 모든 사람 중 가장 이탈리아어가 유창했고 이탈리아 구석구석을 잘 알았다. 마침 한국에 돌아가기 전에 잠깐 시간이 남아서 나와 만나게 된 터였다.

차에 타니 모니카 씨가 "어떻게 하면 좋죠? 비가 너무 심해요" 하고 말했다. 믿는 구석이 있는 나는 "더 좋은 일이 있으려고 그러겠죠" 하고 말았다. 나중에 모니카 씨는 나의 태연한 태도에 많이 놀랐다고 했다. 나로서는 이렇게 생각한 것이었다. '내가 비를 멈추게 할 수도 없는데 무슨 걱정을 하랴' 싶었던 것이다. 비를 주시면 비를 맞고 해를 주시면 햇볕을 맞을 뿐.

그런데 우리가 해발 519미터 정상에 있는 몬테카시노 수도원Abbazia di Montecassino에 도착하자마자 비가 그쳤다. 그러고는 발아래로 놀라운 구름 바다가 펼쳐졌다.

"거봐요. 더 좋은 일이 있으려고 그런다고 했잖아요. 날씨가 좋았다면 우리는 이런 광경을 볼 수 없었겠죠."

내 말에 모니카 씨는 약간 당황하며 웃었다. 그 당황의 의미를 모르는 것이 아니라 내가 그냥 잠자코 있었다. 수도원의 여기저기를 둘러보다가 내가 다시 물었다.

"우리 점심은 어디서 먹어요?"

모니카 씨는 약간 망설이더니 "요 아래 레스토랑이 있긴 한데 저번에 와서 먹어 보니 비싸고 별로 맛이 없더라고요"라고 대답했다.

"그래요? 그럼 거기서 먹으면 되겠지만 전 여기 수도원에서 점심을 먹어 보고 싶어요."

그러자 모니카 씨가 난색을 표했다.

"그건 불가능해요. 여기는 외부 손님들에게 점심을 주지 않아요."

그래서 내가 대답했다.

"그래도 먹을 수도 있겠죠. 한번 그렇게 하느님께 청해 보고 안 되면 내려가 먹읍시다. 그리고 미사는 있나요?"

그러자 모니카 씨는 "미사는 오늘 없어요" 하고 대답했다.

"그래요? 그래도 드릴 수 있으면 좋겠네요."

내가 그렇게 말하자 모니카 씨가 아주 의아하다는 눈으로 나를 바라 보았다.

몬테카시노 수도원 아래로 펼쳐진 구름바다 때문이었을까? 아니면 내가 그즈음 베네딕도 성인에게 푹 빠져 있었기 때문이었을까? 화려한 수도원을 별로 좋아하지 않는 편인데도 나는 몬테카시노 수도원이 마음에 들었다. 우선 웅장했으나 경건하고 신성한 분위기가 있었다. 화려했으나 품위 있고, 부유해 보였으나 청아한 기운이 깃들어 있었다. 내가 화려한 수도원에 이렇게 점수를 많이 주는 것은 드문 일이어서 내 자신도 신기했다.

베네딕도 성인이 살던 시기는 게르만 족의 침입으로 서로마제국이 멸망하던 무렵이었다. 도덕과 기강은 무너지고 이교異教가 밀려 들어와 그리스도교가 위기를 맞던 시기였다. 제국의 붕괴는 이상하게도 항상 성적 타락과 같이 온다.

나는 고등학교 시절 세계사 시간에 왜 모든 거대한 제국의 멸망 원인으로 성적 타락이 꼭 거론되는지 의아했었다. 그러고는 이런 생각을 해 보았다. 성적 타락이라는 것은 단지 청교도적 잣대로 사람들의 성을 재단한다는 의미가 아니다. 그것은 관계, 특히 모든 관계의 근간인 가족 관계가 거짓과 위선으로 점철되기 시작했다는 것을 의미하고, 그것은 지켜야 할 모럴moral이 사라지면서 사랑하는 사람들끼리 주고받을 수 있는 영혼의 상처에 대해 무뎌진다는 것을 의미하며, 또 생산이나 영토의 확장, (그 의미가 어찌 되었든) 건축 등에 쓰여야 할 생산적 에너지들이 소모적인 쾌락

비 개인 몬테카시노 수도원에서 바라본 풍경

몬테카시노 성당 입구에서 바라본 수도원 광장

을 위해 쓰이기 시작했다는 것을 의미하며 육체적 노동 대신 나태가 범람한다는 의미라는 것을 말이다. 베네딕도 성인은 바로 이런 혼돈 속에서 로마 유학을 포기하고 수비아코를 거쳐 이곳으로 와 수도원을 세운다. 그리고 당시로서는 노예나 하는 줄 알고 있던 통념을 과감히 깨고 하느님의 자녀로서 육체적 노동을 필수적으로 요구하며 그 유명한 『수도 규칙』을 쓴

광장에 있는 베네딕도 조각상과 스콜라스티카 조각상. 몬테카시노 수도원은 제2차 세계대전 당시 연합군의 폭격을 당했는데 이 베네딕도 상만 파괴되지 않고 온전히 남았다고 한다.

다. 내 생각에 성적 타락의 반대말은 육체적 노동이 아닐까 싶다.

나는 이 『수도 규칙』에 개인적으로 큰 은혜를 입은 바 있다. 아마도 내가 베네딕도 성인을 좋아하기 시작한 게 그 무렵이 아닐까 싶은데, 이런 이야기를 하는 게 좀 이상하긴 하겠지만 귀신 때문이었다.

귀신. 그 존재를 믿는가? 그것이 진정 존재하는가, 하지 않는가? 나는 모른다. 다만 나의 귀신 체험은 이야기할 수 있다.

　처음 귀신을 본 것은 (그래, 아직도 선명히 기억난다) 초등학교 4학년 때였다. 대낮이었다. 친구들이 우리 집에 놀러왔다가 가는 길에 친구들을 배웅하러 아현동 집의 골목길로 들어섰다. 지름길이었던 그 골목은 나지막한 한옥들이 줄지어 있는 곳이었다. 친구들 서너 명과 그 길을 가고 있는데 갑자기 한 이십 미터 앞에서 어떤 여자가 (그 여자는 정말 상상력에 관한 나의 자존심에 여지없이 상처를 입히며 등장한다. 자존심 상하게도 그녀는 전설의 고향에 나오는 전형적인 복장을 하고 있었다. 긴 머리에 하얀 소복 그리고 입가에 흐르는 피까지, 상투적인 그런) 고개를 쑥 내밀었다. 한눈에 나는 그게 귀신이라는 걸 알았고 친구들도 있었으므로 혼자 뒤돌아 도망칠 수도 없어 하는 수 없이 그 앞을 지나쳤다. 내가 지나칠 때 이미 그녀는 없었는데 그녀가 등장한 곳을 보니 한옥과 한옥 사이의 빈 공터 같은, 폭이 일 미터가 안 되는 공터 같은 곳이었다. 잡동사니가 어지러이 쌓여 있었다. 나는 다시는 그 골목으로 가지 않고 큰길로 돌아 다녔다. 몇 년 후 엄마와 함께 그 골목을 들어서게 되었다. 궁금해서 다시 그 장소에 가 보니 놀랍게도 그 공터에 울타리처럼 나무판자를 세우고 다시 X 자로 나무가 못 박혀 있었다. 순간 어린 마음에도 이 자리에서 이상한 것을 목격한 것이 나 혼자가 아닐 수도 있겠다고 생각했다.

　그때부터 나는 귀신의 존재에 대해 예민해했고 가끔씩 서늘한 기운이 느껴지거나 이상한 것들이 휙 내 곁을 스쳐 가는 것을 느끼고 두려워하곤 했다. 어린 시절 유체 이탈이 무엇인지도 모르던 때에 언니와 함께 자는 와중에 내 몸이 아파트 꼭대기보다 더 높이 붕 떠오르는 체험도 했다. 귀신이 나오는 영화는 절대 보지 않고, 그런 이야기도 듣지 않았다. 내게 다른 이보다 높은 감도가 있다는 것을 알았고 남들보다 귀신 영화나 소설 등을 보고 난 후 공포가 길게 간다는 것을 인정했던 것이다. 나중에 뭣도 모르고 「식스 센스」라는 영화를 보고는 몇 달 동안 죽는 줄 알았다. 그 아이가 보는 세계가 선명도의 차이는 있으나 내가 느끼는 것과 너무 유사했기 때문이다.

가끔 이런 이야기를 하면 어이가 없다는 표정을 짓는 분들이 계시나, 사실 우리 문단이나 화단畵壇 혹은 예술하시는 분들을 만나 이런 이야기를 하면 각자의 경험담이 끝도 없이 나온다. 어쩌면 예술가들은 그러니까 남들이 없는 제6의 감각을 가진 존재일지도 모른다. 그러니까 그들은 남들보다 엄살을 피우는 것이 아니라 정말 아프다. 그리하여 그들은 이해받지 못하고 그리하여 필연적으로 고독하다. 예를 들어, 귀가 없는 사람들 틈에서 귀가 있는 사람들이 시끄러워 잠을 못 자겠다고 하는 말을 이해받을 수 없듯이 말이다.

아무튼 귀신 체험은 그 이후 그리 강렬하지 않았다. 그러다가 내가 회심하기 일이 년 전부터 귀신 체험이 다시 시작된다. 이것도 전형적으로, 자존심 상하게, 아주 상투적으로 시작된다. (누군가는 그런 말도 했다. 상투적이라는 것을 너무 가벼이 여기지 마라. 얼마나 보편적이면 상투적이 되었겠느냐고 말이다. 그것도 일리가 있기는 하다.) 어느 비 오는 밤이었다. 거실에 어둑하게 불을 밝혀 두고 아이들 방에서 아이들을 재우고 나왔는데 문득 거실 소파에 누군가가 앉아 있었다. 70년대 월남치마 같은 것을 입고 있었고 머리는 단발머리 파마를 한 상태였다. 어렸을 때 봤던 귀신은 완전한 사람이면서 귀신이었는데, 이때 본 것은 완전한 실물로 보인 것이 아니고, 뭐랄까, 홀로그램처럼 보였다. 그러니까 투명했으나 형체는 분명했다. 치마의 체크무늬까지 알아볼 수 있었다. 그 순간 너무 두려웠다. 나는 소리를 지르며 우선 온 집 안에 불을 켰다. 그러자 형체는 사라졌다. 나는 아이들 방으로 가서 아이들 옆에 앉았다. 너무 두려워서 덜덜 떨며 내가 말했다.

"너 우리 아이들 손대면 죽어! 죽을 줄 알아!"

그 무렵 우리 집에 와서 자고 가는 손님들은 밤새 가위에 눌리고 악몽을 꾸었다며 진저리를 쳤다. 집을 옮기라고 충고하는 분도 여럿이었다. 그리고 그 무렵 나는 앞에서 말했던 것처럼 하느님을 만났다. 벽에 십자가를 걸어 두었다. 그러던 어느 날 비도 내리지 않았는데 창밖으로 한 형체가 보였다. 이번에도 여자였는데 그때 흐릿해서 복장은 잘 보이지 않았지만 이번에는 창밖에 둥둥 떠 있었다. 나는 이제는 자신이 있었다.

"넌 이제 못 들어와. 여기는 이 세상의 주인이 계셔."

회심한 효험(?)을 처음 맛본 날이었던 것 같다. 이제 나는 그분께 숨으면 되는 거였다.

"나의 방패, 나의 성채. 나의 바위이신 그분."

그러나 그런 예민함 혹은 이상한 감각은 언제나 나를 두렵게 했다. 나는 내 민감함 때문에 힘이 들었다. 어디든 가면 귀신이 제일 무서웠다. 그 서늘한 기운, 그 기미, 그 흔적들. 베를린에 있을 때는 키가 내 허리 정도오는 아이가 내가 부엌문을 열면 후다닥 뛰어나와 사라졌다. 이미 그때는하느님과 함께였기에, 그리고 어쩌면 그게 아이였기에 그렇게 두렵지 않아서 그 아이가 느껴지는 날은 성호를 그었다.

그러던 어느 날 개인적으로 아주 힘든 일이 있었는데 밖에 나와 선배네 집에 하루 묵는 일이 생겼다. 그날 새벽꿈에서 지금 우리 집에서 득시글거리고 있는 귀신 무리를 보았다. 그 귀신들이 내 머리채를 휘어잡고 밤새 나를 못살게 구는 것이었다. 그 무렵 집에는 아무도 없었다. 나는 혼자그 집에 들어갈 수가 없었다. 요즈음 일어나는 나쁜 일들이 다 집 때문일거라는 엉뚱한 확신이 들었다. 아무래도 집을 옮겨야 할 것 같았다. 나는친한 신부님들과 선후배들 몇에게 악몽이 너무 선명해서 무서우니 기도좀 부탁한다는 문자를 보냈다. 뜻밖에도 그 새벽, 박현동 아빠스께서 전화를 주셨다. 그러고는 이런 말씀을 하셨다.

"베네딕도 전기에 보면 베네딕도 성인께서 처음 몬테카시노에 수도원을 세울 때 나쁜 영들의 방해가 무척 심했어요. 어떤 때는 부엌에서 큰불이 나기도 합니다. 큰불이요. 모두 미친 듯이 동요하자 그분께서 말씀하십니다. '헛것이다.' 사람들이 그제야 정신이 나서 바라보자 불은 없었습니다. 모두 불이 났다고 생각했던 것입니다. 속은 거죠."

솔직히 전화를 주신 것은 고마운데 무슨 소리인지 알 수 없었다.

"그 말은 이런 겁니다. 헛것입니다. 그 존재들은 자매님의 머리카락 한 올 움직일 수 있는 힘이 없어요."

순간, 무언가가 내 가슴을 쳤다. 나는 안젤름 그륀 신부님의 『베네딕도 이야기』를 읽었던 기억을 떠올렸다.

"이제 곧 아침 미사니 기도하겠습니다. 그런데 이 말을 잘 생각하시면 도움이 될 겁니다."

정신을 가다듬고 생각해 보니, 왜 내가 이런 생각을 한 번도 하지 않았는지가 더 이상했다. 말하자면 거짓, 말하자면 공포, 말하자면 허황에 속아 내 힘을 낭비하고 있었던 것이다. 그래 귀신이 있다고 치자. 귀신이 나타나고 피 흘리는 모양을 하고 우리 집 소파에 앉아 있다고 하자. 그래서? 차라리 생생한 육체를 가진 파리 한 마리, 모기 한 마리가 내게 더 영향을 미칠지도 모른다. 이렇게 생각하자 모든 게 다르게 보였다. 그리고 집으로 돌아왔다. 조금이라도 이상한 기운이 느껴질 때면 나는 성호를 긋고 나서 말했다.

"내 머리칼 하나 건드릴 힘이 네게는 없다."

그러자 마치 살충제를 뿌린 듯, 아니 계절이 바뀌면 사라지는 풀벌레들처럼 모든 것이 깔끔해졌다. 신기하게도 그 기미, 그 서늘함, 그 흔적들이 완전히 사라진 것이다. 오십 년 만에 나는 귀신의 공포로부터 완전히

오른쪽 사진의 왼쪽 천장처럼 성당 곳곳에 벽화가 채워지지 않은 부분이 많다. 폭격 후 복구가 아직 완전히 이루어지지 않았기 때문이다. 1964년 수도원 건물 공사가 끝나고 그해 10월 24일 교황 바오로 6세는 베네딕도 성인을 '유럽의 수호성인'으로 선포했다.

위 제대 아래에 위치한 지하 경당으로 내려가는 계단
가운데 이 지하 경당에는 베네딕도 성인과 스콜라스티카 성녀가 안장되어 있다.
아래 경당 천장에 그려진 '사부 성 베네딕도의 십자가' Crux Sancti Patris Benedicti를 뜻하는 문장紋章

해방되었다.

나중에 역시 가끔 그런 존재를 본다는 딸에게 이 이야기를 해 주었는데 딸은 무슨 소린지도 모르겠고 여전히 무섭다고 한다. 아무래도 이야기 주체의 신앙과 내공이 필요한 것인가?

우리가 수도원을 거의 다 둘러볼 무렵 갑자기 다시 거센 비가 내리기 시작했다. 건물 처마 밑에 서 있는데 일군의 사람들이 비를 피해 후다닥 건물 안으로 들어섰다. 뜻밖에도 한국인들이 있었는데 놀랍게도 왜관에서 뵌 적이 있는 오윤교 아브라함 신부님도 함께 계셨다.

알고 보니 전 세계에서 온 베네딕도 수도원의 봉헌회원 모임인 세계 봉헌 대회가 로마에서 열리고 있고, 그날은 모두가 몬테카시노 수도원을 방문하는 날이었다. 그래서 한국 대표 세 분과 오윤교 신부님이 세계 각국에서 온 봉헌회원들과 함께 오신 것이었다. 당연히 미사가 시작될 거고 점심까지 먹고 가라고 하셨다. 점심은 특별히 교황님이 방문하셔야만 공개되는 대식당에서 제공된다고 하셨다.

미사가 시작되기 전 뒷자리에 앉아 있는데 모니카 씨가 내게 물었다.

"어떻게 아셨어요? 여기서 미사도 드리고 점심도 먹게 될 줄?"

"몰랐어요. 그냥 그랬으면 좋겠다 생각했고 그래서 마음속으로 주님께 한번 청해 봤어요."

모니카 씨가 고개를 갸웃했다.

"아까 아침부터 묻고 싶었는데, 신앙심이 아주 깊으신가 봐요."

내가 얼핏 웃었다.

"잘 모르겠어요. 이런 질문을 받을 때마다 잘 모르겠어요. 하지만 한 가지는 말할 수 있어요. 저는 하느님하고 친하게 지내요."

멋진 점심을 대접받고 우리는 수비아코를 향해 가야 해서 수도원을 내려왔다. 그런데 막상 정문에 이르자 정문이 잠겨 있었다.

모니카 씨가 "어떻게 해요? 깜빡했어요. 정문을 열어 달라고 말하고 내려왔어야 하는데 어쩌죠? 저건 열쇠로 열어야 하는 건데" 하고 말했다. 다시 걸어 올라가려면 이십 분은 더 걸릴 일이었다. 게다가 점심과 미사 등으로 지체해, 수비아코에 들렀다가 다시 로마로 돌아가려면 힘이 들 것 같았다. 흐린 날이어서 벌써 오후가 저물고 있었다.

"기다려 봅시다. 또 알아요? 누가 와서 열어 줄지."

그런데 그 순간 정말로 누군가가 차를 타고 수도원 위에서 그야말로 휙 내려오더니 청하지도 않았는데 창문을 내리고는 말했다.

"나가시려고 그러세요? 제가 문 열어 드릴게요."

이런 일련의 우연이 겹치면서 모니카 씨는 이제 마치 내가 무슨 신통력이라도 있는 사람처럼 놀란 표정을 지었다.

"놀라워요. 어떻게 아시는 거예요?"

그녀가 다시 물었다. 내가 깔깔 웃었다.

"뭘 어떻게 알아요? 몰라요. 정말이에요. 그렇게 바랄 뿐이에요. 한 가지 아는 게 있다면 주님께서 주시는 거, 그게 무엇이든 이 순간 제게 가

"성령께서 비둘기 모양으로 내려오셨다"라는 말에 늘 실망했었다. 뚱뚱하고 더러운 도시의 비둘기를 연상했기 때문이다. 그런데 이 비둘기를 보는 순간, '아, 저거구나!' 싶었다.

장 좋은 것이라는 거예요. 그래서 아무것도 걱정할 필요가 없다는 거고요. 필요하면 주실 거고 필요치 않으면 아무리 구해도 주시지 않을 거예요. 엄청난 반항 끝에, 하느님과의 씨름 끝에 이제 겨우 그걸 알아냈어요. 다만 내가 더 걱정인 것은 요즘 제가 진심으로 기도하지 않을지도 모른다는 거예요. 저는 자꾸만 그냥 대충 순종하려고 하거든요. 좋지 않은데도 '네' 하거든요. 차라리 예전에, 십자가에 대고 막 삿대질하면서 '어떻게 나한테 이러실 수가 있어요?' 할 때가 어쩌면 더 신앙심이 있었던 거 같아요. 요즘은 하느님의 눈치를 보면서, 요렇게 하면 마음에 드시겠지, 조렇게 하면 좀 주시겠지 하면서 내가 계산하는 거 같아요. 생각해 보니까 그건 내가 하느님을 사랑해서 그분의 마음을 상하게 하고 싶지 않다는 그런 예쁜 마음이 아니더라고요. 계산이더라고요. 그런 내 자신이 싫어요. 그리고 하느님하고 친하게 지내는데 거짓을 말하고 싶지 않아요. 내 온몸이 '네' 하고 말할 때까지 나는 아니라는 말씀도, 싫다는 말씀도 드리고 싶어요. 우리 관계가 진실하기를 원해요. 어차피 그분은 모든 걸 아시니까요."

모니카 씨는 운전대를 잡고 잠시 말이 없었다. 그러고는 다시 말했다.

"마리아 자매님 말 들으니 기분이 이상해요. 저는 어릴 때 수녀님이 되고 싶었고 정말 열심히 성당에 다녔는데, 생각해 보니 하느님께 '싫어요'라든가 '아니오'라든가 하는 말은 한 번도 하지 않았던 거 같아요."

"왜요? 대체 이 세상에 어떤 관계가 '예'라는 말로만 이루어질 수 있나요?"

그녀가 운전대를 잡고 무슨 말인가를 더 할 듯하다가 멈추었다. 나는 잠자코 있었다.

그리고 그녀가 다시 입을 열었다. 나는 그녀의 말을 더 들었다. 작가이기에, 아니 나도 그래 보았기에 안다. '예, 예' 하고 순종할 때, 그럴 때 마음 뒤편에서 조용히 차오르는 분노를, 순종하는 겉모습만큼 깊어지는 불평을. 그것은 우리 신앙의 뒤뜰에 은밀하게 그림자를 드리우고, 악은 남몰래 짙어지는 그 그림자를 먹고 우리를 잠식한다는 것을.

베르나르 브로는 이렇게 말했다.

하느님은 우리 각자의 마음에 지어 준 사랑에 의해 상처받으라고, 자신의 힘을 과신한 대가로 '불구자'가 되라고 우리에게 제안한다. (닭이 울자) 베드로는 회한의 눈물을 흘리면서 깨달았다. 그리스도에게서 오는 사랑은 처음부터 우리를 강하게 만들지 않고 오히려 약하게 만들고, 약해진 다음에야 그 어떤 힘보다도 강하게 만들었다는 것을. … 이 같은 사실을 하느님께 고백하는 사람은 진실로 상처받은 사람이다. 그리고 그 사람은 세례의 삶에 접어든 사람이다.

　　- 『도대체 신은 천지창조 이전에 무엇을 했을까』 중에서

진실한 관계는 결코 언제나 일치함을 의미하지도, 언제나 한마음인 것을 의미하지도 않는다. 그런 관계는 꼭두각시 관계밖에 없다. 진실한 관

계는 내 느낌이나 생각 그리고 주장을 있는 그대로 표현해도 상대로부터 배척받거나 버림받지 않는다는 믿음을 가진 것을 의미한다. 조금 불편한 상태가 온다고 해도 그것이 근본적인 사랑을 절대 위협하지 않는다는 믿음을 양쪽이 가지는 것이라고 한다. 아이가 자랄 때 부모로부터 바로 이런 지지를 받아야 한다고 교육학자들은 말한다. 어쩌면 이 지상에서 부모만이 그나마 자식이라는 존재들에게 이러한 사랑을 줄 수 있을 것이다. 다른 관계라면 어림도 없다. 그리고 사실, 그런 부모도 … 참으로 없다. 그런 분은 오직 한 분이시다. 하느님은 진실하게 우리를 대하시기에 우리가 드리는 기도를 다는 들어주시지 않는다. 하느님도 우리에게 '아니'라고 말씀하시는 것이다.

우리는 수비아코로 들어서고 있었다. 비 내리는 가을 저녁이었다.

수비아코
로마

이탈리아

수비아코 수도원

그는 대체 이 동굴에서 무엇을 찾았던 것일까. 하느님이라면 이미 저잣거리에,
이미 그가 다녀온 로마에 가득가득 계시지 않았던가 말이다.
왜 이 동굴이었을까. 왜 이 사막, 이 광야였을까?

왜 이 동굴
왜 이 광야였을까?

비는 이제 좀 거세게 내리기 시작했
다. 골짜기는 깊었고 좁고 구불거리는 길들이 빗속에서 운전하는 모니카
씨를 힘들게 했다. 가을 저녁이 성큼거리며 다가오고 있었다. 우리는 좁은
산길을 여러 개 돌아 수비아코 수도원Monasteri Benedettini di Subiaco 주차장
에 차를 세우고 수도원으로 올라갔다. 깊고 섬세한 산들이 조용히 가을비
에 젖어 가는 수도원은 춥고 을씨년스러웠다. 우리는 몬테카시노에서 서
둘러 출발했기에 점심 후에 아직 맛있는 이탈리아 커피도 마시지 못하고
있었다. 어디에 가나 (앞에서도 이야기했지만 모든 불편을 상쇄할 만한 자

격과 능력이 있는 훌륭한 맛의) 이탈리아 커피 자판기가 있었기에 어서 건물 안으로 들어가 따끈한 커피라도 마시고 싶어 모니카 씨와 나는 발길을 서둘렀다.

가을 저녁, 어둑한 수비아코 수도원에는 사람이 거의 없었다. 아까 몬테카시노의 화려하고 떠들썩한 분위기와는 완전히 다른 수도원 입구의 성물방에는 노老수사님이 계셨다. 모니카 씨와 안면이 있는지 반가운 인사를 하신다. 모니카 씨는 이탈리아어가 유창했고 날씬하고 젊고 또 성격도 좋아서인지 어딜 가나 그곳에 계신 수사님과 수녀님들의 사랑을 독차지하고 있는 것 같았다.

"수사님, 추워용. 커피 좀 주세용."

모니카 씨가 막내 동생, 아니 막내 조카 같은 말투로 말했다. 그 순간 나는 그 노수사님의 얼굴을 스쳐 가는 난처한 그림자를 본 것 같았다. 모니카 씨가 무어라 말을 주고받더니 어두운 얼굴로 나를 돌아보았다.

"커피가 없다네요. 떨어진 지 오래되었고, 커피머신도 고장난 지 두 달인데 기사가 고치러 오질 않아 커피가 없대요."

'설마' 하는 생각은 모니카 씨도 하는 것 같았다. 정말이냐고 몇 번을 묻는 듯했다. 이탈리아 사람들이 커피와 얼마나 가까이 사는지 아는 그녀로서는 나보다 충격이 더한 거 같았다. 모니카 씨가 "그럼 수사님 뭘 마셔요?" 물었다. 노수사님은 그냥 웃었다.

문득 나는 수비아코가 이런 곳이구나 실감했다. 모니카 씨 말로는 몬

이 깎아지른 듯한 절벽 안 동굴에서 젊은 베네딕도는 삼 년 동안 은수 생활을 했다. 산꼭대기에서 로마노 수사가 베네딕도에게 빵과 물을 내려 주었다. 수도원은 그 후 동굴 위에 세워진 것이다.

테카시노 같은 수도원은 국가가 관리하는 수도원이지만 수비아코는 베네딕도 성인 이래 그냥 가난한 수도원이라고 했다. 우리는 성당 입구로 들어섰다. 원래는 동굴이었던 것을 그 위에 건물을 세우고 수도원을 세운 것이라 구조는 꼬불꼬불했다. 하지만 내가 본 어떤 수도원보다 특이했다. 성인이 기도하던 동굴로 내려가던 길에는 프란치스코 성인의 초상도 있었다. 프란치스코 성인이 자신보다 800년이나 앞서 산 베네딕도 성인의 발자취를 따라 이곳에 왔던 기록이 그림으로도 남아 있었다. 그림 속의 프란치스코도 새파랗게 젊었다. 젊은 프란치스코는 여기까지 와서 무엇을 보았을까? 갑자기 밖에서 내리고 있는 빗소리가 쏴 하고 동굴 안으로 밀려드는 기분이었다.

480년 누르시아의 유복한 가정에서 태어난 베네딕도는 유모와 함께 공부하러 로마로 갔다가 학업을 포기하고 이리로 왔다고 한다. 나는 아직 스무 살도 되지 않았을, 아니 유모가 계속 따라다녔다는 것으로 보아 십대 후반의 베네딕도 성인을 그려 보았다. 젊디젊은 청춘의 푸른 소맷자락을 휘날리며 이곳으로 들어오는 휘청한 모습을.

그의 바람은 단 하나. 하느님을 찾는 삶이었다. 그래서 그는 이 산골짜기, 이 후미진 곳으로 들어가 동굴 속에 몸을 숨긴다. 수비아코. 세상의 모든 베네딕도회 수도원이 태어난 곳이 베네딕도 성인이 은거하던 동굴이라는 것도 의미심장했다. 마치 하느님이 배려하신 이 둥그런 자궁 같은 동굴에서 세상 모든 베네딕도회 수도원이 잉태되었다는 것도 말이다.

나는 생각했다. 어쩌면 목숨을, 그러니까 산짐승과 자연재해, 산적 등의 모든 위험을 각오하고 이 동굴로 들어서던 그의 모습을. 환영 속에 나타난 여인의 모습에 몸부림치며 가시덤불에 뒹굴던 모습을. 로마노 수사가 내려 주는 아주 적은 양의 빵만으로 살며 종일 하느님을 생각하던 그를. 그는 대체 이 동굴에서 무엇을 찾았던 것일까? 하느님이라면 이미 저 잣거리에, 이미 그가 다녀온 로마에 가득가득 계시지 않았던가 말이다. 왜 이 동굴이었을까? 왜 이 사막, 이 광야였을까?

문득 돌아서 나오는데 '그가 이 동굴에 들어와 처음 자리를 잡고 난 밤이 이런 가을 저녁이었다면 그는 제일 먼저 무슨 생각을 했을까?' 하는 생각을 했다. 불빛도 없고 별빛도 없는 이런 밤. 나로서는 차마 짐작조차 할 수 없는 어둠을. 그 어둠을 굳이 겪어 내고 빛으로 나아가고자 하는 영혼의 갈망을.

그리고 스콜라스티카 성녀가 있다. 베네딕도 성인과 이란성 쌍둥이였던 그녀는 오빠를 따라 수녀가 된다. 스콜라스티카가 일 년에 한 번 오빠를 만나러 오면 오빠는 수도원 땅에 속해 있는 곳까지 내려가서 여동생을 만나곤 했다고 한다. 두 분에 대한 유명한 일화가 있다.

어느 날 스콜라스티카는 오빠를 잡았다. 더 이야기를 하고 싶다고. 그러자 제자들과 함께 그녀를 만나러 왔던 베네딕도는 가야 한다고 일어섰다. 하늘에 구름 한 점 없는 청명한 날이었다. 오빠의 거절하는 말을 듣자 스콜라스티카는 합장한 손을 식탁 위에 얹고는 그 손에 머리를 수그린 채

위 이곳을 방문한 적이 있는 프란치스코 성인을 그린 벽화다. 이 그림에는 오상의 흔
적이 없는데 오상을 받기 전 젊은 프란치스코의 모습을 그렸기 때문이다.
아래 환영 속에 나타난 여인의 모습에 몸부림치며 가시덤불에 뒹구는 베네딕도

베네딕도 성인과 스콜라스티카 성녀의 마지막 만남 장면이다. 갑자기 비가 오자 당황하며 하늘을 올려 다보는 수사님의 모습이 인상적이다.

로 전능하신 주님께 기도하는 것이었다. 스콜라스티카가 식탁에서 머리를 들자, 엄청난 힘의 천둥 번개가 치고 비가 억수같이 내리쏟기 시작하였다. 스콜라스티카는 수그려 머리를 손에 묻은 채 눈물을 식탁 위로 강물처럼 쏟고 있었으며, 그 눈물을 통해 청명한 하늘에 비를 끌어들이고 있었던 것이다. 기도하는 것과 비 오는 것이 이처럼 일치했다. 그리하여 베네딕도는 결국 그 밤길을 떠나지 못하고 스콜라스티카와 머물렀다는 이야기다. 그리고 그것이 두 남매가 살아서 만난 마지막 만남이었다고 한다. 아마도 그날이 마지막인 것을 알았기에 스콜라스티카의 기도는 더 간절했을지도 모른다. 그리고 우리의 섬세하신 하느님은 천둥 번개를 동원해서라도 가려는 베네딕도를 머물게 하여, 혹여라도 그가 나중에 죽기 전 누이동생의 청을 거절한 것을 쓰라림으로 간직하지 않게 해 주신 게 아닌가 싶다.

프란치스코 성인에게도 비슷한 일화가 있다. 그의 영적 동반자였던 클라라와 담화를 나누고 프란치스코가 떠나려 하자 안타까운 클라라가 묻는다. "우린 언제 다시 만나죠?" 그러자 프란치스코가 대답한다. "아마도 내년 봄 장미가 필 때쯤." 그때는 한겨울이었다고 한다. 너무 먼 기약을 하는 프란치스코를 두고 클라라가 기도를 한다. 그러자 갑자기 주변에 장미가 피어났다. 그때 그 기도를 하던 클라라의 얼굴은 장미처럼 붉었을까. 비를 내리는 스콜라스티카의 얼굴에서 비처럼 눈물이 흘러내렸듯이.

아무래도 하느님은 더 사랑하는 사람의 편인 것 같다. 이 일화를 듣다 보면 내가 체험했던 지하주차장의 하느님이 더 가깝게 느껴진다. 아우구

수도원 건물 가장 아래에 있는, 베네딕도 성인이 은수 생활을 했던 바로 그곳이다. 젊은 베네딕도의 모습과 로마노 수사가 내려 준 바구니를 형상화한 조각이 있다.

스티노 성인이 말씀하신 "사랑하라. 그리고 하고 싶은 일을 하라"라는 말도 있다. 내가 존경하는 카를로 카레토 수사도 그런 말씀을 하셨다.

율법의 완성은 사랑뿐이다. 만약 바울로 수사가 사막 한가운데서 죽기를 선택한 것이 사랑 때문이라면 그것으로 충분한 구실이 된다. 돈 보스코와 코톨렌고가 학교와 병원을 세운 것이 사랑 때문이라면 그것으로 구실이 된다. 성 토마스가 일생을 책과 더불어 지낸 것이 사랑 때문이라면 그것으로 충분하다. 우리에게는 사랑의 차원이라는 문제만이 남는다.

　－『사막에서의 편지』 중에서

그렇다. 만일 잡는 것도 사랑이고 규율을 지키러 떠나는 것도 사랑이며 헤어지려는 것도 사랑이고 빨리 다시 만나고 싶은 것도 사랑이라면 하느님은 그중 더 간절한 사람의 기도를 들으실 것이다. 하느님은 사랑이시니까. 그리고 사랑은 사랑을 알아보며 큰 사랑은 작은 사랑들을 돌보니까.

다시 수도원 성물방으로 나왔다. 벌써 문을 닫을 시간이라며 노수사님이 우리를 기다리고 계셨다. 그러고는 모니카 씨에게 물었다.

"서울 가서 이제 여기 살지 않을 거라고 사람들이 그러던데 정말이야?"

모니카 씨가 그렇다고, 이제 학위도 마쳤고 한국에 가야 한다고 대답하자 노수사님의 눈 아래 그늘이 확 짙어졌다. 나는 이곳이 후미지고 적적한 산골이라는 생각을 했다. 내 가슴이 서늘해졌다. 수사님은 늙고 마른 손바닥을 모니카 씨에게 내밀었다. 그 마른 손바닥 위에는 작은 베네딕도 메달이 놓여 있었다. 그의 눈은 서운함으로 촉촉했다. 수사님의 손 위에 놓인 메달을 본 모니카 씨의 눈도 금방 빨개졌다. 모니카 씨가 예의 쾌활한 목소리로 말했다.

"뭐 이런 걸 줘요? 어디 보자, 이거 좋은 거예요, 수사님? 헉, 2유로짜리네. 너무 비싸요. 뭘 이렇게 비싼 걸 줘요. 커피머신이나 고치지. 수사님 커피 엄청 좋아하는 거 내가 다 아는데. 나 이런 거 없어도 된다고요."

노수사님은 모니카 씨의 말을 들으며 손녀에게 사탕을 물려 준 할아버지처럼 웃고 계셨다. 모니카 씨는 노수사님을 꼭 포옹하며 "이탈리아 오면 꼭 다시 올게요. 그때까지 커피머신 고쳐 놔요" 하고 말했다. 이 두 사람을 바라보며 나도 창밖을 보았다. 비는 거셌고 우리는 노수사님이 오래 손을 흔드는 걸 뒤로하며 수비아코를 내려왔다. 모니카 씨는 고개를 숙인 채 아무 말도 하지 않았다.

나는 이제 안다. 하느님을 찾는 삶이라는 것이 슬픔을 억제하는 것이 아니라는 것을. 헤어짐이 슬프지 않다고 강변하며 목석이 되어 가는 것이 아니라는 것을. 수행이 깊어 갈수록 사랑도 깊어 가고 그러니까 아마도 더 많이 슬프고 더 많이 아플 것이라는 것을. 그리고 제일 아픈 분은 아마도 하느님이실 거라는 것을. 그분보다 더 사랑하는 분은 세상에 없을 테니까.

로마

이탈리아

카말돌리회 산 안토니오 수녀원

방 안에서 44년 동안 산 수녀님은 대체 어떤 분일까?
게다가 평생 그 '갇힘'을 하느님께 희생으로 봉헌하면서 그 수녀님이 바란 것은 단 두 가지,
하나가 바티칸을 비롯한 교회의 정화와 쇄신이고, 또 하나가 놀랍게도 한국의 평화였다니 말이다.

사막으로 가서
나와 함께 있자

로마에 특별히 갔던 이유는 나자레나 수녀님 때문이었다. 이런 일이 있다는 걸 들어 보신 일이 있는지. 이 세상에 두 평 반 정도의 방에서 평생을 한 번도 밖으로 나오지 않았던 수녀님이 계시다는 것을. 나는 『수도원 기행 1』을 쓸 때도 봉쇄수도원을 방문했었고 그 이후에도 가끔 여행 중에 그런 수도원에 갔었다. 봉쇄수도원은 세상하고 자유롭게 교류할 수 없었지만 그 안에서는 아주 자유로웠다. 뜰도 있고 정원도 있고 이 건물과 저 건물로 오갈 수 있었다. 원한다면 춤도 추고 달릴 수도 있다.

그런데 방 안에서 44년 동안 산 수녀님은 대체 어떤 분일까? 게다가 평생 그 '갇힘'을 (이를 봉쇄에서 더 나아간 개념인 '봉인封印된 삶'이라고 부른다고 했다) 하느님께 희생으로 봉헌하면서 그 수녀님이 바란 것은 단 두 가지. 하나가 바티칸을 비롯한 교회의 정화와 쇄신이고, 또 하나가 놀랍게도 한국의 평화였다니 말이다. 그분의 이름은 나자레나Nazarena 수녀님이라고 했다.

아침 일찍 근처 안셀모 대학에서 유학 중이신 최종근 신부님이 오셨다. 통역과 안내를 위해서였다. 신부님의 안내로 나는 카말돌리회 산 안토니오 수녀원Camaldolesi del Monastero di Sant'Antonio Abate의 홍보 수녀님과 함께 수녀원 이곳저곳을 우선 돌아보았다. 로마 한복판에 있는 것을 보아도 짐작하겠지만 이곳은 선교 수도원이다. 현재 아빠티사Abbatissa(아빠스의 여성형)가 선출된 십여 년 전부터 치렁치렁한 수도복을 벗고 자유복을 입는다고 했다. 아까 로비와 식당에서 턱까지 하얀 천으로 칭칭 감은 전통 수도복을 입은 분들을 보았다고 했더니, 자유복이든 정복이든 하나를 선택할 수 있게 하셨다고 한다. 그래서 나이가 많은 분들은 원래 하던 대로 전통적인 수도복을 입고, 젊은 분들은 평상복을 입기로 했다고 하셨다. 평상복을 입은 분들은 기도 시간에 하얀 망토만을 두르면 된다고 한다.

그리고 잠시 후 나는 200년이 넘은 수녀원의 전통을 바꾸어 버린 문제의 그 아빠티사를 만났다. 미켈라Michela 수녀님. 아직도 그분의 얼굴을

수녀원 옥상의 종탑

수녀원 성당. 왼쪽 이 층에 나자레나 수녀님이 미사를 참례한 작은 창이 나 있다.

잊지 못한다. 나이를 알 수 없는 (서양 여자들은 보통 나이가 들어 보이는데 이분은 내 생각에 나보다 약간 많으신 듯하다) 그분은 그냥 자른 듯한 곱슬머리에 무릎 조금 아래로 내려오는 아주 평범한 감색 치마, 그리고 차분한 색의 등산복 같은 점퍼를 입고 있었다. 우리로 치면 집 밖에 잠깐 나와 은행이나 슈퍼마켓에 가는 평범한 아주머니와 같은 모습이랄까. 그런데 나는 보는 순간 그분에게 압도되었다. 이걸 어떻게 표현해야 할까? 그 지성, 그 평화, 그 견고함, 그 품위. 말을 할 때 빛나던 검은 눈동자. 엄청난 내면의 아름다움과 품위가 육체를 다 채우고도 남아 밖으로 흘러넘치고 있는 듯하다고나 할까. 다른 어떤 곳에서도 이런 분을 만난 적이 없었기에

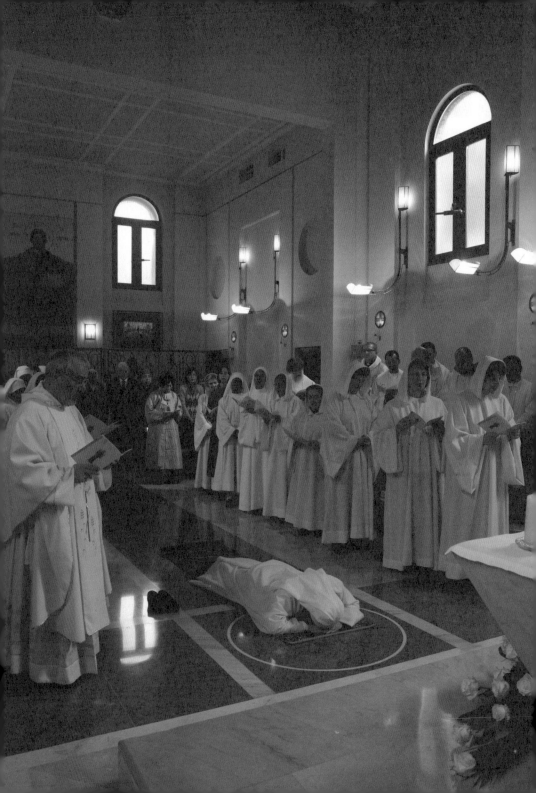

나는 수녀 복장이 아니어도 이 신성함은 표현되는구나 싶었다.

우리는 그분의 안내로 드디어 나자레나 수녀님이 살았다는, 아니 스스로 봉인되었다는 그 방으로 갔다. 가까운 안셀모 대학에서 십 년을 공부하시며 기숙사에서 생활하시는 최 신부님도 직접 이곳을 방문하는 것은 처음이라고 하셨다.

계단을 돌아 올라가 문을 여니 보통 아파트의 거실만 한 크기의 홀이 나왔고 거기서 문을 하나 더 열자 작은 통로 같은 것이 나왔다. 나자레나 수녀님의 방은 그 안쪽에 있었다. 이 통로 같은 곳은 지도신부님이 방문하셔서 문을 사이에 두고 고해를 듣거나, 당번 수녀님이 나자레나 수녀님이 드실 식사를 두고 가던 장소라고 했다. 그리고 드디어 문이 하나 더 열렸다. 두 평쯤 될까. 방 안 오른쪽에 작은 침대가 놓여 있고, 의자와 아주 작은 책상 같은 것이 전부였다. 다만 오른쪽으로 보이는 창은 컸고 창밖으로는 원형경기장의 일부가 보였다. 문의 정면에는 사람 머리 둘이 겨우 통과할 정도의 작은 창이 있었는데 그 창으로는 수녀원의 성당이 내려다 보였다. 그 창을 통해서 미사를 함께 참례하신 것이었다.

처음 그 방에 들어서는 순간 내 가슴은 '쿵' 하고 내려앉았다. 1944년, 이십 대 중반의 오페라 가수 출신의 아름다운 여성은 수도복으로 몸을 감싸고 이 방으로 들어온다. 그리고 문을 잠그고 스스로 봉인된 삶을 시작한다. 그녀가 죽기 삼십 분 전쯤 이 방은 그녀에 의해 열렸는데 그 전에 이 방에 들어간 사람은 아무도 없다.

왼쪽 이곳 수녀원의 종신서원식 모습. 서원식 때 엎드려 온몸을 주님께 바치는 이러한 장면을 볼 때면 언제나 가슴 한편이 뭉클해져 온다.

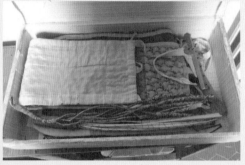

왼쪽 방 안의 소박한 가구
오른쪽 위 십자가 침대
오른쪽 아래 편태, 가슴과 배에 둘렀던 가시 복대

지도신부님이 방문하셔서 문을 사이에 두고 고해를 듣거나,
당번 수녀님이 나자레나 수녀님이 드실 식사를 두고 가던 장소.
미사 때는 수련 수녀가 이곳으로 성체를 모셔 왔다.

아빠티사는 나자레나 수녀님에 대해 이야기하기 시작했다.

원래 나자레나 수녀님은 미국 워싱턴에서 활약하던 오페라 가수였다. 파티를 좋아하고 사교계에서 없어서는 안 될 만큼 밝고 쾌활했다. 친구가 많았던 젊고 유망하고 아름다운 여성이었다. 가톨릭 신자이긴 했지만 그다지 교회에 열성적인 사람도 아니었다. 그런데 그녀는 어느 날 그분의 음성을 듣는다.

"사막으로 가서 나와 함께 있자."

소리가 한 번 들려온 것은 아니었다. 그녀는 그것을 들었지만 그냥 일상을 산다. 그러자 어느 날 다시 그 소리가 들려온다. 그녀는 이제 거기에 귀를 기울여야 함을 느꼈고 그리고 갈등했으리라. 그녀는 직감적으로 그 사막이 물리적 사막이 아니라 영적인 사막이라는 것을 알았다. 그리고 어느 날 드디어 '예'라는 대답을 하고 자신이 사막처럼 고립되어 있을 곳을 찾아 나섰다. 미국에서 봉쇄수도원보다 더한 완전히 고립된 사막 같은 수녀원을 찾지 못하고 로마로 온 그녀는 이곳 카말돌리 수녀원에서 봉인 생활을 허락받고 그녀를 위해 마련된 이 방으로 들어간다. 미켈라 아빠티사는 그녀가 사용하던 편태(채찍), 가슴과 배에 둘렀던 가시 복대 등을 보여 주었다. 편태도 끔찍했지만 가시 복대는 가슴부터 배까지를 감쌀 수 있는 것으로 만져 보니 아직도 따가웠다. 말로만 듣던 중세의 극기 도구들을 내 눈으로 보고 만져 본 것은 처음이었다.

그녀는 아주 조금밖에 먹지 않았다고 한다. 잠도 거의 자지 않았다고 한다. 아빠티사가 보여 주는 침대는 신기한 모양이었는데 원래는 텅 빈 상자에 폭 70센티미터 정도 되는 나무판자로 십자가 형태를 만들어 뚜껑처럼 얹어 그 위에서 아슬아슬 자던 것을, 나중에 영적 지도신부님의 권고를 받아 십자가의 나머지 부분도 채웠다고 한다. 그 딱딱한 침대 위 그녀가 평생 가졌던 침구는 낡은 담요 한 장이었다. 그리고 차가운 마룻바닥에는 아주 얇고 작은 카펫 하나가 깔려 있었다. 10월 초순, 아무리 로마라고 하지만 벌써 바람이 찼다.

아빠티사의 설명을 듣고 있는 동안 심장이 터질 듯했다. 머리로는 '중세에나 있을 법한, 대체 이 무슨 미친 짓이란 말인가!'라는 생각이 들었지만 내 눈은 벌써부터, 이 방에 들어올 때부터 눈물을 흘리고 있었다. 모르겠다. 내 머리가 모르는 것을 영혼은 알고 있는 것일까?

아빠티사가 말했다.

"사실 나도 이 수녀님의 소문을 듣고 이 수녀회에 입회했습니다. 처음 수련 수녀 때 나자레나 수녀님에게 편지를 썼죠. '그것이 정녕 하느님의 뜻이라면 저도 당신처럼 살고 싶어요'라고요. 그러자 수녀님이 답장을 보내 주셨죠. '제가 이렇게 사는 것은 하느님의 부르심이나 당신이 그렇게 사는 것이 옳은지는 저는 알 수 없습니다. 당신에게 하느님이 그렇게 말씀하시지 않았다면 아닐 수도 있겠어요. 꼭 이렇게 사는 것만이 하느님을 사랑하는 것은 아니니까요'라고 쓰여 있었어요. 그분은 모두가 같은 길을 가야 하는 것은 아니고 저마다 다른 길이 있을 거라고 하셨죠."

"한국에 대해서 기도하신 것은 왜죠?"

내가 물었다.

"나자레나 수녀님이 로마에 오셔서 수녀원을 찾아다닐 무렵, 한국에서 온 수녀님과 만난 적이 있었답니다. 그때가 막 한국전쟁이 발발한 1950년, 나자레나 수녀님은 한국의 사정을 전해 듣고 몹시 마음 아파하셨고 그 수녀님께 한국을 위해 평생 기도하겠다고 약속했답니다."

얼핏 이해가 가지 않았다. 그런데 곰곰이 생각해 보니 프란치스코 교황님께서 전쟁과 내전으로 고통 중에 있는 시리아를 위해 전 세계 모든 가톨릭 신자들에게 하루 단식을 권하신 적이 있었다. 나자레나 수녀님도 마치 그렇게 한국의 소식을 전해 들으셨던 것 같다.

이분이 들었을 한국의 소식은 어땠을까? 그것은 마리너스 수사님이 보았던 그 한국이었을 것이다. 전쟁, 살육, 공포와 기아. 문득 한국전쟁이 종전된 것이 아니고 심지어 휴전 중이라는 생각이 났다. 전 세계인들이 실감할 정도의 전쟁의 위기를 여러 번 겪고도 우리의 평화 아닌 평화가 어떻게 지속되는 것인지, 새삼 우리의 안녕이 어디서부터 기인하는 것인지 생각했다. 우리 자신들만의 기도가 전부가 아니었다는 깨달음 같은 것이라고나 할까. 이분은 대체 이런 힘든 고행을 왜 하필 한국에 봉헌했단 말인가? 왜 … ?

"그리고 아까 이야기한 것처럼 돌아가시는 날이 왔죠. 그분은 갑자기 이 문을 열고 44년 만에 문밖으로 나왔습니다. 밖에 있던 당번 수녀님이

혼비백산했죠. 그러자 나자레나 수녀님은 '내가 많이 아픕니다. 도움이 필요해요' 하시고는 쓰러지셨습니다. 고해신부님이 오셔서 마지막 고해를 받으시고 모든 수녀님이 그분의 방으로 모여들었죠. 어린 수녀였던 저도 그분의 모습을 처음 보았습니다. 그분은 너무나 작았습니다. 너무나 말랐고 무릎 아래는 거의 푸른빛이었습니다. 너무도 오랜 시간 꿇어앉아 있었기 때문이겠지요. 우리가 들어서자 그분은 당신이 가장 좋아하는 시편의 노래를 우리에게 청하셨습니다.

'야훼, 나의 목자, 아쉬울 것 없노라.

파아란 풀밭에 이 몸 누여 주시고

고이 쉬라 물터로 나를 끌어 주시니.'

그 노래가 두 번쯤 불려졌을 때 원장 수녀님의 품에서 그 작은 분은 눈을 감으셨습니다."

부끄럽게도 눈에서 계속 눈물이 흘러나왔다. 너무 마르고, 너무 작고, 너무 푸른 무릎. 그 푸른 무릎이라는 대목에서 참기가 힘이 들었던 거였다. 너무 힘이 들어 창밖을 보는데 날씨가 몹시 흐렸다.

"재미있는 이야기가 있어요."

내가 많이 울자 나를 좀 진정시키려고 그랬는지 아빠티사는 이런 일화를 이야기했다.

"나자레나 수녀님께서 돌아가시기 이 년 전쯤일 겁니다. 그분께서 영적 지도신부님께 말했답니다. '기도 중에 하느님의 말씀을 들었습니다. 저

수녀원에서 본 로마 전경. 저 멀리 바티칸 성 베드로 대성전 쿠폴라cupola가 보인다.

의 거처를 교황청 다락방으로 옮겨 거기서 기도하다 죽으라는 것입니다'
라고 말이죠. 그러자 영적 지도신부님이 펄쩍 뛰셨답니다. '나자레나 수녀
님 지금 제정신입니까? 이제껏 살아온 그 아름다운 시간들을 다 파괴할
작정입니까? 수녀님을 그렇게 꼬드긴 것은 마귀입니다. 생각해 보십시오.
당신이 교황청에 방을 하나 얻어 들어가면 당신의 이름은 전 세계에 타전
될 것입니다. 사십여 년 이렇게 살아온 당신의 생애도 다 알려질 것입니
다. 사막에 숨어 하느님만을 섬기겠다던 당신의 공로는 다 무너지고 말 거
예요.' 하지만 나자레나 수녀님은 분명 하느님이 그렇게 말씀하셨다고 하
며 뜻을 굽히지 않았습니다. 지도신부님도 완강했고 나자레나 수녀님도

완강했어요. 둘은 육 개월 정도 실랑이를 벌였죠. 그리고 어느 날 나자레나 수녀님이 승복합니다. '신부님, 저의 오류였습니다' 하고 말이에요."

듣고 있는 내게 몇 가지 생각이 지나갔다. 이미 사십여 년을 봉인된 삶을 살고 날마다 하느님과 대화하는, 이미 아는 사람은 다 성녀처럼 추대하는 이 수녀님에게 "나자레나 수녀님, 제정신입니까? 그건 아닙니다"라고 말하는 신앙심을 지닌, 멋진 지도신부님에 대해서.

그건 우리가 초월의 세계나 과학의 영역을 넘나드는 상황에서도 하느님이 주신 이성의 끈을 절대로 놓아서는 안 된다는 놀라운 본보기 같았다. 영적으로 인간의 영역을 초월한다는 것은 단순히 선한 영역에만 국한된 것은 아닐 것이다. 그러므로 고도의 분별력이 필요할 것이다. 그리고 하느님께서는 그 분별을 위하여 우리에게 이성을 주셨다. 아니면 이성적인 친구나 지도자 혹은 성직자를.

또 하나, 마귀는 내 자유의지를 타지 않고는 절대로 들어오지 못하는데, 만일 그것이 사실이라면 자신의 이 봉인된 삶을 인정받고 싶고 추앙받고 싶은 마지막 인간적 허영의 불꽃이 그녀에게 잠시 반짝였던 것은 아닌가 하는 생각도 들었다. 마치 사탄이 예수님께 했던 마지막 유혹, 가장 강렬한 유혹, 어쩌면 인간이 빠질 수 있는 가장 고차원적이고 위선적인 유혹, 절벽에서 뛰어내려 보라던 그 유혹, 슈퍼맨이 되고 싶고, 천사의 품격을 가진 너는 스스로 이미 성녀다라는 그 유혹을 스스로도 알지 못한 채, 나자레나 수녀님이 받으셨던 것인지도 모른다고 말이다.

나는 예수님도 그 유혹을 물리치기 어려웠을 거라고 생각한다. 그 유혹이 유혹이 아니라면 사탄이 뭐하러 예수에게 그런 제의를 했겠는가. 그리고 그 유혹이 가장 강렬한 유혹이 아니라면 왜 마지막에, 앞의 유혹이 좌절된 다음에 그 유혹을 제의했겠는가 말이다. 나도 모르게 나의 책 『의자놀이』와 그 후에 내게 닥쳤던 시련을 생각했다. 눈물은 더 많이 흘렀다. 아빠티사가 그런 나를 보며 잠시였지만 함께 눈시울을 붉혔다. 뭘까? 그녀와 나 사이에 잠시나마 흘렀던 이 동질감 같은 것은.

"그때 그 지도신부님의 친구가 독일의 추기경이셨죠. 나자레나 수녀님은 영적 지도신부님뿐만 아니라 그분과도 교류했습니다. 그분과 주고받은 편지가 여기 있어요. 그분의 이름은 요제프 라칭거, 훗날 베네딕도 16세 교황이 되시는 분입니다."

놀라운 일이었다. 내가 두 분이 주고받은 편지를 보고 있는데 아빠티사의 이야기가 계속되었다.

"우리는 분명 베네딕도 16세가 이 나자레나 수녀님께 깊은 영향을 받았다는 것을 알고 있습니다. 지금 그분이 어디 계시는지 아십니까?"

통역을 하던 최종근 신부님께서 "교황청 안에 계시지 않나요?" 하고 물었다. 신부님의 얼굴도 약간 당혹스럽다는 표정이었다. 그러고는 아빠티사가 무어라 대답하자 놀라운 표정으로 신부님이 나를 돌아보았다.

"그분이 지금 교황청 안에 계시는 것은 우리 모두가 알고 있습니다. 그런데 아빠티사 말로는 그분이 지금 나자레나 수녀님이 살아생전 원했던 바로 그런 방에 들어가 계신답니다. 자신이 교황청의 여러 나쁜 면을 개혁하지 못했고 그래서 프란치스코 교황에게 그걸 물려준 다음 본인은 그 안에 들어가 후임 교황을 지키며 기도하고 있다고요. 개인적으로 이제 알겠어요. 교황청에 있다고 하니까 사람들이 '왜 그분은 집으로 가지 않고 저기 있나?' 하고 의아해했는데, 대신 어떤 언론에도 등장하지 않기에 대체 뭐하시는 걸까 좀 이상하다 싶었죠. 이건 통역하는 저로서도 놀랍네요."

나 역시 놀라웠다. 처음 듣는 이야기였고, 사실이라면 정말 아름다운 이야기였다. 보수였던 베네딕도 16세, 그는 자신의 보수적 세계관과 그의 주변에 있는 보수적인 참모들로는 도저히 현실의 난국이 타개되지 않을 것임을 알았고, 학자였기에 이천 년의 문헌을 뒤져 자신이 죽지 않고도 물러날 방법을 찾아냈으며, 그래서 지금의 프란치스코 교황이 탄생한 것이다. 교황이 되고도 철옹성 같은 교황청 안의 숙소로 들어오길 거부하는 프란치스코 교황 대신 보수적인 베네딕도 16세가 교황청 안, 그것도 골방에 자신을 대신 가두고, 실은 자신과 정반대의 성향을 가진 프란치스코를 방어하고 지원해 주고 있는 셈인 것이었다. 이 아름다운 보혁保革의 드라마가 미국에서 온 한 여성이 하느님께 순종해 문을 걸어 잠근 이 방에서 시작되었다고 생각하니, 그 방의 사물 하나하나, 나자레나 수녀님의 자취 하나하나가 더 뭉클하게 다가왔다. 그리고 모든 결단은 "영원을 위한 결단"이라는 빅터 프랭클의 말이 더욱 실감 났다.

아레조

• 로마

이탈리아

카말돌리 수도원

내가 두려워하는 것은 침묵이 아니라 침묵 뒤에 드러날 내 마음속의 깊은 어둠과 상처라는 것을 알았다.
침묵하면 하느님의 빛이 고요 가운데 그리로 비추어질 것을 알고
나는 그것을 어쩌면 피하고 있는지도 모른다.

기도와 고독

　　　　쾌청한 로마에서의 나머지 일정들은 즐겁고 유익했다. 나는 모니카 씨의 도움으로 카타콤바^{Catacomba} (초대교회 때 그리스도인들의 지하 무덤)와 산타 체칠리아 수녀원^{Monastero Benedettine S. Cecilia} 등을 방문했고, 대성당들과 로마의 공원들을 걸었다. 답례로 내가 몇 번 식사도 샀다. 특히 몬테카시노 수도원에서 신세를 진 오윤교 신부님과 최종근 신부님 그리고 우리를 봉헌회의 식탁이 차려진 대식당으로 들어가게 해 주신 탄자니아 항가 수도원의 알쿠인 니렌다^{Alcuin Nyirenda} 아빠 스님과 함께한 이탈리아 식당의 식사는 잊히지 않는다.

우리는 그분들의 숙소가 있는 안셀모 수도원의 뒷문 쪽으로 나와 학생들이 은밀히 이용한다는 좁고 가파른 길을 내려가 동굴을 응용한 듯한 레스토랑으로 갔다. 마르모라타Marmorata 가街에 있는 콘솔리니Consolini 레스토랑이었다. 우리는 여러 가지 안티파스토와 파스타 그리고 메인 요리를 주문했는데 그곳에서 뜻밖에도 생선회가 나오는 것이었다. 로마 한복판 이탈리아 레스토랑에서의 생선회라니! 언젠가 프랑스 서해안 그러니까 대서양 연안 스페인 국경 인근 아르카숑Arcachon이라는 곳에서 어패류 회를 와인 소스에 찍어 먹어 본 적은 있지만 유럽 한복판에서 회는 처음이었다. 우리 일행은 갑자기 왁자한 활기를 띠었고 그 레스토랑에서 특별히 제공하는 여러 신선한 해물을 먹었다. 모두 환호했고 가격도 그 화려함과 신선함에 비해 그리 비싸지 않았다.

다음 날에는 최종근 신부님의 도움으로 함께 로마에서 북쪽으로 두 시간 거리에 있는 카말돌리 수도원Monastero di Camaldoli을 방문했다. 언젠가 아빠스로 선출되기 훨씬 전 박현동 신부님이 로마에서 유학하던 때 운영하던 블로그에서 이 수도원을 발견하고 꼭 가 보고 싶던 곳이었다. 다른 여러 이유도 있었지만 해발 1,100미터의 고지에 있는 은수처. 단순한 독방이 아니라 독채가 있는 그곳이 무척 신기하고 매혹적이었다. 그리고 또 하나의 이유도 있었다.

내 평생 하느님이라고 추정되는 분이 출연하는(?) 꿈을 딱 한 번 꾼

적이 있었다. 꿈에서 나는 우리 아이들과 부모님과 함께 버스를 타고 어느 수도원에 도착했다. 우리를 내려놓은 버스는 다시 돌아갔는데 안으로 안내되어 들어가 보니 수도원 같았다. 그리고 거기 계시는 분의 복장은 아이보리 빛, 혹은 염색되지 않은 누런 광목 빛의 소매가 넓고 폭이 긴 수도복을 입고 계셨다. 하느님이라고 추정되는 분은 그분들이 원장 신부님이라고 부르는 할아버지셨는데, 앞모습은 보이지 않았고 뒷모습만 보인 채 밤새 밖에 서 계셨다. 그분은 우리가 버스로 들어선 그 입구만 바라보고 계셨다. 한눈에도 그분이 또 다른 버스를 기다린다는 것을 알 수 있었다. 쉬지도 않고 앉지도 않고 실내로 들어오지도 않고 밤새 그렇게 수도원의 입구를 애타게 바라보며.

그런데 나의 단 한 번의 그 귀한 꿈에 나오는 수도원이 이 수도원과 아주 닮아 있었다. 그곳을 방문하고 싶다고 부탁을 드렸고 그래서 최종근 신부님께서 나를 안내해 그곳까지 동행해 주셨다.

로마는 얇은 블라우스를 입으면 딱 알맞은 날씨였는데 혹시나 하고 가져간 얇은 오리털 파카를 입어야 할 만큼 수도원의 날씨는 추웠다. 비도 뿌리고 있었다. 대중교통을 이용하려면 「인생은 아름다워」La Vita é Bella의 촬영지인 아레초Arezzo 역에서 내려야 한다고 들었는데 자동차로 가는 길 역시 그곳을 지나갔다. 신기하게도 이 카말돌리 수도원이 있는 산의 다른 편 사면은 프란치스코 성인이 오상을 받았다는 라 베르나La Verna였다. 굳이 비유를 하자면 한국의 삼 대 사찰의 하나인 송광사가 있는 조계산의 반

수도원 약국. 모두 허브로 만든 생약이다.

대편 사면에 태고종의 본산인 선암사가 있는 것과 유사하다고나 할까. 수도원이 있는 산 근처는 국립공원으로 지정되었다고 한다. 아름드리는 족히 될 나무들이 빽빽한 숲을 이루고 있었다.

먼저 도착한 곳은 방문객들을 위한 시설 그리고 성당과 공동 수도원이 있는 곳이었다. 한눈에도 정갈하고 아름다웠다. 외부인들이 이용하는 레스토랑과 성당 그리고 특별히 큰 약국이 눈에 띄었다. 우리를 안내하신 분들에 따르면 여기서 파는 약들은 모두 허브로 만든 것으로 아주 효과가 좋다고 한다. 나중에 한국에 돌아와 보니 이곳 카말돌리 수도원에서 만든 각종 로션과 크림 등이 공동구매 형태로 인터넷을 통해 판매되고 있었다.

곧이어 수도원 안으로 초대되어 들어가자 원장 신부님이 박현동 아빠스님의 안부를 물었다. 아마 한국에서 벌써 연락을 받으신 모양이었고 나에 대해서도 이미 알고 계신 듯했다. 우리는 식당으로 걸어갔다. 들어간 곳은 한국의 왜관수도원에서는 봉쇄 구역, 특히 금녀의 구역에 해당되는 곳이었다. 여기저기 방문이 보였고 방문 앞에 마치 세탁방에서 방금 배달된 듯한 다림질한 수도복 등이 걸려 있었다.

최종근 신부님이 내게 말했다.

"마리아 씨, 보세요. 역사가 이리 깊어 보수적으로 보이는 이곳이 왜관이나 우리 요셉 수도원보다 개방적이죠. 자신이 있다는 걸 수도 있고요. 문만 열면 각 수사들의 숙소인 이곳 복도까지 외지인, 특히 여자들에게 허용하잖아요."

"아, 그렇군요!"

내가 대답하자 최종근 신부님이 웃었다.

"우리가 얼마 전에 오틸리아 연합회 한국 진출 백 주년 기념식을 했거든요. 그래서 우리가 말했죠. '우리는 이제 백 주년이에요. 당신들은요?' 그러니까 이분들이 대답하더군요. '그래요? 축하합니다. 우리는 곧 천 주년입니다.'"

수도원 안은 약간 추웠고 널찍했다. 식당으로 가는 도중에 중국에서 오신 수사님과 신부님 두 분이 우리에게 다가와 반갑게 인사를 하셨다. 두 분 역시 박현동 아빠스님의 안부를 물으셨다. 아마 유학 생활 중에 이곳에

왼쪽 식당으로 향하는 수도원 복도

서 두 달 정도 머무르면서 귀여움(?)을 받으신 듯했다.

삼사십 명 정도의 수사님들 사이에서 식사를 하고 우리는 산 정상의 은수처Sacro Eremo di Camaldoli로 떠났다. 나이가 지긋하신 우고Ugo 수사님이 우리를 안내해 주셨다. 수도원이 있는 데서 차로 이십 분쯤 가파른 산길을 올라가야 했다. 창밖에는 아름드리나무들이 우거져 있었다. 저 나무들이 지금 쓰러지면 바로 이곳이 세계 최대의 탄광이 되겠구나 싶을 만큼 컸다. 이미 은수처 밖에는 이곳을 보러 온 관광객들이 꽤 있었다. 일반 관광객들의 방문은 엄격히 제한되어 있었지만 우리는 특별히 그 봉쇄 구역 안으로 들어갔다.

그곳에는 이 수도원의 설립자 로무알도 성인의 은수처도 있었다. 이 은수처들은 모두 각각 독립된 건물이고 담으로 구별되어 있으며 담장 안에는 수도자들이 농사를 지을 수 있는 텃밭도 있었다. 예전에는 이 집에서 미사도 혼자 드리고 식사도 아래에서 지어 올라와 문 안으로 밀어 넣어 주었다고 하는데 요즘은 미사와 식사는 공동으로 한다고 했다.

카말돌리 수도원도 역시 베네딕도 규칙을 따르는데 특이한 점은 기도와 고독을 중요하게 여기는 것이라고 했다. 내부는 거실과 복도 그리고 화장실로 아주 단출했다. 특이한 것은 벽난로였다. 고지대여서 한여름에도 장작불을 피워야 할 때가 많다고 했다. 아까 레스토랑과 약국에서 가물가물하던 휴대전화는 이리로 들어서면서 꺼진 지 오래였다. 엄격한 통제 속에 소음마저 없으니 시간이 멈춘 듯했다.

저 철문을 지나면 봉쇄 구역이다. 세상의 모든 소란과 소음이 사라진, 기도와 침묵만이 어울리는 곳이다.

독채는 기도방, 공부방, 거실, 침실, 텃밭으로 이루어져 있다. 독채 한구석에는 수도자들이 직접 팬 장작이 쌓여 있는데 고지대여서 거의 일 년 내내 벽난로에 장작을 땐다고 한다. 1960년대 이후부터는 미사와 식사를 공동으로 하지만 그 전에는 담장에 나 있는 작은 문으로 밥을 밀어 넣어 주었다.

아래에 있는 수도원에서 산 정상 은수처로 가는 길에 아름드리나무가 우거져 있다.

그러나 이곳에서는 다양한 신심 모임들이 활발히 이루어지고 있다고
했다. 휴가를 보내려는 사람들도 많이 오고 세미나실도 있다는 것이다. 그
러나 수도자와 방문객의 공간이 잘 나뉘어 있어 겉으로는 언제나 고요함
을 유지하는 듯 보인다고 한다.

나는 오래전부터 은수자들을 동경했다. 사막에 가고 싶었고 침묵하고
싶었다. 그럴 때 아이들은 나의 아주 좋은 핑곗거리였다. 써야 할 글과 해
야 할 일도, 남겨진 약속도 그랬다. 그런데 문득 내려오는 길에 원장 신부
님이 만일 나에게 '언제든 오십시오' 한다면 나는 정말 올 수 있을까 생각
했다. 아이들이 '엄마, 우리끼리 잘할 테니 다녀와' 한다면, 출판사에서

수도원 도서관. 수도원의 역사만큼 진귀한 고서가 많다.

'다녀와서 쓰십시오' 한다면 나는 갈 수 있을까? 물론 나는 그 사막의 끝, 그 침묵의 절정에 가 보고 싶었다. 그건 사실이었다.

　우리가 사막을 이야기할 때 그것은 반드시 사하라나 유다의 사막, 나일의 계곡에 가는 것이라고 생각해서는 안 된다. 일상생활에서 이탈할 수 없는 우리에게는 그러한 사막을 실제로 실행한다는 것은 일종의 사치인 것이다.

　그대가 만일 사막에 갈 수 없다면 그대의 생활 한가운데 사막을 만들어야 한다. 그렇다. 그대의 생활 안에 사막을 만들고, 때때로 사람을 피해서 침묵과 기도 가운데 영혼을 재건하기 위해 고독을 찾도록 하라. 하루 한 시간, 한 달에 하루, 일 년에 팔 일, 필요하다면 그 이상으로 그대 주변의 모든 것을 떠나서 하느님과 함께 고독으로 들어가야 한다. 만일 그대가 그런 것을 좋아하지도 않고 찾지도 않는다면, 그것은 사랑이시고 전능하신 분과 맺어야 할 친교의 첫 번째 요소를 결하고 있는 것이다.

    –『사막에서의 편지』 중에서

활동이 많아지면 침묵이 적어지고 그 틈으로 쓸쓸함이 나를 비집고 들어서곤 했다. 그럴 때 바로 모든 커튼을 내리고 주님과 마주 보지 않으면 바로 영혼의 고갈이 시작되었다. 나중에 돌아보니『높고 푸른 사다리』를 쓰기 전 나의 영적 고갈 상태는 그것에 기인한 것이었다. 전적으로 침묵과 기도의 부족이었다. 어떤 신부님이 말씀하신 대로 "사막에 간 성인도 있고, 수도원의 방으로 들어간 성인도 있고, 순교한 성인도 있고 모습들은 다 다르지만 기도하지 않은 성인은 없다"라는 말도 떠올랐다.

몇 년 전 개인적으로 닷새 동안 대침묵 피정을 한 적이 있다. 양양에 있는 '예수 영성 고난원'이라는 곳이었다. 그곳도 이곳처럼 산꼭대기에 있었고 휴대전화는 터지지 않았다. 누구와 마주쳐도 입을 다물고 보내는 곳이었다. 그렇게 그곳에서 묵는데 첫날 하루 24시간이 지나기도 전에 마음이 뒤집어지고 저 깊은 곳에 있는 것들이 꾸역거리며 올라왔다. 나로서도 놀라운 경험이었다. 그리고 그것은 얼마간의 두려움을 동반했고 실은 많이 당혹스러웠다.

그런데 이곳에서 이렇게 외따로 떨어져 보내는 시간은 과연 어떨까? 나자레나 수녀님이 찾던 그 사막은 과연 이런 곳이 아니었을까?

토머스 머튼은 『삶과 거룩함』에서 이런 말을 했다.

사실 하느님을 추구하는 것은 어떤 특정한 수행 방법의 문제가 아니다. 그것은 오히려 자기 부정과 기도 그리고 선행으로 우리의 삶 전체를 고요하고 평정하게 질서를 이룸으로써 우리가 그분을 찾는다기보다는, 우리를 더 간절히 찾아 헤매시는 하느님께서 '우리를 결국 찾아내시고' 더 나아가 '우리를 소유하시도록' 해 드리는 데 있다.

그 산을 내려와 로마로 돌아오면서 내가 두려워하는 것은 침묵이 아니라 침묵 뒤에 드러날 내 마음속의 깊은 어둠과 상처라는 것을 알았다: 침묵하면 하느님의 빛이 고요 가운데 그리로 비추어질 것을 알고 나는 그것을 어쩌면 피하고 있는지도 모른다고 말이다. 사실은 하느님이 나를 찾아내서 소유해 버리실까 봐 사람들 사이로, 사람들과의 소음들 사이로 숨는 것은 아닐까 하고 말이다. '아, 아까 부르실 때 못 들었어요. 시끄러웠거든요' 하고 변명하려고 말이다.

우리는 역경보다 영광을 더 두려워한다. 심리학자 칼 융도 그렇게 말했다. 우리가 진정 피하려고 하는 것은 어쩌면 우리의 위대성이라고. 그리

오른쪽 카말돌리 수도원의 또 하나의 상징이 된 오래된 밤나무다.
지금은 없지만 이 나무 안에 작은 책걸상이 놓여 있었다. 여기에 앉아 성경을 묵상하는 노수사님의 사진이 유명하다.

로 가는 길도 사실은 좁은 문이기 때문이다. 인적이 드문 길이기 때문이다. 그리고 '자기를 버리고 죽음'의 길이기 때문이다. 그것이 영생을 얻는 길이라는 것을 안다고 하면서도.

그제야 나는 T.S. 엘리엇의 희곡 『대성당의 살인』*Murder in the Cathedral*에 나오는 시를 이해할 수 있었다.

신이여, 용서하소서!
우리는 스스로를 평범하게 생각하나이다.
문을 닫아걸고 불가에 앉아
신의 축복을 두려워하고
신의 밤의 고독을 두려워하고
신의 요구에 온전히 내맡기기를 두려워합니다.

인간은 불의를 두려워하지만
신의 정의를 더욱 두려워하고
창문으로 디미는 손
이엉에 붙는 불
술집에서의 주먹
도랑에 빠지는 것을 두려워하지만
신의 사랑을 더욱 두려워합니다.

아빌라 ●
마드리드

스페인

아빌라

이렇게 중세의 성이 그대로 남아 있는 곳은 나로서도 처음이었다. 낯설고 멋졌다.
시퍼런 시월의 하늘이 환한 베이지와 회색빛을 섞어 놓은 듯한 화강암의 성곽 위로 펼쳐지고 있었다.
누군가 말한 대로 '아빌라는 돌과 성인들의 도시!' 였다.

삶은
낯선 여인숙에서의
하룻밤

여행의 진정한 이점 중 하나는 짐을 새로 꾸릴 때마다 무엇을 더 가질까보다 비우고 버리고 누군가에게 줄 것을 먼저 생각하게 된다는 것이다. 원래 짐도 적지 않았지만 여행이 길어지고 또 딸에게서 받은 것들까지 합쳐져 가방은 포화 상태가 되었다. 로마에서 만났던 분들이 좋은 선물을 건네도 '마음만 받고' 물건은 돌려 드릴 수밖에 없었다. 내 삶이 이런 여행과 같았다면 해마다 집 안의 물건들을 정리하고 내다 버리며 내 자신에 대한 혐오에 떠는 일을 반복하지 않을 텐데 싶다. 여행의 이점은 그러니까 내 용량이 얼마나 되는지 아는 것일 거다.

마드리드에서 아빌라로 가는 기차 안에서 바라본 풍경

마드리드에서 비행기를 내려 아빌라Ávila로 가는 기차를 탔다. 스페인의 기차 여행은 처음이었는데 포르투갈에서 자동차로 서해안을 따라 산티아고 데 콤포스텔라까지 갔던 기억과는 사뭇 다른 풍경이 펼쳐졌다. 아빌라로 가는 풍경은 드넓고 황량하고 스산했다.

막상 아빌라 역에 도착했을 때는 규모가 생각보다 아주 작아 깜짝 놀랐다. 주일이어서 모든 레스토랑과 슈퍼마켓이 문을 닫았다고 했다. 호텔은 아빌라 주교좌성당 바로 앞, 그러니까 코앞이었다. 내 방 창으로 성당 지붕이 보였으니까. 지갑만 달랑 들고 길을 나섰다. 해발 1,130미터의 위력이 차가운 저녁 바람에 묻어왔다. 모두가 문을 닫았다. 24시간 편의점 같은 것은 어디에도 없었다. 성당 정문, 결국 호텔 옆 기념품 가게에 들어가니 포도주와 약간의 마른 과일이 있었다. 배도 고프고 지쳐서 주인에게 좀 좋은 포도주를 골라 달랬더니 아주 좋은 거라고 한 병을 권해 주었다. 가격을 보니 5유로(우리 돈으로 8천 원 정도)였다. 그러자 내가 스페인에 있다는 사실이 비로소 실감이 났다. 나는 이런 스페인이 정말 좋다. 여기에는 이탈리아 사람들에게서 풍기는 그런 잘난 척 같은 '척'이 없다.

포도주 한 병과 마른 과일을 들고 방으로 들어와 배낭 속을 뒤져 보니 미니 치즈 한 조각이 나왔다. 어디서부터 가지고 다녔는지 기억도 나지 않았지만 정말 감사했다. 먹을 것이 넘쳤다면 포장지가 더러워졌다고 버렸을 작은 치즈 조각. 그것을 아껴 썰어서 접시에 담고 포도주를 따르고 방금 산 마른 과일도 곁들였다. 나는 여행을 다닐 때 피크닉용 플라스틱 포도주 잔과 너무 싸구려가 아닌 예쁜 종이 접시 그리고 패스트푸드점에서 주는 플라스틱 포크, 스푼, 나이프를 챙겨 다닌다. 바로 이런 순간을 위해서다. 그것들은 그렇게 가방에 자리를 많이 차지하지 않으면서도, 여행 중 숙소에서 먹는 간단한 식사를 멋지게 만들어 준다. 늘 가지고 다니는 티캔들에 불을 붙이고 작은 십자가를 꺼내 놓으니 성녀의 본향에서의 첫 만찬이 멋지게 차려졌다. 그리고 지금 돌아보면 언제나 풍요로움 속에서 감사함을 잊고 사는 내게 주신 성녀의 따끔한 선물 같기도 하다.

간단히 요기를 하면서 휴대전화를 켜니 SNS로 임인덕 세바스티안 신부님의 선종 소식이 전해지고 있었다. 연로하셨고 편찮으셨다는 것을 알고 있었지만 뜻밖이었다.

한국에 머문 지 44년. 그분은 성 베네딕도회 왜관수도원에서 운영하는 분도출판사를 키우신 분이다. 우리가 어렸을 때 보았던『아낌없이 주는 나무』『꽃들에게 희망을』같은 책은 물론 이해인 수녀님 같은 좋은 수도자 시인을 발굴하셨다. 최민식 작가의 사진집도 모두 그분의 기획이었다. 박정희가 최민식 작가를 두고 '가난한 사람들만 찍어 나라 망신을 시키고 있다' 뭐 이런 어이없는 말을 하면서 모든 전시와 출판을 음으로 막고 있을 때, 그래서 그 작가가 가난에 허덕이며 실의에 빠져 있을 때 그의 생활비는 물론 당시로서는 아주 비싼 필름 값과 현상 비용을 모두 대 주신 분이 임인덕 신부님이라고 했다. 신부님이 아니었다면 최민식 작가의 그 정겨운 골목길과 70년대 서울과 대한민국 서민들의 삶은 영영 그 기록을 남기지 못했으리라. 임인덕 신부님은 독일 출신의 보수적 사고방식을 가지고 계셨지만 다른 출판사에서 엄두도 못 내는 해방신학에 관한 책도 과감하게 출간하셨다. 박정희 정권이 그로 인해 분도출판사에 탄압을 가해 왔지만 독일 국적을 가진 그분들을 더는 어쩌지 못했다고 한다. 만약 누군가 그에게 "당신은 보수주의자인데 왜 해방신학 책을 내느냐?"라고 물었다면, 그는 "놀랄 것도 위협적일 것도 없는 책들이다. 그저 주리고 헐벗고 나그네 되고 병들고 감옥에 갇힌 우리 이웃 안에서 하느님을 발견하고, 그들을 위해 무엇인가 해 주어야 하지 않겠느냐고 말하는 책이 뭐가 어때서?"

라고 대답했으리라.

　창밖으로는 메마른 바람 소리가 아빌라 벌판을 달려가고 약간 주린 배 때문인지, 이제부터 스페인 여정이 정말 아무도 없이 나 홀로여서인지 나는 약간은 감상적인 기분이 되어 SNS로 계속 그분의 소식을 좇았다. 뮌스터슈바르차흐에서 뵈었던 박지훈 수사님이 그분의 마지막 소식을 더 자세히 전했다.

　"그분이 위독하시다는 소식을 듣고 우리가 달려가니 이미 독일 신부님과 수사님들이 그분 주위에 빙 둘러 계셨다. 우리가 들어가자 독일 신부님께서 '한번 불러 보세요' 하셨다. 우리가 한국말로 '신부님, 신부님' 하고 부르자 의식을 찾지 못하던 신부님께서 그때서야 아주 희미하게 손을 움직이셨다. 마치 그 말이 듣고 싶으신 것 같았다. 신부님은 우리가 다시 한국말로 '신부님, 저희 왔어요' 하니까 미소까지 약간 지으셨다. 신부님이 독일에서 돌아가시면서도 한국말이 그리우셨구나 싶자 가슴이 뭉클했다. 우리는 둘러서서 「수시페」suscipe(봉헌의 노래)를 불렀다.

　'주여, 주의 말씀대로 저를 받으소서.

　그러면 저는 살겠나이다.

　주는 저의 희망을 어긋나게 하지 마소서.'

　두 번째 「수시페」가 불렸을 때 그분은 조용히 눈을 감으셨다."

『높고 푸른 사다리』에서 길게 묘사했지만 덕원수도원의 독일인 수사·신부·수녀님들이 북한 정부에 끌려가 그렇게 끔찍한 고초를 당하시고 순교하시고도, 남은 분들이 한 사람도 빠지지 않고 다시 한국으로 돌아왔다는 걸 알았을 때 나는 몹시 놀랐다. 더욱 놀랐던 것은 한참의 시간이 지난 후에 그분들이 북한을 언급할 때 '증오'가 없다는 것이었다. '반공'도 없었다. 그분들은 이데올로기로서가 아니라 인간의 조건의 한 축인 '악'으로서 그 고통을 받아들이신 듯했다. 오히려 그분들은 자신들의 형제자매를 죽이고 고통을 주었던 북한 정부와 닮아 가는 박정희 정권에 대항했다. '아무것도 악을 악으로 갚지 않는' 놀라운 삶이었다. 그런데 이제 마지막에 이르러 의식을 잃어 가던 그분이 한국말로 부르는 "신부님" 소리에 마지막으로 희미하게 웃으셨다는 대목에 이르러 마시던 포도주가 목을 꽉 메어 왔다.

그리고 며칠 후 나는 그 아빌라에서 다시 한국 소식을 듣는다. (아니 독일 소식이 맞겠다.) 그해 초에 (그러니까 거의 십 개월 전이다) 서울 교구 신부님들을 대상으로 사제 연수 프로그램이 계획되었는데 그중 하나가 독일 수도원 방문이었다고 한다. 프로그램을 신청한 서울 교구 신부님들 몇십 분이 뮌스터슈바르차흐 수도원을 방문하기 위해 도착한 다음 날이 임인덕 신부님의 장례미사가 있던 날이었다. 그래서 마치 한국을 위해 44년이나 자신을 봉헌하신 그분을 위해 서울에서 신부님들이 대거 파견된 모양새가 되었고, 수도원 측에서 한국어와 독일어로 동시에 미사를 하자고 해서 두 언어가 나란히 울려 퍼지는 미사가 되었다는 것이다. 임인덕 신부님께 이보다 더 좋은 이 지상의 이별 예식이 있었을까? 아, 하느님 하시는 일이 이렇다.

나는 자려고 낯선 침대에 누웠다. 창밖으로는 여전히 황량한 바람이 달려가고 있었다. 차가운 시트를 뒤집어쓰고 있는데 "삶은 낯선 여인숙에서의 하룻밤"이라는 말이 떠올랐다.

이 구절을 떠올리자마자, 그리고 이것이 내가 찾아온 아빌라의 성녀 데레사Teresa de Ávila가 했던 유명한 말 중의 하나라는 것을 기억해 내자마자 내 입은 신음 소리를 토해 냈다. 이해받을 수 없을지도 모르지만 내가 이 구절을 떠올리려고 이곳까지 찾아온 것 같았다.

"그렇단다, 마리아야."

꼭 성녀가 말씀하시는 것 같았다.

"그래요. 데레사 성녀님, 이제는 저도 조금은 안답니다. 삶이 낯선 여인숙에서의 하룻밤과 같다는 것을요."

내가 차가운 시트 아래서 중얼거리며 대답했다. 삶이 그렇다. 여행이 아니라 삶. 낯선 여인숙에서의 하룻밤. 더 서성일 것도 더 붙박이려 집착할 것도 없다. 더 가진다는 것은 심지어 어리석다. 참으로 어떻게 죽는가가 어떻게 사는가의 문제였다. 어떻게 잠드는가가 결국 어떻게 하루를 보냈는가를 말해 주듯이.

밤새 높고 푸른 사다리를 오르락내리락하는 꿈을 꾸다가 깨어난 아침, 빛 속에 드러난 아빌라는 동화의 무대, 혹은 거대한 연극 무대 같았다. 이렇게 중세의 성이 그대로 남아 있는 곳은 나로서도 처음이었다. 낯설고 멋졌다. 호텔에서 주는 아침을 먹고 나는 산책을 나섰다. 시퍼런 시월의 하늘이 환한 베이지와 회색빛을 섞어 놓은 듯한 화강암의 성곽 위로 펼쳐지고 있었다. 누군가 말한 대로 아빌라는 '돌과 성인들의 도시!'였다.

중세 이후 부패할 대로 부패한 가톨릭, 이미 독일에서는 그 부패에 견디지 못한 마르틴 루터가 종교개혁을 선언했던 시대에 그녀는 여기 살았다. 독일이 그 지경인데 스페인인들 좋은 가톨릭이 지배하고 있었겠는가? 스물한 살에 수도원에 입회했으나 응접실에서 친구들과 방문객들과 웃고 떠들며 이십여 년을 보낸 후, 마흔이 넘어서야 하느님께로 향하기로 굳게 마음먹었다는 것은 놀라운 일이다. 당시의 평균 연령을 생각해 보았을 때 그 늦은 나이에도 새로이 기도 생활에 정진했다는 것은 실은 생애 내내 그런 갈망들이 있었기에 가능했을 것이고, 그 갈망이 사라지지 않도록 어쨌든 붙들고 있었다는 이야기도 될 것이다.
더욱 놀랍게도 그녀는 장장 쉰둘의 나이에 (부끄럽게도 지금 이 글을 쓰는 내 나이와 같다. 당시 평균 나이를 생각할 때 지금으로 치면 아흔 살쯤이 아닐까? 이분 때문에 나는 핑계를 대기도 힘들다) 스페인 각지를 돌며 개혁의 바람을 일으킨다. 열다섯 개의 새로운 수도원을 세운 것이다.

성문에서 바라본 아빌라 성곽과 성 밖 마을

그 여정이 십오 년 동안 1만 6백 7십 킬로미터였다고 하니 여자가, 그것도 수녀가, 그것도 늙은 여자 수도자가 제대로 된 길도 자동차도 없던 시절에, 그런 장정長程을 한다는 것은 거의 신비에 가까운 일이다.

일단 그녀가 마음을 먹자 놀랍게도 악착같은 반대의 무리들이 안에서 밖에서, 사방에서 들끓으며 그녀를 방해한다. 밖에서 들리는 소란스러운 소리는 남자 수도자들의 활극으로도 발전했다. 그녀의 수녀원장 취임을 막기 위해 물리력을 동원했다니 정말 우스꽝스럽고 무섭다. 그뿐이 아니었다. 동료 수녀들까지 '마귀가 들렸다'라며 못마땅해했다. 시기와 험담은 죽을 때까지 계속되었다. 급기야 펠리페 세가Felipe Sega 같은 교황대사는 "가만히 있지 못하고 싸대는 여자, 말 안 듣는 고집쟁이, 신심을 빙자하여 몹쓸 사설을 꾸며 대고 트리엔트 공의회와 장상들의 명령을 거스르며 봉쇄를 뛰쳐나와 돌아다니는 여자, 여자들은 가르치지 말라는 성 바오로의 가르침을 어기면서 스승이랍시고 남을 가르치는 여자"라며 공식적으로 욕을 하기에 이른다.

그런데 이제 이 도시는 온통 데레사의 상징들로 가득 차 있었다. 그렇게 온 나라에서 '더럽게 억세고 재수 없다'는 욕을 먹고 나아가 교황청 대사에게까지 국제적으로 망신을 당하던, 그러나 아랑곳없이 예수님만 바라보고, 변두리의 수녀원 속으로 들어간 한 여자가 몇백 년 동안 고향을 먹여 살린다. 진정 이 도시의 수호성녀다.

왜 서럽지 않았을까? 왜 힘겹지 않았을까? 이 잔을 거두어 달라고 어

왼쪽 상점마다 이런 인형들이 즐비하다. 아빌라의 데레사는 이 도시의 생계까지 책임지는 진정한 수호
성녀다. 오른쪽 축제 전 날부터 이러한 거인 상이 성당 앞 광장에 모여든다.

떻게 기도하지 않을 수 있었을까? 그러나 그녀는 그리하지 않았다. 왜였
을까?

교정 사목을 하시는 신부님이 사형수들과 함께하는 미사에서 하신 말
씀이 떠올랐다.

"예수님은, 그러니까 그 생애 전체를 그냥 '하느님의 뜻이 뭔가' 그 생
각만 하고 가신 거죠. '저 애가 어떻게 생각할까? 이 사람은 어떻게 생각
할까? 바리사이들은 어떻게 생각할까? 저 무리는 나를 어떻게 생각할까?
군중은 나를 어떻게 생각할까?'가 아니었고 말이죠."

이 성녀와 영혼의 짝을 이루었다고 말해지는 십자가의 성 요한의 글
을 읽은 적이 있다. 예수님이 나타나셔서 요한 성인에게 묻는다. (여기서

중요한 점은 이 성인이 예수님을 한두 번 체험한 것도 아니고, 또 이번에는 특별히 '너의 공로를 보아 다 들어주겠다'고 말씀하신 시점이라고 한다. 이게 중요하다.)

"애야, 무엇을 주랴?"

그러자 성인이 대답한다.

"멸시와 모욕이요."

그때, 이 구절을 읽는 순간 책을 든 손에서 힘이 주르르 빠져나가 책을 떨어뜨릴 뻔했으며, 동시에 입에서는 큰 소리로 신음 소리가 터져 나왔다. 못 본 걸로 하고 싶었다. 그런데 잊으려 해도 그 구절이 몇 년 동안 나를 따라다녔다. 그리고 정말 내가 작은 모욕이라도 당할 때면 그 구절이 이상하게 떠올랐다. 그런데 이제 아빌라의 성녀의 발자취를 따르며 나는 그분의 말을 떠올렸다. 그러자 이 두 분이 정말 무서웠다. 이 두 분은 무섭도록 하느님을 사랑하고 무섭도록 진리만을 따랐으며 무섭도록 그리스도의 길을 가셨다. 그래, 실은 이렇게 지독스레 무서운 사람들이 아니면 아무것도 변하지 않는다. 끝까지, 십자가형 같은 거 말고, 말하자면 '다른 방법으로 세상을 구원하는 것이 더 좋지 않겠습니까'라는 요지로 질문하는 베드로에게까지 "사탄아, 내게서 물러가라. 너는 하느님의 일은 생각하지 않고 사람의 일만 생각하는구나"(마르 8,33) 하고 말씀하신 예수님같이 말이다. 그리고 그 지독스러움의 정체는 지독한 사랑이다.

그러나 어쩌겠는가? MBC 뉴스 앵커 출신 조정민 목사의 "그리스도교가 그저 종교였다면 내가 군이 불교에서 개종할 필요는 없었을 것"이라는 말, 『뉴욕 타임스』의 베스트셀러 목록에 최장기간 자신의 책이 올라가 있는 모건 스콧 펙 박사가 "나더러 왜 그리스도교적 관점에서만 글을 쓰냐고 하는데 나는 그리스도교적 관점이 아니라 진리의 관점에서 쓰는 것이다. 그리스도교가 관점의 하나인 종파라면 나는 처음부터 세례를 받지도 않았을 것이다" 한 말을 나는 거듭거듭 공감했다.

아빌라 성녀는 1582년 9월 하순, "이렇게 일찍이 자리에 누워 보기는 이십 년 만에 처음이오"라고 말하며 자리에 누웠고, 10월 3일 마지막 성체가 도착하자 부축도 없이 스스로 일어나 앉아 성체를 영한 뒤, 밤새워 시편 51편을 외우고 나서 10월 4일 새벽 눈을 감는다. (돌아가신 날은 10월 4일이지만 바로 이날 교회가 율리우스력을 사용하지 않고 현재의 그레고리오력을 사용하도록 결정했기 때문에 날짜가 변경되어 10월 15일이 성녀의 축일이 된 것 같다.)

내 주, 내 님이시여, 이제야 그 바라던 때가 왔습니다. 떠날 때가 왔사오니 자 가사이다. 귀양살이에서 풀려날 시간이 왔사오니 그리던 님을 뵈오리다.

— 『완덕의 길』 중에서

오른쪽 아빌라의 데레사 축일에 행진하는 데레사 성녀상

나는 성 밖으로 시린 하늘이 펼쳐지는 아빌라의 한 귀퉁이에 앉아 휴대전화로 성경을 열었다. 시편 51편을 읽기에 좋은 가을날이었다.

하느님, 내 마음을 깨끗이 만드시고,
내 안에 굳센 정신을 새로 하소서.
당신의 면전에서 날 내치지 마옵시고,
당신의 거룩한 얼을 거두지 마옵소서.
하느님, 나의 제사는 통회의 정신,
하느님은 부서지고 낮추인 마음을
낮추 아니 보시나이다.

-『시편과 아가』 중에서

그날 오후 『높고 푸른 사다리』 교정본이 메일로 도착했다. 나는 오후 내내 호텔 방에 앉아 교정을 보고 후기를 썼다. 다음 날이 아빌라의 데레사 축일. 어제와 달리 도시는 설레고 있었다. 저녁이 되자 민속 의상을 입은 사람들이 여기저기서 보이기 시작하고 악대들이 음을 맞추는 소리가 성당 앞 광장에서 들려왔다. 호텔 앞은 사람들로 북적이고 엘리베이터마다 관광객들의 짐으로 가득 찼다. 아침 아홉 시 반에 나가 보니 상점들은 하나도 문을 열지 않았다. 아직 잔다고 나중에 오라고 했다. 점심을 먹고 두 시쯤에 문을 닫으며, 다섯 시가 넘어 가도 아직 낮잠을 잔다며 저녁 식사는 8시 45분 넘어서 오라던 이들이 밤 아홉 시 넘어 이제 축제를 시작했다. 스페인 사람들은 평소에 잘 놀고 축제엔 더욱 잘 논다고 했다. 멋진 나라다.

가끔씩 일어나 창밖으로 그들의 춤과 노래를 훔쳐보며 나는 후기를 썼다. 후기를 마치고 보내기 버튼을 누르자 우연인데 밖에서 '펑' 하는 소리와 함께 불꽃놀이가 시작되었다. 나 같은 사람에게 이제 모든 우연은 섭리였다. 여기까지 온 내가 후기를 다 쓸 때까지 기다려 주신 아빌라의 데레사님께 내 맘대로 막 감사를 드렸다. 모든 것을 마친 후 턱 밑으로 차오르는 이것은 기쁨이겠지 싶었다. 책 한 권을 이렇게 타국에서 끝내 보기는 처음이었다. 이런 날은 보통은 좋은 친구 두엇을 불러 삼겹살 파티를 하거나 좋은 회에 청주를 마셨는데 오늘은 온전히 혼자였다. 노트북이 가리키는 한국 시간은 새벽 4시 18분. 다행히도 내게는 포도주 반 병과 비스킷과 꿀, 약간의 하몽(스페인식 햄) 조각 그리고 사과가 있었다. 나는 그리운 얼굴을 떠올리며 남은 잔을 들었다.

나가는 글

작년 말쯤이었을 거다. 어떤 책을 읽고 있는데 다음과 같은 구절이 눈에 띄었다.

문: 사람은 세상에 왜 태어났느뇨?

답: 한 분이신 천주를 알아 흠숭하고, 자기 영혼을 구제하려고 태어났나이다.

비스듬히 누워 책을 읽다가 벌떡 일어났다. 그렇다. 처음 보는 구절은 분명 아니었다. 오래된 가톨릭 교리서 『천주교 요리 문답』의 첫 구절이었다. 나는 여태껏 왜 사는가 하는 문제를 찾아 도서관의 장서들 사이를 헤매고 다녔다. 철학자들과 현자들과 종교인들은 이 질문 앞에서 뜨거운 버터 덩어리를 집어 든 요리사들처럼 당황스러워했고 조심스러워했다. 어쩌면 이 질문은 그저 질문으로만 남아 있어야 답이 되는 그런 질문 중의 하나였을지도 모른다. 그런데 여기 이렇게 단순한 답이 있었다.

충격은 한동안 나를 사로잡았다. 나는 그동안 내가 그래도 거의 매일 미사에 참석하며 나름 신앙심도 있다고 생각하고 있었다. 그런 생각의 배후에는 내 본업이 바쁜데도 불구하고 짬을 내어 다른 여가 활동 대신 미사나 기도 혹은 신앙 활동을 한다는 자부심이 물론 있었다. 그리고 이 정도면 지성인의 신앙으로 괜찮다는 생각을 하고 있었다. 그런데 여기 이 짧은 한 문장이 벼락처럼 나를 내리친 것이다. 내가 태어난 이유가, 엄마 노릇을 하기 위해서도, 글을 쓰기 위해서도 아니고, 그러니까 천주를 흠숭하고 내 영혼을 구제하기 위한 것이라는 것이다. 그때 나는 깨달았다. 내 일의 모든 순서가 전도順倒되어 있다는 것을 말이다.

그리고 그 무렵 이 충격에서 다 헤어나지도 못하는 내게 개신교 신자인 한 친구가 다가와 말했다.

"그러니까 모든 게, 정말 모든 게, 결국 영적이라는 걸 나는 이제 깨달았어!"

'모든 것이 영적이다'라는 친구의 말은, '인간은 왜 사느뇨?'의 대답과 버무려졌다. 결국 내 영혼의 내비게이션이 가리키는 종착지가 영혼의 구제인데 모든 일은 그 종착지로 가까이 가든가 멀어지든가 둘 중 하나라는 것을 알게 된 것이었다. 이것은 모든 결단은 결국 '영원'을 위한 결단이라는 말과도 통했다.

이러한 시각으로 세상을 바라보자 모든 것이 다시 한 번 뒤집히고 해일이 일었다. 말이 말이 아니었고, 상처가 상처가 아니었고, 악한이 악한이 아닐 수도 있겠구나 하는 생각이 들었던 것이다.

말하자면, 예전 같으면 내 곁에서 나를 괴롭히는 사람을 두고, 나는 저 사람이 대체 왜 저럴까를 알기 위해 우선 나를 뒤지고 그 사람을 뒤지기 위해 심리학과 별자리, 사주팔자까지 뒤졌다. 정신분석학의 칼을 휘두르며 나 자신과 상대를 괴롭혔을 수도 있다. 사회적 시스템과 철학도 물론 뒤졌다. 물론 그렇게 해서 답은 나오기도 하고 나오지 않기도 했다. 그런데 이제 그 모든 것이 내 영혼의 구제의 길에 놓인 나침반이라고 생각하자, 큰 지평에서 모든 것이 바뀌어 보였다. 이것은 놀라운 변화였다. 삶이 이토록 뒤바뀐 것은 또 처음 있는 일이었다. 사물이, 모든 것이 다른 각도로 보이기 시작했던 거다. 그러자 예상했던 대로 여러 가지 시련들이 밀어닥치기 시작했다.

이 글을 다 구상하고 자료를 정리하고 약속을 모두 없애고 책상을 정돈하던 날은 성령강림대축일 무렵이었다. 모든 준비가 끝났기에 나는 성령강림대축일을 이 글이 시작되는 곳인 왜관수도원에서 미사와 함께 시작하기로 하고 시골집 문을 잘 닫아걸고 그리로 떠났다. 시골집에는 개 두 마리와 고양이 두 마리가 남아 있었다. 먹이를 잘 챙기고 나오면 2박 3일 정도는 자기네들끼리 지내는 데 무리가 없었다.

　　성령강림대축일 미사를 드리고 신부님들께 축복의 말을 듣고 집으로 돌아오니, 내가 없을 때 우리 집을 봐 주시던 분께서 창백한 낯으로 서 계셨다. 개 두 마리가 어제부터 나가 돌아오지 않는다는 것이었다. 어제 그분께서 우리 집 마당에 잡초를 뽑으러 들어왔다가 실수로 대문을 닫지 않았는데 그리로 도망간 녀석들이 돌아오지 않는다는 것이었다. 집 밖으로 개들을 풀어 놓지는 않지만 가끔 나와 산책 후에 조금 놓아두면 골목길과 이웃집 등을 들쑤시고 다니다가 삼십 분쯤 지나면 집으로 찾아 돌아오곤 했던 녀석들이었기에 처음 이야기를 들을 땐 대수롭지 않았다. 그러나 집 안으로 들어와 그 녀석들의 침상과 먹이통을 보는 순간 가슴이 철렁했다. 침상은 차가웠고 먹이통에는 밤에 돌아와 먹이를 먹은 흔적이 전혀 없었다. 이런 일은 한 번도 없었다.

　　뛰어나가 온 동네를 돌아다니며 개들의 이름을 불렀다. 그렇게 부르다가 돌아와 혹시 돌아왔나 확인하고 다시 뛰어나가 이름을 부르고 다시 돌아왔다. 돌연 바람이 휙 하고 몰아쳐 들어오더니 아까는 보이지 않았던 큰 개 여름이의 흰 털이 그 바람과 함께 바닥에서 일제히 10센티미터쯤 떠올라 왔다. 마치 얇은 구름이 실내에 쫙 깔리는 듯했다. 순간 가슴이 철렁했다. 그것은 마치 여름이의 영혼 같았다.

　　그렇게 뛰는 가슴을 진정시키고 있으려는데 설상가상 천둥 벼락과 함께 비가 시작되었다. 친구들에게 그리고 신부님들께 이 사실을 알리고 기도를 부탁했는데 공교롭게도 이곳만 비가 쏟아지고 있다는 것을 알았다. 혹시라도 개들이 후각에 의지해 집을 찾아올 것을 기다리고 있던 내게 이건 너무 잔인하게 느껴졌다. 비는 그치지 않고 계속 내렸다. 해발 700미터 산골집의 공기는 순식간에 싸늘해졌고 혹시라도 개들이 밖에서 이.비를 다 맞는다는 상상을 하면 가슴을 면도칼로 잘게 쪼개는 것 같았다. 장대보다 더 굵게 쏟아지는 비를 바라보자 그분의 메시지가 내게 전해 오는 것 같았다.

'이건 내 뜻이다. 마리아, 모든 희망을 버려라.'

이 글을 시작할 무렵에 일어난 이런 일 때문에 나는 한 달이 넘도록 글을 진척시키지 못하고 있었다. 개를 잃어버린 사람이 할 수 있는 모든 일을 하고도 개들은 돌아오지 못했다. 하루는 '하느님, 당신이 원하시면 천사를 시켜서라도 개들을 우리 집에 데려다 놓으실 줄을 제가 압니다' 하고 기도했다가, 하루는 미친 듯이 제보자들에 이끌려 산골을 헤매며 개들의 이름을 불렀다. 개들 생각만 해도 울음이 북받쳐서 글을 시작할 엄두도 내지 못했다. 어떤 날은 심각하게 '주님께서 내가 이 글을 쓰는 것을 좋아하시지 않는 게 아닐까' 하는 생각에 모든 것을 포기하고도 싶었다.

한번은 여름이 겨울이와 비슷한 개를 봤다는 제보를 듣고 산골로 쫓아갔다. 개들은 거기 없었다. 실의에 잠겨 돌아서려는데 공사장의 한 인부가 나를 불렀다.

"아주머니, 개 찾아다녀요?"

내가 그렇다고 하자 인부는 나를 아래위로 훑어보더니 너 같은 부르주아들이 그런 짓이나 하고 다니는 것이 비위 상한다는 듯한 표정을 감추지도 않고 말했다.

"뭐하러 찾아다녀요. 그 가이들 벌써 누구네 집 솥으로 들어갔거나 멧돼지한테 받혀서 콱 뒈졌겠지."

어이가 없어서 "아저씨, 무슨 말씀을 그렇게 하세요?" 겨우 말하고 돌아섰다. 운전을 하고 돌아오는데 화가 머리끝까지 뻗쳐 나도 모르게 중얼거렸다.

"나쁜 자식, 당신도 꼭 당신이 소중해하던 그 생명을 나처럼 잃어버리고, 그래서 다른 인간한테 똑같은 말을 들어 봐라!"

그런데 그 말을 중얼거린 바로 그 순간, 나는 깨달았다. 내가 또 '그래서'의 길을 간다는 것을. 악이 우리에게 할 수 있는 가장 나쁜 일은 바로 우리를 '그래서'의 이름으로 자신들의 동족으로 끌어들인다는 것을 말이다. 악한 말을 듣거나 악한 행동을 당할 때 우리는 그에 대응해야 한다는 생각에 우리가 하는 행동이 악이라는 것을 너무도 자주 잊는다. 가슴이 철렁했다. 우리는 '그래서'가 아니라 '그럼에도 불구하고'라는 좁은 문으로 가야 한다는 것을 나는 또 잊었던 것이다. 나는 방금 겪은 일이 내비게이션상으로 하느님께로부터 멀어지는 길이었다는 것을 깨달았다. 그리고 내가 여름이 겨울이를 찾는다는 명분에 집착한 나머지 내 영혼의 길을 잠시 잊고 있었다는 것도 깨달았다.

나는 하느님께 무릎을 꿇었다. 그리고 나는 처음으로 경험했다. 아주 깊은 곳에서, 정직하게 '예, 제 뜻대로 마옵시고 당신 뜻대로' 하고 대답하는 내 자신을.

그런데 이런 일은 나만이 겪고 깨닫는 일이 아닌가 보았다.

팔덴 갸초Palden Gyatso. 티베트 최장기수 정치범이었고, 고통받고 있는 티베트의 현실을 국제연합UN에서 증언한 최초의 티베트인. 중국에서 고문과 박해를 받고 삼십 년 동안 감옥 생활을 한 후 히말라야를 넘어 인도로 망명한 뒤 다람살라Dharamshala에서 달라이 라마를 만난 팔덴 갸초는 울기만 했다. 그간의 사정을 묻는 달라이 라마에게 그는 울면서 말한다.

"대단히 위험했습니다."

"그래, 가장 큰 위험은 무엇이었던가?"

"하마터면 중국인들을 미워할 뻔했습니다."

나는 무릎을 꿇고 이유도 영문도, 아직은 그 뜻도 모르는 이 사건을 오로지 이 모든 것이 그냥 당신의 뜻인 것으로 받아들이겠다고 말씀드렸다. 그리고 앞으로 내게 닥칠 악에게서 나를 보호해 달라고 청했다. 날마다 바치는 주님의 기도의 "우리를 유혹에 빠지지 말게 해 주시고"의 유혹은 도둑질을 하고 미사에 빠지고 하는 일도 포함되지만 바로 이런 유혹을 말하는 것이라는 것도 느껴졌다. 그리고 처음으로 이 일련의 사건을 두고 하느님을 원망하지 않았다는 것이 내게는 더 놀라운 일이었다.

저를 절름발이로 만드신 분은 하느님이십니다. … 그분은 우리 삶의 들판을 파괴하십니다. 그분은 적이 우리 자식들을 죽이도록 허락하십니다. 그분은 저를 이 거름더미 위에 올려놓으셨습니다.

이 우주에 두 개의 힘은 없습니다. …

이 우주에는 단지 하나의 힘, 즉 하느님만이 있을 뿐입니다! 그분은 개입하실 수 있습니다. 그러나 그분은 그렇게 하지 않으시고 고통을 허락하십니다. 그분은 전쟁을 허락하십니다. 그분은 네 사람의 마피아 두목이 우리가 살고 있는 지방을 망치고 있을 때 아무 말씀도 하지 않으시고, 군인이나 경찰이 우리 동료들의 '입을 열게 하기' 위해 그들을 고문하도록 놓아두십니다. …

그러나 바로 그 상처를 우리에게 허락하심으로써, 바로 그 일을 통하여 그분은 우리가 갖고 있는 가장 좋은 부분을 끌어내 주십니다. …

상처를 입음으로 저는 평온 가운데 머물게 되었고, 우는 법을 배웠습니다. 눈물로써 저는 다른 사람을 이해하는 법을 배우고, 가난의 복됨을 배웠습니다. …

만일 이스라엘 사람들이 이집트에서 자유를 누리고 있었다면 모세는 절대로 그들에게 탈출을 설득할 수 없었을 것입니다. 만일 사막이 굶주림과 목마름 대신 사람을 매혹하는 오아시스로 가득 찼더라면, 그들은 절대로 약속의 땅에 도달하지 못했을 것입니다. 우리에게 내일을 향해 움직이게 하는 데 고통보다 더욱 효과적인 박차는 없습니다. 그것이 바로 하느님

께서 야곱의 엉덩이를 발로 걷어차신 이유입니다.'

— 『주여 왜?』 중에서

나는 이제 안다. 그 개들이 죽었는지 살았는지 나는 모른다는 것을. 그러나 처음부터 그 개들이 내게서 오지 않았듯이 가는 곳도 내 소관이 아니라는 것을. 나는 슬펐으나 슬픔에 압도당하지 않으려고 노력했다. 이런 일은 내게 처음이었다. 그러자 놀랍게도 내가 하느님을 다시 찾아가 드렸던 첫 번째 기도가 떠올랐다.

"당신은 사랑의 신이라 알고 있습니다. 하느님, 사랑이 무엇인가요? 저는 알지 못합니다. 전 아무도 사랑해 본 적이 없는 것 같습니다. 남편이야 그렇다 쳐도 제가 낳은 자식도 사랑하지 않는 것 같습니다. 아니 저 자신까지도요. 저는 누구도 사랑해 본 적이 없는 것 같습니다. 아버지, 제게 사랑이 무엇인지 가르쳐 주십시오."

왜 이 기도가 그때 떠오르는지 나는 더 묻지 않았다. 그리고 그 개들이 내게 그것을 가르쳐 주고 떠났다는 것을 알았다. 나는 그 개들이 유기견 보호소에서 죽기 하루 전에 그들을 구했다. 그리고 나는 그들이 행복하기만을 바랐다. 그것 말고는 아무것도 더 바라는 것이 없었다. 큰 개 여름이는 집을 잘 지켰다. 그게 고마웠다. 작은 개 겨울이는 애교가 많았다. 나는 그게 예뻤다. 그게 다였다. 심지어 자식을 두고도 나는 그렇게 존재 자체를 사랑해 보지는 못했던 것 같다. 내 가슴이 다시 한 번 무너져 내렸다.

공지영의 수도원 기행 2 _

그냥 내가 데려다 키운다고 생각했던 그들은 그렇게나 큰 선물을 내게 주고 떠났다.

그래도 가끔 슬픔이 올 때면 나는 아빌라의 성녀 데레사의 기도문에 곡을 붙였다는 그 노래를 들었다.

아무것도 너를 슬프게 하지 말며
아무것도 너를 혼란케 하지 말지니
모든 것은 다 지나가는 것
하느님만이 영원하시니
하느님만으로 만족하도다.

노래를 부르며 몇 번을 나는 물었다.

"혹시라도 죽었으면요? 아니 차라리 그게 낫겠죠? 어디선가 저를 찾아 헤매고 있다면요? 그래도요? 그래도 괴롭지 말아야 합니까?"

그러면 노래가 대답했다.

"아무것도 너를 슬프게도 혼란하게도 하지 마라. 모든 것은 지나가고 지나가는 것은 다 하느님 앞으로 모여든다. 너는 이미 이것을 알고 있다."

그러고 나자 비로소 '광야에 홀로 서 있으라'던 그분의 말씀이 떠올랐다. 나는 내가 순종하여 광야에 있다고 생각해 왔다. 외부 활동도 대폭 줄이고 모든 것을 미사와 기도에 맞추려 노력하고 있었다. 그런데 어느 순간 내가 하느님께 묻고 있다는 것을 깨달았다.

"광야에 왔다고요. 순종했잖아요. 그런데 왜 인터넷이 안 돼요? 그런데 왜 소파가 없어요? 여기 잠자리는 왜 춥죠? 반려견은요?"

그러고는 다시 깨달음이 왔다. 내가 비로소 씨앗 저장소에서 나와 춥고 어둡고 외로운, 살갗 터져 찢어지는 땅속으로 들어서고 있다는 것을 말이다.

믿는다는 것은 그분이 우리를 사랑하신다는 것을 믿는 것이다. 설사 내 눈앞에서 믿을 수 없을 만큼 나쁜 일이 벌어진다 해도, 사랑한다면 이런 일이 어떻게 생겨날 수 있을까 싶게 나쁜 일이 벌어진다 해도, 산 같은 고통이 닥쳐온다 해도, 설사 내가 어이없이 죽는다 해도, 내 식구가 내 자식이 죽는다 해도, 그분이 우리를 사랑하고 구원하여 벗을 삼고 싶어 하신다는 것을 믿는 것이라는 것을. 내가 싫다는 아이를 억지로 데리고 가서 그 아이가 그토록 싫어하고 두려워하는 예방주사를 맞히듯이, 내가 아이를 위해 아이가 사랑하는 장난감을 빼앗을 수 있듯이, 내가 싫다고 해도 그분이 시키는 그것, 내가 아프다는데 그분이 나를 그 아픔으로 밀어 넣는 그것, 그게 결국 끝끝내 그분이 나를 두고 하시는 사랑의 행위라는 것을 믿는 것이라는 것을. 아마도 그것을 믿음이라고 부른다는 것을.

회심하고 딱 한 번 나는 하느님의 사랑을 부정한 적이 있었다. 에티오피아의 빈민촌에 난민 구호를 갔을 때였다. 상황은 인간이 상상할 수 있는 것보다 더 끔찍했다. 그동안 다녔던 아프리카는, 말하자면 농촌적 빈곤이었다면, 그래서 어느 정도는 원시의 순수함을 간직한 빈곤이었다면, 에티오피아 아디스 아바바Addis Ababa의 빈곤은 도시의 빈곤이었다. 그것은 기아와 불결뿐 아니라 모든 종류의 더러움과 타락을 겸비하고 있었다. 내가 찾아간 곳은 그 도시의 한복판, 세 평 정도의 방에 서른 명이 넘는 사람들이 살고 있었다. 상상할 수 있으신지. 그들이 펴 놓은 돗자리 여섯 장이 각기 여섯 가족의 집이었다. 전기는 들어오지 않고 먹을 것도 없다. 당연히 할 일이 없다. 이 좁아터진 방에 서른 명이 산다. 그들이 세상에 태어나 가진 유일한 쾌락은 성이다. 윤간, 강간, 근친상간으로 이 방의 인구가 빠른 속도로 늘어나고 있다고 했을 때 나는 사실 그 방 안으로 들어가고 싶지 않았다.

다행히 내가 찾아갔을 때 다른 이들은 구걸을 나가고 구걸조차 나가지 못했던 한 가족이 남아 있었다. 남자는 머리가 하얗게 세었고 눈에는 백태가 끼어 한눈에도 맹인인 줄을 알았다. 영양실조 때문에 눈이 멀었다고 했다. 그런데 여인의 아버지인 줄 알았던 그가 서른여섯 살이라는 것을 알았을 때의 충격이라니. 그 곁에는 그와 그의 아내인 여자가 낳은 아이가 졸망졸망 셋이 있었고 아이 엄마는 갓난아기에게 젖을 물리고 있는 중이었다. 그들에게는 유일한 식기가 있었는데 그건 우리로 말하면 음식물 쓰레기를 모아 놓은 비닐이었다. 아기에게 젖을 물린 여자가 내 바지를 붙들며 애원했다. 도와달라고. 내 방문의 목적은 이 프로그램을 통해 지원을 이끌어 내는 것이었기 때문에 개인 구호는 처음부터 금지되어 있었다.

그런데 이 모든 것을 보는 순간, 앞에서 방송국 카메라가 돌아가고 있었는데 나는 비명을 질렀고 큰 소리로 울었다. 그리고 함께 간 스태프에게 내가 가진 모든 돈을 그녀에게 주겠다고 말했다. 스태프가 안 된다고 했다. "왜요? 왜? 왜?" 내가 울며 소리쳤다. 나중에 보니 스태프들도 모두 울고 있었다. 카메라맨도 울고 있었다. 울다가 나는 하늘을 올려다보았다. 나도 모르게 아주 격렬한 목소리가 울렸다.

"거짓말!"

우리나라에서 태어나는 모든 아기가 사랑으로 만들어진 것을 나는 믿었다. 기형아, 장애아 역시 당연히 사랑으로 만드신 것을 나는 믿고 있었다. 한 번도 한 점의 의심을 품은 적 없었다. 아프리카에서 굶어 죽어 가는 배만 큰 검은 아이들도 당연히 사랑이었다. 그런데 이 도시의 쓰레기 더미 속에서 태어난 이 아기, 이 아이도 하느님이 사랑으로 빚으신 것이라는 걸 나는 믿을 수 없었다. 순간 아주 강렬하게 내가 믿은 모든 것이 다 잘 먹고 잘 사는 자들의 배부른 타령일지 모른다는 엄청난 의심이 솟구쳤다. 이런 환경에서 또 생명을 만드는 분이 있다면 그건 미친 거였다.

그때 받은 충격이 아주 오래 가시지 않았다. 그래도 나는 발바닥으로 봉사를 했고 성당에 갔고 내 무릎은 내키지 않는데 무릎을 꿇었다. 그러던 어느 날 그렇게 내키지도 않지만 성체를 영하고 내 자리로 돌아오는데 이런 생각이 들었다.

'아프리카에서 그 아이들이 왜 태어나는지 나는 모릅니다. 그 남자가 왜 눈멀었는지 나는 모릅니다. 팔레스타인 아이들이 왜 그렇게 죽어 가야 하는지 나는 모릅니다. 왜 착하게 살던 내 이웃이 병들었는지, 소피아 언니의 아들이 왜 그렇게 황망히 죽었는지 나는 모릅니다. 그러나 주님, 나는 압니다. 그날 내가 추위에 떨고 있을 때, 당신이 여인을 보내어 내 손을 잡고 나를 따뜻한 방으로 이끌어 주셨다는 것을. 내가 슬픔에 겨워 흐느끼고 있을 때, 따스한 손으로 내 어깨를 만져 주셨던 분, 그분이 당신이라는 것을. 내 부주의로 불이 났을 때 자연현상을 거스르며 불을 꺼 주시고 자는 내가 깰세라 이불을 더 덮어 주셨던 분, 그분이 당신이라는 것을.'

그러자 눈물이 쏟아지면서 문득 욥기의 구절이 떠올랐다.

사내답게 네 허리를 동여매어라. 너에게 물을 터이니 대답하여라.
내가 땅을 세울 때 너는 어디 있었느냐?
네가 그렇게 잘 알거든 말해 보아라.
아침 별들이 함께 환성을 지르고
하느님의 아들들이 모두 환호할 때에 말이다.
누가 문을 닫아 바다를 가두었느냐?
그것이 모태에서 솟구쳐 나올 때,
내가 구름을 그 옷으로, 먹구름을 그 포대기로 삼을 때,
내가 그 위에다 경계를 긋고 빗장과 대문을 세우며

"여기까지는 와도 되지만 그 이상은 안 된다. 너의 도도한 파도는 여기에서 멈추어야 한다" 할 때에 말이다.

너는 평생에 아침에게 명령해 본 적이 있느냐?

새벽에게 그 자리를 지시해 본 적이 있느냐?

너는 바다의 원천까지 가 보고 심연의 밑바닥을 걸어 보았느냐?.

죽음의 대문이 네게 드러난 적이 있으며

암흑의 대문을 네가 본 적이 있느냐?

빛이 머무르는 곳으로 가는 길은 어디 있느냐?

또 어둠의 자리는 어디 있느냐?(욥 38,3-19)

나는 머리를 조아리고 대답했다.

"저는 보잘것없는 몸, 당신에게 무어라 대답하겠습니까?"

나중에 안 일이지만 하느님은 서두르는 법이 없다. 시간은 그분의 것이기 때문이다. 하느님은 강요하시는 법이 없다. 어차피 그리로 올 때까지 기다리실 작정이기 때문이다. 누군가가 그랬다. 하느님의 사랑은 내비게이션 사랑, 구원이라는 종착지에 이를 때까지 끈질기게 우리를 안내하신다. 우리가 잘못된 길로 가면 다시 경로를 설정해 새 길을 안내하시고, 또 잘못 가면 또다시 새로운 길로 우리를 안내해 결국 그 방향으로 돌아서게 하신다. 아무리 멀리 돌아도 그렇게 하신다. 내비게이션과 하느님과 다른 점은 내비게이션은 꺼 버릴 수 있지만 하느님의 내비게이션은 우리 마음 깊은 곳에 있어서 죽기 전에는 끌 수 없다. 죽고 나서도 어쩌면 꺼지지 않을지도 모른다. 더구나 그 스위치의 주인은 그분이시니.

바오로 사도의 말대로 아니, 그분의 신발 들메끈을 매는 사람의 들메끈을 맬 처지도 못 되는 내가 이런 말을 하면 어떨지 모르나, 내가 다 이루었다는 것도 아니고 내가 그렇다는 것도 아니다. 다만 나는 내 인생의 내비게이션의 종착지를 알았다는 것이며 이제 종착지의 큰 방향을 향해 가는 일이 있고 되돌리는 일이 있다는 것을 알게 되었다는 것이다. 물론 나는 아직도 그것이 구체적으로 다 무엇들인지는 모른다. 다만 하느님께서 오직 사랑의 마음으로 내게 더욱 신선하고 평화로운 삶을 주시고자 한다는 것을 안다.

그리하여 이 아침 그 내비게이션을 켜고 여행을 떠나는 내 가슴에 벌써 행복한 여행이 들어와 있다. 여행을 계획할 때 멋진 여행이 이미 체험되듯이, 사랑을 시작하기 전 멋진 사랑이 벌써 내 안에 도착하곤 했듯이, 씨앗을 뿌리기 전에 아름다운 꽃이 먼저 피어났듯이, 하늘나라에 도달하기 전에 우리 사이에 이미 하늘나라가 와 있듯이.

모든 것을 당신이 다 해 주시고 예수님은 여인에게 말했다.

"딸아, 네 믿음이 너를 구원하였다. 평안히 가거라"(루카 8,48).

원고를 마치고 조금은 한가하던 어느 가을날, 지인과 이야기 중에 특이한 경험담을 들었다. 개신교 신자인 그분은 열왕기를 읽다가 나아만 장군이 요르단 강에 일곱 번 몸을 씻고 나병이 나았다는 성경 구절을 보고 '나병도 낫게 해 주시는데 내 병쯤이야' 하는 믿음으로 목욕탕 욕조에 일곱 번 몸을 담근 후 정말 고치지 못하는 병을 치유받았다는 것이다.

내내 그 생각이 맴돌았다. 며칠 후 혹시나 하고 나도 욕조에 물을 받았다. 엘리사에게 말을 전해 들은 나아만 장군처럼 나도 실은 약간은 우스꽝스럽고 의심스러웠다. 정말 이렇게 쉽고 어쩌면 말도 안 되는 방법으로 병이 나을까 싶었던 것이다. 욕조에 들어갔다 나왔다 횟수를 세며 기도하다가 내가 그분께 말씀드렸다. "실은 잘 못 믿겠습니다. 주님, 도와주십시오." 그리고 그 후로 일주일, 놀랍게도 오십 년 동안 나를 괴롭히며 어떤 현대 의학도 고치지 못했던 내 병이 나았다. 글쎄, 병이 나았던 것보다 더 놀라웠던 것은 '내가 왜 그분께 이걸 한 번도 청하지 않았을까' 하는 것이었다. 늘 하는 생각이지만 롯을 찾아온 천사들을 해치려는 무리들이 밤새 그 집 문고리를 찾지 못했다는 말이, 젊었을 때는 그리 우습더니 날이 갈수록 실감이 난다. 무서운 일이다.

"죄 많은 인간이 무엇이기에 이토록 돌보아 주시는지" 나는 아직도 모른다. 나 자신을 생각하면 더욱 그렇다. 남들에게 하느님께서 날 이렇게 사랑하시고 돌봐 주셨다는 말을 하는 게 두려운 것은 그래서이다. 겨우 생각해 낸 것이 "죄가 많은 곳에 은총도 풍성히 내렸습니다" 정도가 아닐까? 한때는 남들이 날 보고 "그렇게 은총을 받았는데 어찌 저 모양이야?" 할까 두려웠는데 요즘은 조금 용기를 내기로 했다. "은총을 받아서 이 정도 되었습니다" 하고 말이다. 그래, 그 용기의 결과가 이 책일 것이다.

오늘은 새벽 미사를 마치고 나오는데도 아직 동이 트지 않았다. 올가을 들어 처음이었다. 추분이 훨씬 지났지만 새삼 이제 밤이 더 긴 시간이 온다는 것을 나는 실감했다. 나무들은 모든 것을 미련 없이 다시 그들이 뿌리박고 선 땅으로 돌려보냈다. 아마도 겨울나무처럼 헐벗은 채로, 춥고 외로운 광야에 나는 이제 서 있으려 한다. 두렵지만, 두렵지 않을 것도 안다. 내가 얼마나 두려워하는지를 나보다 더 잘 아시는 분이 계시기 때문이리라. 그리고 그분의 눈길이 나를 버리지 않으심을 내가 이제 알기 때문이리라.

나는 인간이기에 천 년이 하루 같을 수는 없으나 하루가 천 년 같게 살 수는 있을지도 모른다는 생각을 요즘 한다. 사랑하면 우리는 하루를 살아도 천 년을 맛볼 수 있을지도 모른다고 말이다. 사랑만이 우리의 시간들을 알맹이로 채워 준다는 것을 나는 이제 어렴풋이 느낀다. 나머지는 사실은 다 껍데기 … 허무하고 허무하다.

돌아보니 『수도원 기행 1』이 나온 지 벌써 13년이 훌쩍 넘었다. 하느님은 그 철딱서니 없는 나를 젖 먹이시고 이유식을 씹어 먹이며 기르셨다. 절대로 서두르시지 않고 절대로 강요하시지 않았다. 이 책이 나온다는 생각 때문일까, 미사를 드리는데 지난날들이 주마등처럼 스쳐 지나갔다. 나라는 인간이 이런 말을 하는 것만으로 어쩌면 21세기는 이미 엄청난 기적을 잉태한 것이 아닐까 싶다.

언제나처럼 이 책 역시 수많은 분의 도움으로 태어났다. 어떻게 다 열거할 수 있을까마는 왜관수도원의 여러 신부님들과 수사님들, 특히 고진석 신부님과 박현동 아빠스님께는 어떻게 다 감사를 드려야 할지 모르겠다. 아마도 '앞으로 내가 하느님을 더욱 공경하는 착실한(?) 사람이 되면 갚아질 것이라'고 그분들은 말씀하시겠지만 우선은 향기로운 술을 한잔 대접해야겠다. 특히 박현동 아빠스님은 수도원 기행의 모든 숙소를 예약해 주시고 그곳 책임자들에게 편지를 보내셨으며 모자라는 사진을 보태주셨다. 가히 공저자라 해도 과언이 아닐 듯싶다. 이 모든 것을 공동체를 위해 하신다 생각하니, 송구스럽고 존경의 마음이 인다. 이 자리를 빌려 다시 한 번 존경과 감사의 인사를 드리고 싶다.

이 지상에서 나의 날이 얼마나 남았는지, 나는 헤아릴 수 없다. 다만 나는 지금 이 순간이 다시 오지 않는다는 것을 알 뿐이다. 거저 받은 이 사랑을, 거저 받은 이 모든 축복을 만 분의 일이라도 내 이웃들과 나누고 싶다. 사랑한다고 말하며. 그건 부끄러운 일이 아닐 것이다.

2014. 11. 11.
공지영

| 참고한 책 |

로버트 J. 웍스 『잔잔한 평화 강렬한 기쁨』 윤희환 옮김, 바오로딸 2001

『베네딕도 수도 규칙』 이형우 옮김, 분도출판사 1991

베르나르 브로 『도대체 신은 천지창조 이전에 무엇을 했을까』 이순희 옮김, 사람과 사람 1999

『성경』 한국 천주교 주교회의 2005

『성 베네딕도 규칙』 허성석 번역 · 주해, 들숨날숨 2011

『시편과 아가』 최민순 옮김, 가톨릭출판사 2014 개정신판

안젤름 그륀 『너 자신을 아프게 하지 말라』 한연희 옮김, 성서와함께 2002

―『베네딕도 이야기 』 정하돈 옮김, 분도출판사 2007

예수의 성 데레사 『완덕의 길』 최민순 옮김, 바오로딸 1967

예수의 아니 작은 자매 『샤를 드 푸코』 김화영 옮김, 가톨릭출판사 2007

카를로 마리아 마르티니 『약함의 힘』 안소근 옮김, 성서와함께 2013

카를로 카레토 『사막에서의 편지』 신상조 옮김, 바오로딸 1976

―『주여 왜?』 김형민 옮김, 생활성서 1989

토머스 머튼 『삶과 거룩함』 남재희 옮김, 생활성서 2003

프란치스코 교황 · 스칼파리 외 『무신론자에게 보내는 교황의 편지』 최수철 · 윤병언 옮김, 바다출판사 2014

| 사진 저작권 |

『수도원 기행 2』 페이스북 https://www.facebook.com/congsuk2